有爱的青春陪伴者

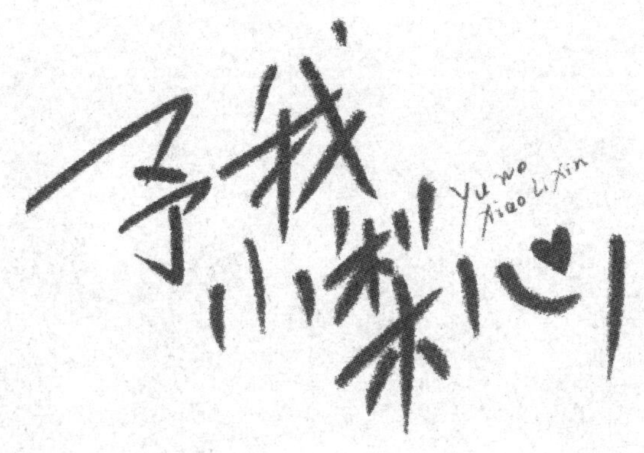

又欠 / 著

天津出版传媒集团
天津人民出版社

目录

目录

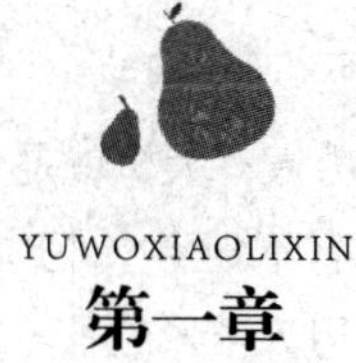

YUWOXIAOLIXIN

第一章

无妄之灾，最为致命

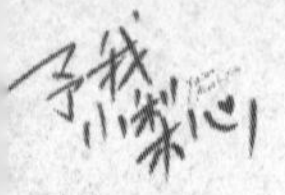

01

从漫画里走出来的男人，大概就是长这个样子吧。

距离约定的时间还有不到半个小时，而此前的十多分钟，姜梨全部的目光都被那个男人紧紧锁住。

她转过头，看到了他棱角坚毅的侧脸。

男人穿着剪裁得体的白色衬衫，握着手机的双手白皙修长、指节分明。

在他放下手机的空隙，姜梨看清了他手机屏幕的画面，而后她的眼睛微微一闪，不动声色地把脑袋往他的方向移了移，恰好看到他在屏幕上游离的灵活手指。

好快的手速！开镜的速度极快，射击的精准度一流，就连视角切换的时间点都卡得恰到好处。姜梨玩《拯救者》这么多年，难得能碰到手速如此惊人的玩家！

是主播吗？是职业选手？还是被埋没在人群中的金子玩家？

“好奇的话，可以更近一点。”他突然开口。

嗓音有些沉，咬字却很轻，引得姜梨浑身上下的每一个细胞都是一阵微麻。

姜梨抬头望向他的脸，他黑曜石般的眼睛似笑非笑地打量着她。

姜梨的脸瞬间红到了耳后根，她迅速地别过脸去，道：“我只是看游戏。”

“嗯。”他轻轻地抿唇，“我知道你不是在看我。”

姜梨哽住。

他掀眸：“你也玩《拯救者》？”

要怎么才能低调地告诉他，她不仅会玩，而且还玩得非常厉害？

“对。”姜梨点头，“玩了四年，我是最早一批的玩家。”

他的眼睛眯起来：“看来很厉害？”

随后，他把手机推了过来。

“教教我？”他的唇边浮现出让人捉摸不透的笑意。

她眼睛一亮，爽快地答应下来：“我看你玩，给你指导。”

男人点点头，手指在屏幕上飞快变换位置，操纵的人物在丛林里灵活移动，八倍镜打开的瞬间，远距离的玩家已经被他的狙击枪击中。

又快又稳的瞬狙！

“漂亮！”手机里传出队友的声音。

姜梨不自觉地轻笑了一声。

他问：“这一枪有什么问题吗？”

“有。虽然又快又稳，但是不准。你本来想打的是头吧？可你最后打中的是身子呢。”

她眉飞色舞地阐述着，他托腮坐在一边，眼神温柔，安静地听着。

“那是因为你的视角切换跟不上你开镜的速度，如果你在开镜的瞬间，把镜头往上面抬一点就能打到……”

高手和高手之间的对决，成败就在于这样微乎其微的细节。姜梨承认，他很强，不过比起自己，还是要略逊色那么一点点呀。

姜梨已经等不及要看他仰慕的眼神，听他醍醐灌顶的称赞，但最终等到的却是他队友的声音。

“谁啊？哪里来的勇气，居然在这里指挥我们顾神？”

顾神？

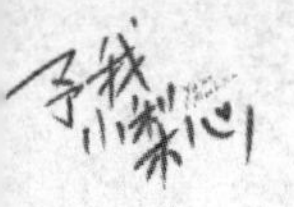

听到这个名字，姜梨的表情彻底凝结在脸上。她看向手机屏幕的左上角，大写的英文字母和半角符号差点闪了她的眼。

没错，是这个ID——【G.】。

这个人昨天第一次开直播，就炸了她的直播间，骗走了她四分之三的“粉丝”，甚至让她直播间的榜一连夜携巨款潜逃，跑去他的直播间怒刷了十个火箭。而她，《拯救者》游戏当红主播，顷刻之间变成了空巢老人，直接沦为直播界笑柄，在微博热搜挂了两个多小时！

如果是技术问题，那她认了，可这群“粉丝”哪是被他的技术折服的？明明就是被他的脸给勾走了魂。

更可气的是，她刚才竟然也被他的颜给骗了，简直是奇耻大辱。

“你是顾神？”姜梨问，“昨晚直播的那个……”

他“嗯”了一声：“你看了我直播？是我‘粉丝’？”

姜梨冷着一张脸，漠然道：“是，我是你黑粉。”说完，她扭头就撤。

为什么偏偏在这里碰到他？

姜梨找到一个边角的位置坐下，拿出手机，在搜索框里输入了他的名字。

顾神，真名顾予川，前“RUN”俱乐部职业选手，第三届《末日行动》全球职业联赛冠军战队MVP选手，于2015年退役。

照片上的人捧着奖杯，还是少年的模样，五官虽不如现在立体，却也格外清秀好看。总的来说……好像现在这个样子更符合她的口味。

什么口味，什么好看！姜梨猛地抽回思绪，低头看了眼时间。距离约定时间已经过去了十分钟，可是从刚才到现在没有一个人进这家咖啡厅。她这是被放鸽子了？

姜梨气得打电话给冯曼曼。

电话那端的人慢悠悠地接听，姜梨压低声音问：“你说的事真的靠谱吗？我等到现在都没等到光与游戏公司的人。”

冯曼曼愣了愣：“不会啊，是光与的总监直接联系我的，人家是大公司的总监，总不会骗我一没钱没势的小画手吧？”

“你把他电话给我，我联系他。”

一连串的数字发过来，姜梨深深地叹了一口气。

要不是冯曼曼是她多年的闺密，这种事情，她是绝对不会掺和的。

这次《拯救者》四周年庆光与游戏公司开展了一个“我眼中最美的她”的游戏原画征集活动，光与游戏公司会在参赛作品中选出一幅作品作为《拯救者》四周年典藏人物的建模蓝本。

冯曼曼悄悄地参加了，没想到运气爆棚，居然在几万的作品中脱颖而出，可直到前两天冯曼曼来求她，姜梨才知道冯曼曼画里的人，居然是自己。

“人家光与的大佬说了，这个活动涉及你的肖像，必须要你本人亲自授权，不然万一出了侵权问题，他们光与的法务可是很忙的……所以，求求你了，我好不容易被选上，你不会狠心让我一腔热血付诸东流吧……”

这下好了，冯曼曼的一腔热血没有白流，姜梨在这儿白等了将近一个小时，被空调冷气吹得鼻涕直流。

按下拨出键的瞬间，姜梨压抑了许久的愤慨全部涌了上来。

抢他观众的退役选手！不守时的游戏公司总监！没有一个不让她心烦意乱。

而这时，咖啡厅熟悉的方位传来了手机铃声。

电话接通，她错愕地望着不远处拿着手机的男人。他开口的瞬间，嘴唇开合的幅度完美地和听筒里的字句重叠在一起。

“你好，我是光与游戏公司总监，顾予川。”

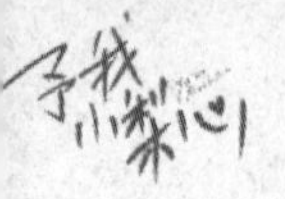

空气稀薄得就连呼吸都困难，她涌上来的怒气全部卡在了嗓子眼。

而后一双大长腿停在她的脚边，顾予川拉开椅子坐了下来，她抬头，正好和他的目光撞了个正着。

两秒钟后，她艰难地挤出一个比哭还要难看的笑容："嗨，好巧啊。"

"我一直在等你，所以也不算巧。"他伸手从文件袋里抽出了冯曼曼的图放在桌上。

画上的人扎着高高的马尾辫，厚厚的护目镜也挡不住眼里锋刃似的光，姜梨望向桌上的画，眉头微微皱了一下。相似度这么高……他肯定早就知道和他见面的人是她了，所以刚才是故意要她的？

她不高兴地说："我觉得，你刚才看我就像是在看一个憨憨。"

顾予川目光在她不满的小脸上晃了一圈，最后停在她娇小的鼻尖上。他眉间漾起了春风般的笑意："不出意外的话，'憨憨'这个词是个爱称。"

姜梨："……"

两份授权协议摆在她的面前。

姜梨从头到尾认认真真看了一遍，抬起头，像只小狐狸似的半信半疑地瞄着他。

"放心吧。既然玩光与家的游戏，就应该清楚光与的诚信度。"

姜梨对着空气翻了个白眼："得了吧，光与出的游戏，没有一个不让人氪金氪到眼睛发黑。"

除了四年前上线的《拯救者》，光与后续上线的游戏基本都是富豪们的集聚地，对此，光与家的"粉丝"真是又爱又恨。

他道："《拯救者》就很好，不是吗？"

"从端游继承过来的射击类手游，《拯救者》算得上是很不错了。"姜梨顿了顿，"毕竟光与就是靠《拯救者》起家的，这款游戏应该算是光与的初心了，哪好意思用这款游戏圈钱。”

顾予川递给她一支黑色的签字笔。

她刚提笔顿下，就听见他问：“听冯曼曼说，你的职业是游戏主播？”

手一抖，名字被她写得歪七扭八。

这个冯曼曼，怎么什么都往外说！

他又问：“在哪个平台？是《拯救者》的主播吗？叫什么？”

姜梨的脸顿时沉了三个色度：“顾总监的好奇心挺重。”

“倒也不，看人。”

她愣了愣，随后微微抬眼：“看来顾总监对我很好奇？”

他颔首望着她，修长的手指按住一份签好的合同抽了回去。

“我只是很好奇，这么厉害的你，如果真的站在射击场上，拿起枪，还能不能射中靶心。”

他的语气一如既往的平静。

明明是微风过境，浪却卷了千层高。

姜梨猛地睁大眼睛，她的脑海中飞快闪过一道光，那是子弹离膛的片刻，以最快的速度奔向靶心的路线。

那道光，给赛场上的她带来过无上荣耀。她曾无数次命中靶心，无数次让现场观众高声呼喊她的名字。

可是……

姜梨突然回过神。

“我先走了。”她拿起协议，落荒而逃。

顾予川静默地看着她的背影，直到完全消失不见。他的目光落在纸张上的落款处，这个名字曾有一个无比耀眼的前缀——“天才女枪手”，姜梨。

他轻轻地抿了抿唇，想起很久很久之前，他在观众席上站起身，看见她站在领奖台上，摘下护目镜，脸上挂着灿烂的笑容。

良久后，顾予川拿出手机给助理朱南打了通电话：“帮我列

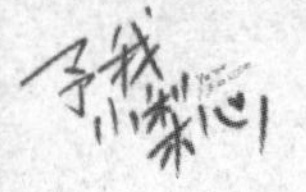

一下《拯救者》各大平台游戏主播的个人信息。”

02

深海射击俱乐部。

射不中射不中，哪里射得中！

姜梨捂住脸，脑袋昏昏沉沉。期间冯曼曼给姜梨打了无数个电话，在手机电量消耗完之前，姜梨这才听到了铃声。

“搞定了吗？”电话那端的冯曼曼格外焦急，“刚才光与的总监给我发信息，说你已经签了协议。你怎么这么安静啊，都不告诉我。”

“我在俱乐部。”她用力地擦去额头落下的汗珠，脸被毛巾蹭得发红。

冯曼曼“哦”了一声：“怎么样？总监长得怎么样？我听声音感觉这男人贼有味道。”

“你天赋异禀吗？光听就能听出味道来？”

“事业有成的男人钢铁般的柔情，感受到没？”

完全感受不到。她没觉得有什么柔情，但顾予川的那张脸是真的不错。以她活了二十多年的经验来看，颜值能和顾予川肩并肩的，一只手都能数得过来。

她道：“我只能告诉你，他长得不错。”

“真的？”冯曼曼来了劲，“和季苏白比呢？谁更帅？”

季苏白……姜梨陷入了短暂的沉思。

“虽然说两个人的颜都很抗揍，但完全不是一个类型。”她想了想，道，“这么跟你说吧，如果用动物给他下定义的话，光与的总监是匹狼。”

好像不是很贴切，于是她改口：“倒也不是很像狼，更像是一只披着狼皮的狐狸。”

“我很想知道，如果你要用动物给季苏白下定义的话，会用什么？”

想都没想，姜梨脱口而出：“季苏白得是只哈士奇啊。”

“你才是哈士奇！我发现你现在越来越坏了姜梨，背着我说我坏话。”声音在她背后响起。

姜梨挂了电话，一扭头，就看见浑身上下每一个细胞都在闹脾气的季苏白。

她吐了吐舌头：“二哈可是狗狗颜值榜榜首啊。”

季苏白拉着脸说：“居然公然在俱乐部里说老板的坏话，信不信我明天不让你来了！”

姜梨一边摘下手上的护腕，俯身收拾包，一边道歉：“我错了，季老板，我下次一定不在俱乐部里说你坏话。”

“不在俱乐部？干吗，你要辞职？”季苏白蹲下身问。

“有冤大头养着我，我干吗辞职？”她觉得好笑，“第一次见你这种散财童子。”

“倒也不是。”季苏白神秘兮兮地摇了摇手指，“我觉得你打枪不赖，就是你自己好像没什么想法？其实我还认识蛮多人，说不定能让你去比比赛。”

姜梨埋头收拾东西，打了个哈哈没说话。

这个有钱没地方烧的富二代，心血来潮地开了一家深海射击俱乐部，养了几个业余选手，理由只是因为他觉得打枪很帅。

“哦，对了，有件事你帮我下。”

季苏白从背后变出来一只猫。

她东西还没收拾完，猫就被塞进她怀里。

她有预感，即将迎来不靠谱俱乐部老板的第 N+1 个委托。

“我明天要出去一趟，你帮我养两天。猫粮在我车后备厢，我等会儿拿给你。”

果然。

姜梨低头看了眼怀里的猫，小家伙漆黑的眼睛盯着她好半天，最后舒舒服服地搁了脑袋，软软地叫了一声。

真漂亮的眼睛。

一瞬间，她的脑海中触电般划过一道目光。那个人的眼睛也很漂亮，黑曜石一般，温柔又迷人。

把猫丢给姜梨的当天晚上,季苏白就不知道飞去了哪里潇洒。

几天下来，整个俱乐部的人都懒洋洋的。

深海射击俱乐部位于市中心，平时一些爱好射击的业余选手会来放松一下心情，不过季苏白本人很佛系，对俱乐部的发展没什么要求，因此生意一直都是不温不火。

姜梨和季苏白认识了两年，当初季苏白开深海射击俱乐部的时候，她看到了招募信息来面试，入选之后，不靠谱老板三番五次地找她帮忙，一来二去，她和季苏白之间摆脱了单纯的雇佣关系，成了无话不谈的朋友。

倒也不是完全无话不谈，至少有些话，她是不会和季苏白说的。就比如，她是《拯救者》当红游戏主播——“栗子酱”。

到了直播的点，姜梨慢悠悠地打开电脑，冷不丁聊天窗口弹出来一条信息，是直播公司经纪人。

【经纪人】：你是叫姜梨吧？

【栗子酱】：是啊，咋了？

【经纪人】：没事，光与那边的宣发人员在统计《拯救者》的主播信息。你懂的，之前山顿公司那边出的游戏被几个劣迹主播弄臭了，现在光与那边在排查呢。

【栗子酱】：我又不是劣迹主播……我根正苗红好青年呀。

【经纪人】：我当然懂，好了，我先撤了。

姜梨若有所思地点开直播软件，没一会儿，经纪人的消息又弹了过来。

【经纪人】：刚才上面来消息了，说今天会安排你和一个大佬直播连线，做好准备。

直播平台为了提高收益或是提高主播人气，会经常采取主播与主播连线直播的方式，这并不稀奇，只是她比较好奇经纪人口中的“大佬”是谁。

【栗子酱】：大佬？是谁？

【经纪人】：不知道啊，上面没跟我说。等会儿你直播间会置顶，对你来说也是好事嘛，今晚说不定可以赚一波。你想想直播间的那个榜一大佬，之前每次都给你刷那么多礼物，今天不得给你直播间刷爆了。

【栗子酱】：呵呵，他就是个墙头草。

一想到前几天她直播间那个没原则的榜一“白阿白”头也不回地跑到了顾神的直播间，她就气得两眼发黑。如果不是因为签约协议里写的，她必须尽可能配合平台方的一些合理安排，这种和大佬直播连线的事，她是不太想去做的。

其实直播的几年来，对于直播间的收益她还算是佛系，即便一直有人说“露脸我就刷一万支火箭”云云，不喜欢抛头露面的她始终没有打开摄像头。她不愿意迎合任何人，比起讨好别人，她更喜欢自己在《拯救者》里酣畅淋漓地享受射击带来的快感。

这么多年，来了很多人，也走了很多人，唯独那个叫“白阿白”的榜一，从以前默默无闻到现在火遍全网，陪她走过了所有低谷和巅峰。

可是，就是这个忠粉，他居然叛变了！

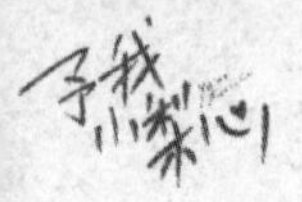

就为了一个退役的职业选手顾神！

就为了那个长着一张祸国殃民脸的顾予川！

一想到这里，姜梨就无比愤慨。

直到连线的申请发了过来，她握着鼠标，望着屏幕上的英文字母和半角符号，来来回回确定了一遍又一遍。

这个名字……

与此同时，直播间被相同的感叹句刷屏——顾神！

“今天直播间的连线嘉宾是顾神？！”

“我的妈呀！顾神？！顾神和栗子酱连线吗？”

“有生之年系列？我多年前的男神和我现在的女神同框了？”

“啊啊啊！我要兴奋到晕过去了！”

兴奋？为什么兴奋？怎么兴奋得起来？抱歉，她丝毫兴奋不起来，她现在只想挂断。

“我好想知道顾神和栗子酱比，谁会强一点！”

“当然是顾神啦，人家可是职业选手啊。”

“我看未必吧，栗子酱的操作这么强，顾神都这么多年不打职业赛了，我觉得现在的顾神不一定打得过她啊。”

她看着弹幕上“粉丝”间的口水战，突然找到了兴奋点。顾神？哦不，你们的顾神很快就会被打成“顾咩咩”。

03

网线差点被空气中的战火给烧焦。

姜梨的手不安地轻轻捶打键盘，在等待接通的数秒钟时间里，她忍不住看了一遍又一遍对方的ID。

他肯定会露脸的吧？她闭上眼，还能回忆起顾予川紧绷的下颚线，以及他抿起微微上扬的嘴角……太犯规了。

她努力调整了一下自己的状态，确认自己绝不会向美貌屈服，这才慢悠悠地抬起头看向电脑屏幕。然而另一边的直播画面却只有游戏界面录屏。

居然不露脸？姜梨呼了一口气。

“你好，我是【G.】。”

——你好，我是顾予川。

同样的声音，同样的句式，同样，她的心毫无预兆地停滞了片刻。

她清了清嗓子，照例打开变声器：“你好，我是栗子酱。”

“我认识你。”

这就认出来了？顾予川没头没尾地来了这么一句，她瞬间觉得自己无处遁形。

不不不，就算她三次元里和顾予川碰过面了，他也不知道她就是主播“栗子酱”啊，顾予川还没动呢，她可不能先自乱阵脚。

他又说：“我看过你视频，技术很不错。”

吓她一跳，看来是下过功夫的嘛。

被他一夸，姜梨的小尾巴瞬间翘了起来。

她就说嘛，一个靠脸吃饭的退役选手，哪里是她的对手。等过会儿进了游戏，很快，那些眼拙的“粉丝”就会亲眼看见他们口中的顾神被她摁在地上摩擦。

今晚的微博热搜她已经预约好，姜梨沾沾自喜地偷笑出声，然而下一秒，她就被游戏神奇的匹配机制安排得明明白白。

姜梨看着左上角的队友列表，下巴都掉在了地上。

还有这种事？耳机里爆发出惊人的吼声。

“啊啊啊！我和栗子酱还有顾神匹配到一起了！”队友 A 情难自已。

“什么神仙人品！顾神，我是你的‘粉丝’啊！”队友 B 声嘶力竭。

而她，“呵呵”干笑了两声之后，不打算回应他们。

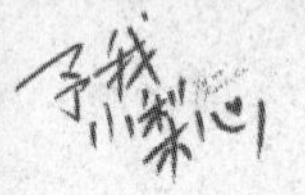

游戏界面碧空如洗，栗子酱孤独地站在草地上，背影格外深沉。

作为射击手游的开山鼻祖，《拯救者》采用的是多人同时在线竞技的比赛机制。玩家通过搜索物资、占领据点等方式来淘汰其他的玩家，直到全地图只剩下最后一队玩家。

她本想手刃顾予川，以成全自己一世英名，结果这个匹配机制，居然让她和顾予川成了队友！

她恨啊。

她这还怎么打肿顾予川的脸！

姜梨气得咬牙切齿，队里的另外两个小迷弟依旧在卖力吹捧，她扶额，感觉自己的头都炸了。

“顾神！以前你没退役的时候我们就一直看你的比赛来着，后来《拯救者》出来了，我们就开始玩《拯救者》了！”

“顾神，你打比赛那会儿我还在上大学，那时候我们一整个宿舍的人都是你的‘粉丝’，我们经常逃课出去看你比赛，那都是我们的青春啊。”

“是啊……”

她现在满脑子都是“顾神”两个字，这两个字连同顾予川那张祸国殃民的脸，充斥着她的每一寸神经。

姜梨握住手机的手都僵了。

这算什么？当她不存在吗？

她又急又气，目光一斜，不远处的草丛里有人影晃动，她的手指在屏幕上滑动两下，八倍镜打开的瞬间，屏幕上弹出一条消息。

系统：【栗子酱】用M24狙击枪击中头部淘汰了×××。

栗粉A：女神强啊！爆头！

栗粉B：女神牛！这个瞬狙绝了！

栗粉C：这个瞬狙怕是连职业选手都打不出来吧？

当然打不出来，顾予川的瞬狙歪七扭八，打不到头，只能打身子。姜梨勾起唇，尽情享受这难以言喻的优越感。

系统：【G.】用Kar98k狙击枪击中头部淘汰了×××。

姜梨："……"

这家伙……什么时候打狙击枪也这么准了？

"哟呵，很强嘛。"姜梨皮笑肉不笑。

顾予川的声音略带玩味："常规操作。"

"哦？我记得你之前打狙都打不中头的。"姜梨讥诮道。

顾予川懒懒地问："哦？你之前了解过我？"

"那倒不是，我亲眼见你打的狙。"姜梨脱口而出。

顾予川轻轻地笑了一声。

"哦？是吗？"顾予川拖了一个意味深长的尾音，差点把她的心都揪到了嗓子眼。

糟了，差点就说漏嘴了！

姜梨伸手拍了拍自己毫无遮拦的嘴，慌忙改口："哦，我看过你之前的比赛视频。"

顾予川道："啊，原来你早就对我这样好奇了。"

姜梨："……"

这个顾予川，怎么走到哪里都不忘给她挖坑！

他话刚说完，一个漂亮的甩狙，他又顺利收下一个人头。

这个开镜的速度，这个甩狙的角度……和他的脸一样，绝了。

如果是她，同等的情况下，她未必能淘汰刚才的那个人。

姜梨后知后觉地发现，其实他的操作很强。

他越强，她的心就越发痒。

顾粉 A：就问这个世上还有谁能比顾神更强？

顾粉 B：虽然说女孩子有点不太好，但是我顾神真的要甩栗子酱几条街！

栗粉 A：楼上的请你好好说话！

顾粉 C：怎么了？有问题吗？

互撕大战愈演愈烈，十万人的直播间里烽火连天，双方唯粉恨不得把键盘都给敲烂。

突然，有一股神奇的力量在这夹缝中缓缓生出。

角落里默默飘来一行字：那个……我可以嗑顾神和栗子酱的 CP 吗？

姜梨的目光从手机游戏屏幕上移开，抬头看向电脑上的弹幕，就看到了这条神奇的弹幕。

她和顾予川？开什么玩笑！她刚想掐灭这些喷薄欲出的苗头，下一秒，就被顾予川直播间里刷的“神之光冕”礼物闪了眼。

她的表情瞬间凝结在脸上。传说中的礼物，把她的脸都打肿了，礼物来源者：白阿白。

“白哥来了！”

“恭迎白大佬！”

姜梨握住手机的手止不住地抖。又叛变了！这个墙头草榜一，又去找顾予川了！随着她怒气值逐渐上升，手指在屏幕上操作的速度变得越来越快。

系统：【栗子酱】用 M416 步枪击中头部淘汰了 ×××。

她得意扬扬，后一秒，击杀信息又跳了出来。

系统：【G.】用 AKM 突击步枪击中头部淘汰了 ×××。

“你玩《拯救者》是这种打法？”顾予川问。

姜梨道：“不，什么样的打法我都有。”

顾予川：“我只是在想，你这种打法，这一局还能撑多久。”

这种无敌优越的语气……好不爽。

“你放心，不需要你，我一个人就可以。”说罢，姜梨操控着栗子酱开着车飞快地在草地上行驶，摩托车行驶了很长一段距离之后，以一个非常漂亮的甩尾停下，她一跃而下，掏出枪，单枪匹马地闯进了楼。

栗粉 A：“栗子酱要一打多少？这里可不止一队啊。”

栗粉 B：“我觉得今天栗子酱有点慌啊，不是她以前的打法。”

栗粉 C：“我也觉得，有点急躁冒进了……”

弹幕刷了几百条，姜梨的视线在游戏界面和电脑屏幕上来回切换。

栗子酱站在三楼的楼梯口，耳边传来四面八方的脚步声。

就是现在！

现在，只要她冲出去，一个人灭掉对面一队，所有人都会承认她的实力。

她才不要听顾予川自以为是的话，她现在就想把他秒成顾咩咩！

“你在那儿等我。”顾予川说，“你现在出去要……”

哪里还等得及他说完话，栗子酱拿着枪就冲了出去。

纤瘦的身影在楼梯口灵活地跳跃，翻身而下的瞬间，栗子酱开枪打倒了一个人，脚步逐渐逼近，她蜷缩身子躲在了门后，等第二个人跑上来，她瞬间将对方打倒。

栗粉 A：哇，我女神强啊！

栗粉 B：这个点好难打的，还是一打四，我觉得顾神也打不出这种操作吧……

她忙着对付第三个人，冷不丁有人从她的背后绕了过来。

突然屏幕暗了下来，她被打中了。

网友 1：我就说，这么打太逞能了！

网友 2：是啊，这个据点这么难打，一队人从外面攻都不一定能成功，更何况是一个人。

……

看着自己的血条一点点地往下掉，姜梨有些烦躁地扯了扯自己的头发——本来想给顾予川一个下马威，这下好了，把自己搞没了。

“呵呵，栗子酱真的是谜之自信……”

“干吗，还想跟我们顾神比 KDA（杀人率、死亡率、助攻率，用来衡量玩家游戏水平的数值）吗？”

“自不量力！”

丢脸丢到家，她气啊！这下完了呀，姜梨欲哭无泪。

从她的视角看，敌人正在换子弹，忽然，天空中划过一道烧痕，房间的窗户被开着摩托车赶来的人撞开，玻璃碎片落了一地。

一抹黑色的身影闪过。

砰——

枪声响起的瞬间，她被人从地上抱了起来。

“不乖。”

她的心咯噔一震。

“让你等我，不乖。”他又重复了一遍。

低沉的嗓音，是顾予川。

她握住手机的手片刻间失了力气，心脏像脱缰野马似的，开始不受控制地狂跳。

他说这话的时候，摩托车在落日余晖下飞跃的画面在她脑海里挥之不去，连带那天在咖啡厅见到他时的场景都变得格外艳烈起来。

就是这个人，脸部的每一寸凸起和凹陷都恰好长在她的审美点上，明明不该对他有什么好脸色，可就是……怎么都没办法真的生气。

姜梨呜咽了一声，摇摇头，努力让自己平静下来。

游戏界面的【G.】转过身，枪口抵在敌人的脑门上，他轻声道：“我的人是你能碰的？”

04

——我的人是你能碰的？

谁的人？！这大庭广众的，是要干什么呢！姜梨瞪大眼睛，不敢相信自己的耳朵。听听，这是正常人能说出口的话吗？

姜梨：“我说顾予川……”

她的话被他打断：“跟着我，我带你赢。”

“我不要你带好吗……”

“那我跟在你身后，你带我赢。”

姜梨对着空气翻了个白眼，顿了顿，说：“拜托，我们是在连线，兄弟。”

顾予川“嗯”了一声：“那我自愧不如，你已经赢了。”

姜梨：“你能不能认真一点？”

顾予川：“我很认真地在认输。”

姜梨：“……”

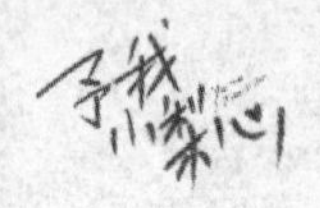

这种感觉就像是她把他列为假想敌，可是人家根本就懒得搭理。到头来，就是她自己一个人在自尊心作祟？

此刻弹幕楼堆了万层高，然后吃瓜群众开始陷入了起名狂潮，其间有几个唯粉骂骂咧咧地退出了直播间。

网友1：顾神原名顾予川，栗子酱真名叫啥？

网友2：不知道啊，栗子酱没说过自己的名字。

网友3：那就——鼓（顾）励（栗）！

这是什么神仙名字。

顾予川思忖了片刻："这个名字，好像没什么感觉。"

姜梨附议："正好，我可不想跟你一起被炒作。"

"小心，前面有人。"

顾予川刚说完，姜梨就看见游戏界面蹿出来一队人。

游戏按照玩家的水平匹配，毕竟她和顾予川的KDA都高得出奇，匹配到的对手自然也不会弱。姜梨操纵着自己的人物角色和对方周旋，冷不丁听到耳边传来一声柔腻的叫声。

"喵——"

是季苏白的猫。

忘记加猫粮，它大概是饿了，一直在她身上蹭来蹭去。

姜梨软声道："我现在没空，等这一局结束，我就给你吃好吃的。"

"喵……"又是一声撒娇，小家伙肚皮向上，躺在了她的电脑桌上。

顾予川道："东南方一个满编队，四个人，西北方还有两队，我们现在被困在中间。"

另外的两个队友刚才被淘汰了，现在全队只剩下她和顾予川。

她沉声道："怎么打？"

顾予川静默了片刻：“我的后背交给你了。”

她的脸微微一热，这句话不是谍战片中男女主角的定情语录吗？就这么说出来……

“别急，我不会让你倒下的。”

“到我这里来，我保护你。”

“不要怕。”

快别说了，她就要被他的声音榨干了。

姜梨压根儿就不记得自己是怎么撑到游戏结束的，满耳朵都是顾予川性感的声音。

更致命的是，直播间里的吃瓜群众一个个像是打了鸡血似的，十万人飙到二十多万人，弹幕多得她根本看不过来，她只记得那几个送豪礼的“粉丝”ID都无比烫嘴。

好不容易游戏结束，姜梨一溜烟跑去给猫投食。她揉了揉小猫软乎乎的肚皮，小家伙懒懒地叫了一声，换了个姿势倒在了她的键盘上。

顾予川喊她：“再打一把比下KDA？”

“过会儿，我在换猫粮。”

顾予川又说：“我知道。”

“哈？”

“这几天营养不错，你和上次见时比起来，更可爱了点。”

姜梨怔住。

他为什么会知道她在换猫粮？他为什么会知道她和他见过？

难道……

她抬头看向不知什么时候亮灯的摄像头，始作俑者正趴在键盘上舒舒服服地吃猫粮。她直播间的摄像头什么时候开的？

而弹幕区则是直接炸了。

网友A：原来栗子酱长这样！我还以为是个酷酷的小姐姐，

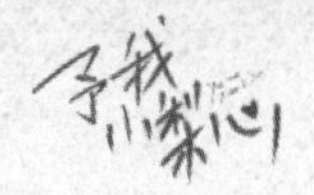

没想到居然这么可爱。

网友B：天啊，好可爱！对不起，我已经沦为栗子酱的颜粉了！

网友C：完全是我的类型。

网友D：栗子酱有顾神了好吗？麻烦你让一让！

网友E：可爱，想娶。

她在直播界面看到自己错愕的脸，以及没来得及洗油成一团的头发。

完了，这下彻底凉了。

时间如同静止了一般，她眼睁睁地看着自家直播间人数突破三十万，差点哭晕在电脑前。

猫伸出小奶爪在她的手背上挠了挠，一双圆溜溜的大眼睛无辜地望着她。可是她现在想发火都找不到对象，难道她还能把这只猫怎么样吗？

很快，她找到了背锅人选——天杀的季苏白！

与此同时，“白阿白”用狂拽酷帅的七色字体在公屏扣出了她的名字：姜梨？！

姜梨：“……”

白阿白怎么会知道她的名字？难道她直播间的榜一是她现实生活中认识的人？

她的大脑轰的一声炸掉了。

这时，偏偏有人火上浇油，在她的直播间糊成一锅粥的时候，硬要怒刷一波存在感。

顾予川道：“直播间的各位观众大家好，我是【G.】，顾予川。我知道直播间有很多人都是我退役前《末日行动》的‘粉丝’，非常感谢大家一直以来的支持。我退役之后成立了光与游戏公司，现在的《拯救者》就是光与开发的主打游戏。很快，《拯救者》将迎来四周年生日，在《拯救者》四周年当天，我们将上线典藏游戏人物角色——以主播‘栗子酱’为原型的天才女枪手。”

姜梨：？

这位大哥，你官宣之前，能不能先打个招呼啊？

她飞快地给顾予川发信息。

【栗子酱】：我们顾大总监还真是一点商机都不放过。

【G.】：浪费机会可不是好行为。

【栗子酱】：无商不奸才对。

【G.】：倒也是。《拯救者》的匹配机制，你其实也可以大胆猜测一下。

匹配机制？等等，姜梨想了想，幡然醒悟。

《拯救者》是光与的游戏，顾予川是光与的总监。她就说，怎么这么巧她和顾予川匹配成队友，原来是早有预谋的！

【栗子酱】：故意让我跟你匹配成队友？

【G.】：嗯。

【栗子酱】：故意让我跟你炒作？

【G.】嗯。

【栗子酱】：顾总监，就算是为了游戏造势圈钱，也该有个限度吧？！

【G.】：圈钱？

【栗子酱】：不然呢？顾总监不就是满身铜臭的奸商？

那端的顾予川很久都没有回复，被戳穿恼羞成怒了？

就在她以为顾予川不会回的时候，对方发来了消息。

【G.】：你就没有想过，我是特意为你来的？

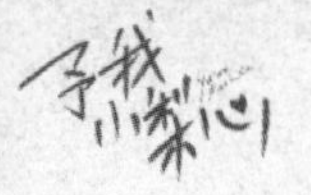

【栗子酱】：没想过，不可能。再见。

她飞快地关掉了聊天窗口。

什么特意为她而来的？不就是为了跟她捆绑消费猛赚一笔来的？说得冠冕堂皇，骗子。搞了一个声势浩大的连线，就是给《拯救者》吸金的！

其心可诛。

“哼，顾咩咩。”

微博实时热搜排行榜：

NO.1 栗子酱露脸。

NO.2 栗子酱顾神。

NO.3 鼓励 CP。

……

姜梨把头埋在被子里，双脚猛地蹬了好几下，一个翻身，“砰”的一声掉在了地上，她抬头看了眼雪白的天花板，脑子里嗡嗡作响。

——你就没有想过，我是特意为你来的？

明明知道这句话是顾奸商用来套路她的，可一联想到他用独有的吐字方式说出这句话……这谁能扛得住啊。

另一边，她的手机已经彻底被轰炸了。

微博后台不断有私信袭来，直播账号的“粉丝”留言数不胜数。

什么意思嘛，跟顾予川搞绯闻，明明是她比较亏好不好！

最让她想不明白的是她家榜一“白阿白”的留言：姜梨，居然是你！

六个感叹号，耐人寻味，意义深远。

“什么？被认出来了？”

推开卧室的门，冯曼曼就看到了姜梨四仰八叉的样子。

“你完了呀。”冯曼曼说。

姜梨点头：“是啊，我完了。”

“不过还好。”冯曼曼看完回放，“问题也不是很大，角度看不到你的全脸，而且你头发没洗，妆也没有，丑成这样，没人认得出。”

姜梨丢了个枕头过去，恶狠狠地龇牙：“我不是气这个！我是气，他们都觉得我配不上顾予川！”

“啧。”冯曼曼想了想，道，“倒也不是那么的不相配，如果是以前……”她话说了一半，突然哽住，然后空气陷入了令人窒息的沉默。

“他就是个老奸巨猾的商人。”姜梨坐起来，控诉道，“为了给他的游戏造势，跟我连线，还官宣，我怀疑直播间那些人都是他找来的水军，还假模假样地说什么‘为我而来’，他以为我是那些十六七岁的小姑娘吗？这么好骗？”

冯曼曼问：“那他什么时候知道姜梨就是栗子酱的？”

“我也想知道……”

“有这样一种设想哈，你说，会不会顾予川在和你签协议的时候就知道你是栗子酱了？”

“该不会是你说的吧？”姜梨扭头。

“怎么可能……”冯曼曼干咳了两声，有些心虚地否认，“我就告诉他你是《拯救者》的主播嘛……说不定是他自己猜到的。”

姜梨愣了愣：“他有这么聪明？”

“是吧，要是不知道你是新角色的原型，他干吗找你连线？”

姜梨眼珠一转，道：“可能他本来就想找一个很强的主播连线来炒个热度，然后就找到了操作惊为天人的我。再然后，季苏白的猫意外碰到了摄像头，他发现我就是栗子酱，这个奸商瞬间就想到可以捆绑消费炒热度，于是就……”

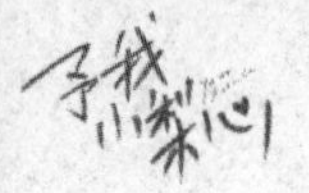

她话说到一半，突然看到了游戏论坛的置顶帖。

谁来告诉她，这是个啥？

【爆！顾神为女友特意开发了《拯救者》四周年的典藏人物！栗子酱上辈子一定拯救了银河系！啊，让我们一起来见证这可歌可颂的神仙爱情！】

她点开一看，右手赶忙按住人中。

果然。

发帖人：白阿白。

05

别人直播间的榜一：不论天涯与海角，一心追爱永相随。

她直播间的榜一：只要我换偶像的速度够快，悲伤就永远追不上我！

她转念又想起之前白阿白给她发的消息。奇怪，他竟然知道自己的名字，而且这话里话外的意思，他好像是认识自己？

莫非……是她多年前的……

姜梨猛地摇了摇头，不会的，都过去多久了，哪还有人记得。

她点开帖子看，一口茶哽住，三秒钟后，爆发出惊人的怒吼。

冯曼曼：？

“我直播间那榜一，说我倒追顾咩咩！”

“顾咩咩？”

“就是顾予川。”

姜梨把手机递给冯曼曼，满脸涨得通红。

冯曼曼笑出声来：“可以啊你，直播间这个榜一，脑洞够大啊，有这个想象的水平不去写小说真的可惜了啊。”

说着，冯曼曼凑过脸来，问：“话说你对这个榜一就一点都不好奇吗？我要是你啊，一定线下去见他，如果长得帅，我就直接嫁了。”

“我觉得你俩挺配。”姜梨点点头，“他写文，你画画，你俩天生是童话。”

冯曼曼：“……”

说话的瞬间，门铃响了。

姜梨懒懒地站起来，穿上拖鞋去开门。刚一扭动把手，门就被人从外面拉开，季苏白那张凑近的脸霸占了她的所有视线，连带还有一声问候让她整个人都蒙了。

“姜梨！居然是你！”

她恍惚间思索了一下，这句话是不是可以加上六个感叹号。

“不是我是谁？”她抬眼，“你到我家来，难道还能看见别人吗？”

“我还以为能看见顾神呢。”

姜梨：“……”

她后知后觉地竖起脑袋，像是看外星人似的盯着他：“顾神？”

“顾予川啊！”

姜梨：“……”

他居然……

这季苏白是哪里来的妖魔鬼怪，连《拯救者》都要来掺和一下？

就连不靠谱俱乐部老板都知道了她是栗子酱，她怕是史上最惨的女主播。

她正在计算今晚会损失多少观众，就被季苏白一把搂住了肩膀。

“是我啊，我是白阿白！”

这几个字如同当头棒喝、晴天霹雳，姜梨瞬间石化，不靠谱老板居然是她直播间榜一？最后她抬眼看向季苏白的时候，在他那张细皮嫩肉的小脸上，只能看见“负心汉”三个字。

季苏白激动地拉住她不放：“没想到，你居然是我的女神……”

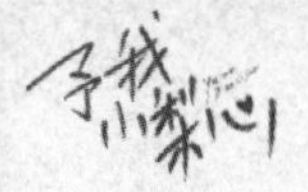

“白阿白？”

“不认识我了？我是你直播间榜一啊。”

“哦。是那个看到顾神就抛弃我的榜一吗？”

季苏白：“……”

她推开他，满脸都写着不高兴。

季苏白又笑眯眯地贴上来：“我的男神和我的女神居然在一起了，姜梨，我还给你写了个帖子。”

她狠狠地瞪了他一眼：“我看到了！”

“你看到啦？”季苏白得意扬扬地笑，丝毫没有注意到她愈加凝重的脸色，自顾自地陶醉道，“是不是很感动？是不是很惊喜？我是不是完美还原了你们的爱情故事？”

天知道她现在有多想打爆季苏白的头，她脸一沉：“不感动，不惊喜，没有爱情，求你快删，谢谢。”

“不可能啊，顾神专门为你开发了四周年的典藏人物角色啊，怎么没爱情了？”

“不是为了我，他是看在钱的面子上，大哥。”姜梨跑进卧室，把猫抱过来交给季苏白，“你快走，我怕忍不住要揍你。”

“别啊……”

姜梨毫不留情地把季苏白推了出去。

门“啪”的一声被她踹上，季苏白怀里的猫顿时吓得蜷缩成一团。

“姜梨，你还是不是人了？我给你刷了那么多礼物，你就这么对你直播间的榜一吗？”他又伤心又生气，却只能委屈巴巴地控诉，“我追捧了你这么多年，最后居然落得这般田地，你对得起我吗？”

“多亏你，现在全网的人都以为我倒贴顾予川十五年。”

季苏白思忖了片刻：“十五年好像是有点太多了……我回去改成五年好了。”

“滚！”

接下来的几天，季苏白发了疯似的轰炸姜梨的手机，一直问她和顾予川之间“千丝万缕”的过往，她懒得搭理，直接送了他一连串红色感叹号。

被姜梨拉黑的当晚，白阿白重金轰炸了她的直播间，七彩的喇叭重复一句话——原谅我，我是你的好朋友。

最炸的消息不是季苏白的七色喇叭，而是顾予川的“粉丝”联合起来把她直播间举报了。

举报理由：引人不适。

姜梨：?

后来，她连直播都不敢开了。

冯曼曼问：“你准备啥时候开播？”

“等顾予川亲口澄清，还要给我道歉。”

“那你等着喝西北风吧。”

事实上，顾予川确实没有丝毫悔改之意，就连百万“粉丝”的微博主页，都把他和她直播连线的推送视频置顶了。《拯救者》就不能换别的宣传方式了？她不要面子的吗？

终于，她忍不住给顾予川打了个电话。

“上次的地方，晚上八点，不见不散！”

约在晚上八点，姜梨提前一个小时就出门了。八月酷暑，她戴着口罩和围巾，活脱脱把自己裹成了粽子。

“给我澄清！”她一会儿必须这样强硬。可真等顾予川来了，她又不敢了。

距离上一次见他已经过了一个多星期，她也充分了解并适应了他的颜值，可亲眼看到，又忍不住要舔唇。

顾予川拉开椅子坐在她面前，一双眼略带笑意。

姜梨冷着脸，往后靠了靠，拉开了和他之间的距离。

“你准备什么时候澄清？”她开门见山。

空调吹得她脑门发凉，顾予川翻开菜单，用手指轻轻地敲了敲桌面，发出清脆的声响，而后他问：“吃点什么？”

发丝被空调风吹起又落下，姜梨望向他，片刻间又心虚地移开视线：“吃面……”

“好。”顾予川问，“还要吃什么？”

“甜点……榴梿味的。”

他的眉头微微动了一下：“好。”

没原则啊没原则，堂堂《拯救者》一代女战神，居然被面前的男人牵着鼻子走。算了，先吃饱才有力气干架。

她偷偷地瞄了顾予川一眼，他像是刚从公司出来，风尘仆仆，手指沾上的签字笔墨水还没来得及洗。但即便如此，也丝毫不影响他的帅气程度。

她把嘴里的意面咽下去，心满意足地擦擦嘴，过河拆桥地光速变脸：“顾奸商……哦不，顾总监，你打算什么时候跟你的‘粉丝’解释清楚？”

“解释什么？”

还装傻！姜梨板起脸：“你‘粉丝’举报我，还扬言要把我直播间炸了。”

他微微颔首，问：“你是不是‘我眼中最美的她’获胜作品的女主角？”

“干吗……”她看着顾予川的眼睛，那眼底一闪而过的狡黠，她就知道，接下来他多半又要给她下套儿了。

他又问：“我是不是和你签过了授权协议？”

“是。”

“那你是不是栗子酱？”

她脸一黑：“你这个人……”

“所以，我在直播间说的，《拯救者》四周年的典藏人物是以栗子酱为原型的，有什么问题吗？”

“你偷换概念。”她气呼呼地说。

顾予川微微侧耳：“你说说，怎么个偷换概念法？”

“签协议的时候，我不是栗子酱，所以你没理由以我的二次元身份为噱头。”

他漂亮的眼睛最终停在她小小的鼻尖上。

“嗯，有点道理。”

姜梨很快振奋精神，乘胜追击：“最重要的是，你不能跟我一起来博取‘粉丝’的关注度。”

“嗯，也有点道理。”他想了想说。

有道理，然后就没了？认错态度良好，但死不悔改？

姜梨道：“所以你什么时候澄清？”

最后，绕了一圈，回到了最原始的问题上。

“澄清？”他的手指在杯沿上转圈，天知道他现在脑子里在打什么主意，姜梨满心戒备，又听见他说，“我没打算澄清。”

她霍地站起来：“为什么？”

他抬头，道：“游戏圈的‘粉丝’大多沉迷八卦，你是知道的。”

“我知道，但是……”

“我和你之间并没有承认过，你没必要慌乱。”

她道：“但是，你直播间说的那些话，别人很容易误会。”

“哪些话？”

姜梨：“……”

一个人，怎么可以无耻到事后全盘否认装失忆的程度。

“‘粉丝’自发的行为，我们其实并不能左右，对吗？”

有理有据，无懈可击。顾予川研究游戏怕是有点可惜了，他比较适合站在辩论赛台上，用美貌和诡辩直接让对方辩手溃不成军。

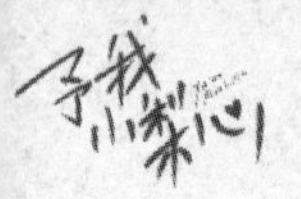

“行。你想圈钱就圈吧，那我祝你生意兴隆。”她决定不再和顾予川纠结。

反正过个几天，这新鲜劲过去了，那些“粉丝”肯定会把她忘得一干二净。就和季苏白一样，大多数“粉丝”移情别恋的速度都快得惊人。

“其实倒也不完全是这样。”很快，顾予川否定了自己的说法，“我们倒也不是完全不能左右‘粉丝’的行为。”

她一愣：“什么？”

在她来不及反应的空隙，忽然有一道温柔的风从她发间掠过。顾予川站起身，俯下头凑在她的耳边，声音很轻，她的心却被撩拨得根本无力挣扎。

“比如，满足他们，假戏真做。”他说。

她缩了缩脖子：“假戏真做？”

“嗯。”他笑，“姜梨，你要不要考虑和我假戏真做？”

YUWOXIAOLIXIN

第二章

小心，狐狸伸出了他的爪子

01

如果她记得没错，顾予川说的是和他假戏真做。

他怎么能厚颜无耻地说出这种话来？

姜梨把头埋在枕头里，像一只蜗牛似的在床单上来回爬。

她果然没想错，当顾予川的眼里闪过那一抹精光时，他的肚子里就一定冒出了什么坏主意。

“所以你怎么说的？”冯曼曼追问。

“我忘了。”她含糊其词。

“我觉得……顾予川可能对你有点意思。”

姜梨很快打断了冯曼曼的猜测：“怎么可能？你想多了。他就是个唯利是图的奸商。”

冯曼曼斜眼看她：“你这浑身上下能图啥？图你不洗澡吗？”

姜梨哽住。要姐妹吗？塑料的，不要钱。

“不过梨子，别怪我没提醒你啊。顾予川，那可是食物链顶端的男人，多少女人的梦中情人！我觉得你应该把握机会，不求修成正果，只求曾经拥有！”

她完全不想修成正果，就连曾经拥有都没有任何念头。和他出个绯闻人生就已经这般艰难了，要是真跟他有什么，那些狂热的女“粉丝”不得追到她家来把她摁在地上摩擦？

不过话说回来，像顾予川这样的，什么样的女人才能征服他呢，她倒是很好奇。

当然，对顾予川未来另一半的好奇浅尝辄止，因为当晚，季苏白又开始作了。基于她拉黑他微信的事端，季苏白没了穷追猛打的办法，只能在直播间蹲她，她一开播，就被白阿白刷的一千个火箭卡了出去。

【白阿白】：明天来俱乐部！有一个专业的比赛队伍预约了我们俱乐部当训练场地！

熟悉的配方。

隔天一早，姜梨收拾好装备，还是去了趟深海射击俱乐部。

前台小妹看到她好几天没来，殷勤地和她打招呼。

姜梨放下手中的东西，四处看了看，问："听说有个比赛队伍预约了我们俱乐部的场地？"

"是啊，听说是在国际射击比赛中的专业队伍，因为我们市下个月要举办省里的射击比赛，有一些队伍会提前过来。"

在国际比赛中崭露头角的专业队伍啊！姜梨的心轻轻地颤了一下。

——我只是很好奇，《拯救者》这么厉害的你，如果真的站在射击场上，拿起枪，还能不能射中靶心。

如果是她……

姜梨深深地吸了一口气，微微一笑道："老板来了吗？"

"没有，老板……"

话音未落，只听见楼梯口传来季苏白的声音。

"这周末吗？我这周末没时间啊，妈。"他拿着电话风尘仆仆地进了门，"公司的周年庆有你们不就好了嘛，我去干什么……好吧，我错了，妈。"

这认错的态度，连弯儿都不带拐一下的。

他走到一半，突然想到什么似的折了回来。他走到姜梨面前，视线停在她身上，问电话里的人道："我可以带人的吧？"

她依稀听到电话那端的人应允了，再然后，挂了电话的季苏白扑过来。

“对不起嘛，我的小梨子！”

姜梨：“你别撒娇，我害怕。”

季苏白一把抓住她的手，道：“这么多天了，你都不理我……”说话的语气极其委屈，面部的表情极其夸张。

她乜斜了他一眼：“你想想自己做的那是人该干的事吗？”

一说到这个她就来气，顾予川的“粉丝”在那边愤愤不平就算了，她也管不着，可自家兄弟居然无中生有，还写了一篇万字小说，且八卦得要命，她就忍不了了。

季苏白的认错态度极好：“论坛的帖子我都删了……你就原谅我吧！”

姜梨背着包走向训练场，季苏白跟屁虫似的走在她后面。

“好梨子，我的好朋友，你原谅我，我带你去个有意思的地方。”

她偏过脸来，问：“什么地方？”

“当然是个好地方啦。你不是很喜欢吃我家厨师做的甜品嘛，这周末，我家厨师的师父从国外回来，他的手艺可比我家厨师好很多，我带你去吃他做的甜品，好不好呀？”他的眼里冒着小星星，满脸期待地望着姜梨，“我带你去吃，你就原谅我，好不好？”

嗯，季苏白家的厨师做的甜品，那可真的是一绝，尤其是榴梿慕斯，吃进嘴里，舌头简直幸福得要飞到天上去。要是他家厨师的师父做的，那该有多好吃啊！

她干咳了两声，心痒得厉害，却佯装不为所动道：“我是那种会被轻易收买的人？”

“这怎么是收买呢，这是孝敬，是我对你的爱，你感受到了没？”

她轻哼了一声：“行吧，那就给你个表现的机会。”

她是那种会被轻易收买的人？

嗯，她是。

周日下午四点，季苏白那辆拉风的玛莎拉蒂嚣张地停在了姜梨的公寓楼下。

姜梨噌噌噌跑下了楼，被驾驶座上穿戴格外正式的季苏白吓了一跳。印象中不靠谱老板没穿过西装没打过领带，突然这么穿，倒还有点人模狗样的。

“你要去相亲？”她揶揄道。

“是我家公司周年庆，会来一些比较麻烦的人，所以只能这样。”

不说她差点都忘了，季苏白的身价可不是一般人能想象到的，可惜了，颜值高还多金，却偏偏生成了地主家的傻儿子……

季苏白把车交给了门卫，拉开门请姜梨下车，一举一动得体大方。

原来哈士奇也有像雪地苍狼的时候，例如现在，季苏白领她到了季氏周年庆的现场，微笑着和客人打招呼，一颦一笑都儒雅得闪瞎她的眼，她哪还能把他和不靠谱榜一“白阿白”联想到一起。

会场两边的餐点太诱人，她端着盘子站在角落里，静静地观赏季苏白当了一把工具人。她算是明白了，这什么周年庆啊，简直就是季苏白的相亲大会。

只看见季苏白被他亲妈领着和各路名媛打交道，这会儿他们走到离她不远的地方，谈话的内容听得一清二楚。

“你好，这是我儿子，季苏白。今年二十八岁，未婚，我记得小敏好像二十三岁对吧？小敏有对象了吗？要是没有的话，不妨给两个孩子一个机会？”

“苏白，这是你秦叔叔。秦叔叔家有个女儿，比你小三岁，是学金融的，现在在秦叔叔公司里上班，过会儿你跟秦叔叔聊聊，加一加秦叔叔女儿的微信。”

“刘总，好久不见。对对，这是我儿子，季苏白，二十八岁了，没对象呢。我记得你家女儿好像比我家儿子小上一岁，下次有机会安排两人见见……”

季苏白的脸从进门开始一直僵到他借机上厕所的那一刻。他绕道从洗手间出来，趁着人群窜动的混乱时刻，跑到姜梨的身边，长长地舒了口气。

姜梨放下手中的餐盘，忍不住笑出了声：“这哪是周年庆，明明就是你的相亲大会啊，还是百人同时在线对决。”

季苏白的脸由白转青，他大口灌了一杯橙汁，气得直哼哼：“我就知道我妈让我过来没什么好事。”

姜梨忽然有预感，接下来季苏白一定有什么不靠谱的委托。

“等会儿你帮我挡一下呗……”

果然。

姜梨斜眼道：“帮人挡桃花这种事太缺德了。”

“你救救我吧……”季苏白欲哭无泪，“我妈现在逢人就问生辰八字，要是相配的，就要直接拉我进洞房了。”

“不要。”她拒绝。

“我没说要你假扮我女朋友，我就站在你旁边，你就一直跟我说话就行了，我妈看到我跟你说话，不会再让我去找那些女孩子的。”

天下没有白吃的午餐，以后她一定要牢记这句话，尤其是季苏白的午餐，一定伴随着极不靠谱的请求。

不远处，季妈妈的目光寻了过来，姜梨朝她微微一笑。

“不过你和顾神到底是怎么回事？”

兜兜转转绕了好几个圈子，最终又回到了这个话题上。

“《拯救者》搞了个征集游戏角色原画的活动，冯曼曼的画被选上了，她画的是我，我就去签授权协议了。”姜梨压抑着怒火道，“然后你的猫打开了我电脑的摄像头，顾予川就知道了我的真实身份，然后他就趁着热度博眼球！圈钱！”

听完，季苏白大失所望。

“这么多年了，顾神一点绯闻都没有，这一次居然跟你炒作，我还以为顾神喜欢你呢……”

喜欢？他怎么会喜欢她呢。

姜梨摇摇头：“你不应该比我更了解生意场上的男人吗？”

“别人我不知道，反正我觉得自己挺好，特专情，绝不花心。”

姜梨：？

全天下所有男人说这话她都能信，除了季苏白。毕竟季苏白说出口的话，一般没几天就会打脸。但她做梦都没想到，这一次这么快，季苏白就把自己的脸打肿了。

“那个女生……可以啊。”说这话的时候，季苏白的眼珠子都恨不得长在不远处的人身上。

姜梨顺着他的目光看过去。在一群莺莺燕燕中，有一朵迷人的玫瑰骤然盛放。别说是季苏白了，就连她看一眼都觉得心脏怦怦跳。

明明是颜色并不起眼的墨蓝色连衣裙，穿在她的身上却能把皮肤衬得格外白皙。清淡的妆容、精致的五官、高挑的身材，还有那傲然的曲线……

季苏白的眼睛都要看直了。

女生好像和季妈妈交流了几句，随后笔直地朝他们两个人走了过来。

“季苏白，你要不要……”话都没说完，姜梨就被推开了。

季苏白伸手理了理自己的发型和衬衫领口，把西装的纽扣扭上，皮鞋踩在柔软的地毯上，走姿风情又正经。

姜梨还沉浸在被季苏白推开的巨大悲伤中。只见季苏白已经花枝招展地开始朝女生抛媚眼：“嗨，我是季苏白，季氏集团的独生子，未来的接班人。”

这个自我介绍，让姜梨差点把刚才吃的东西全都吐出来。

“你好，我是林初夏。”

“啊，你是林氏集团的千金吗？”

林氏集团？酒店遍地开的林氏集团？姜梨缩了缩脖子，富人的世界和她之间大概相差了一整个银河系。她的心微微沉了一下，顾予川应该也是那个世界的人吧。

林初夏看向她，又转而问季苏白：“她是你的女朋友吗？”

“不是！不是！”季苏白赶紧撇开和姜梨的关系，半点都不带思索，“是我朋友，在我开的深海射击俱乐部里当射击手。”

“射击手吗？”

听到背后传来的声音，姜梨的身子止不住地一僵。

她没说话，又听见来者说：“我还以为，你只是《拯救者》的游戏主播呢。”

“你来了啊，顾予川。”

顾予川……

姜梨机械性地转动脑袋，顾予川就站在她身后不到两米的地方，一双眼深不见底，像是要把她灼出无数个洞来。

姜梨下意识地握紧手中的玻璃杯。

季苏白有些惊喜。

顾予川的眼睛依旧望着姜梨。

并非往日的戏谑，他的目光清冷又温柔。

“你考虑好了吗？”顾予川抿唇，声音像是从很远的地方传来。

——姜梨，你要不要考虑和我假戏真做？

如果可以，她想永远记住这个瞬间。她清楚地意识到自己的心脏停滞了两秒钟。

他的眼睛里有光。

姜梨在那道光里清楚地看到了自己的样子。

02

“考虑什么啊？”“哈士奇”敏锐的鼻子嗅出了八卦的味道，摇着尾巴过来了。

姜梨果断扭过头去，不理会季苏白的追问：“没什么……”

“你脸红啥？”

“你来了？”林初夏扭头就把季苏白撇到了一边，伸手招呼顾予川到另一侧说话，留下季苏白和姜梨面面相觑。

季苏白：“你对象被人抢走了啊。”

姜梨黑脸。

“网上都把你们炒成官配了！”季苏白道，“你和顾予川都出圈了，影响力爆炸，我估计没多久就有不少商业广告要找你合作。”

季苏白叽叽喳喳说了什么姜梨一点都不关心，她的目光都聚集在不远处的顾予川和林初夏身上。

“他们好像很熟？”很快，季苏白也发现了不对劲，“姜梨，你可不能让林初夏和顾予川在一起啊。”

她飞了一个白眼过去：“男欢女爱的事情，我可管不了。”

“那可是顾予川啊，那可是你男人啊！”季苏白一惊一乍。

姜梨：“……”

不远处，顾予川和林初夏不知道是在说些什么，两个人的脸上都漾着笑意。姜梨盯着看了几分钟，居然看到林初夏把手搭在了顾予川的肩膀上，而他好像并没有拒绝的意思？

女朋友？暧昧对象？还是他对谁都这样？

姜梨突然气得不行。这算怎么回事，一边让她考虑和自己假戏真做，另一边又和林家的千金暧昧不清，把她当备胎吗？

她忍不住骂了一声。

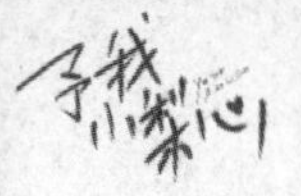

她转过身，拿起橙汁咕嘟咕嘟往下灌。擦了擦嘴，她越想越窝火。在直播间跟她说了这么多让人误会的话，“粉丝”胡乱牵线搭桥他也不管。她算明白了，什么电竞圈的金童玉女，她不过就是顾予川鱼塘里的一条小丑鱼。

“姜梨，你要振作。”说话的是季苏白，他伸手拍了拍姜梨的后背，“虽然以你的条件跟林初夏比起来是差了好几条街，但耐不住顾神喜欢啊。”

她怒道：“不说话你会死吗？”

“但是你放心，身为你的好朋友，我不会让你受伤的。”

说罢，季苏白就走出了最风姿绰约的步伐，踱步到不远处两人的中间，硬生生用他妖娆的姿势竖起了一道防御线。

“顾神，小梨子找你。”

姜梨：？？？

她脸上的表情顷刻垮塌，看着顾予川一步一步地向她走来。

白衬衫，西装裤，直到他身上的每一寸褶皱她都能看得清清楚楚，姜梨这才缓缓地抬起头来，目光掠过他的喉结处，不由自主地咽了咽口水。

“找我？”

姜梨倒吸一口气，刚想用眼神杀死季苏白，只见他人都不知道跑到哪里去了，连带一起消失的，还有林初夏。

末了，她说：“对，找你。”只是语气极其强硬，脸色极其瘆人。

顾予川恍若未闻，道：“说吧。”

“你是不是有女朋友了？”

“谁？”

她道：“认识你之后，我明白了一个道理。做人，真的不能太‘顾予川’。”

顾予川轻轻地揉了揉自己的眉心，问：“兴师问罪总要有个理由吧。”

“顾总监做事的时候也没见你有什么理由。”

顾予川微微掀眸：“你这是在怨我哪件事？说出来，我好认错。”

错？顾大奸商哪能有错？按照他神乎其神的逻辑，到最后罪大恶极的还不得是她这个村野小民。

“我只是觉得，‘水性杨花’这个词用在顾总监身上格外贴切。”她抬着头，眼睛干干净净。

顾予川的思绪仿佛回到了很久之前的一个记忆点。

他曾赤诚追逐过的一双眼睛，干净又凌厉。像山野间奔来的初生小兽，不畏惧囚笼，不放弃远方。

顾予川回过神来，勾起唇，道：“吃醋了？”

吃醋？吃哪门子的醋？她为什么要吃醋？

脸突然开始发烫，姜梨往后退了两步，拉开了和顾予川之间的距离。

“谜之自信。”她轻哼了一声。

吃醋这件事，她自然是咬死不认的。她莫名其妙吃顾予川的醋干什么？她只不过是站在正义的角度，严肃批判顾予川这种朝三暮四的恶劣行为。

“顾总监，你既然有女朋友或是暧昧对象，就不应该在网络上跟我炒作，虽然按照你的说辞，这并非你的意愿，但作为话题中心的公众人物，我们可以发出声明，澄清彼此的关系，不是吗？”

顾予川看着姜梨喋喋不休的嘴巴，脸上的笑意逐渐淡了下来。

“既然如此，你为什么不主动澄清呢？”

他的眼神毫无预兆地堵住了她所有的思绪，连带她后续想要说出口的话，全部都堵在了嗓子眼。

——你为什么不主动澄清呢？

姜梨愣住了。

“既然双方都是话题中心的主角，只要有一方说明，不就可

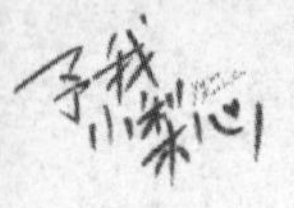

以了吗？”他的咬字轻得就快要听不见，可每一个音节都像是铁锤一般重重地敲击着她的心。

顾予川走近一步，说：“你为什么不去说明呢？”

自己为什么不去说明呢？姜梨不知道，他的问题完全封死了她的退路，她根本没办法强词夺理。

顾予川又往前走了一步。

她望着他的脸，发现自己的呼吸都变得稀薄起来。

“我是不是可以理解为，你在期待着什么，姜梨。”

姜梨被他逼到无路可退，身子抵在餐桌上，握紧手，道：“拿炒作来圈钱的是顾总监，最后倒打一耙的也是顾总监。我的意思很简单，炒作都不是我们双方意愿，那我们都发布声明，如何？”

说罢，她拿出手机，打开了微博页面。

巨大的阴影落在屏幕上，一只手覆住了她的手机，随后，顾予川抽出她的手机，在手中转了两圈之后，落在了他的掌心里。

他俯下身，轻声道：“我可从来都没有说过，炒作不是我的意愿。”

她蓦地睁大眼睛。

“你说过，那是‘粉丝’们自发的行为……”她支支吾吾地说。

“嗯。”他顿了顿，说，“可我从没说过他们这种自发的行为不合我心意。”

这算什么意思？又撩她？游戏里撩是为了圈钱，那游戏外呢？她想不明白。

良久，她问：“你也是被逼来相亲的？”

顾予川：“……”

“跟季苏白一样，又要拿我当挡箭牌？”

顾予川：“……”

“你们有钱人之间的相亲游戏，都是这样暗含火药味的吗？”

顾予川的脸逐渐缓了下来，哭笑不得：“有的时候，我真想看看你的脑子里装的到底是什么。”

不是往日轻描淡写的口气，倒像是……有几分宠溺？姜梨摇摇头，试图让自己看上去沉稳又冷酷。

“顾予川，我们扯平。”她道，“我不要你澄清，我自己去。你也没必要戏里戏外跟我说这些那些，如何？”

她摊手，用眼神示意他把手机还给自己。结果落入她掌心的不是手机，而是他的手。

顾予川一把拉住她，道：“你胆子不小，怎么不敢想？”

“想什么？”她轻微挣了一下，挣不开，她也不再努力，反正她不亏。

“想我为什么这么做，为什么说这些话，为什么找你连线，为什么要和你炒作，为什么不澄清，为什么用你的形象作为角色蓝本，为什么是你。”

一连串的“为什么”把她的脑袋都塞满了，问到最后，顾予川留给她的，只有令人眩晕的鼻息。

“我不想。”她道，“你别想骗我对你动心。”

顾予川觉得他真的是头痛。最终，他还是先缴械了：“其实，我和林初夏……”

他刚说了几个字，就被身后的男人打断了。

“姜梨？”

姜梨抬起头，望向声源处。

“嗡”的一声，她的眼前划过无数画面，随着耳鸣的声音越发响亮，她的大脑片刻间空白一片。

流星陨灭之后，会在地表留下深刻的痕迹。痕迹越深，就表明流星落地前飞行的速度就越快，它曾经就越闪亮。

她不知道自己坠落之后的痕迹有多深，她也从未奢求有人能记得她以前的光亮，唯独这个人……他大概是见过她最耀眼时候的样子的。

她沉默了很长很长一段时间，最后，从口中轻轻地吐出了三个字：“乔记者？”

顾予川侧过身，平静的目光落在乔亦的身上。

面前这个男人温文尔雅，谈吐不俗，长得也不赖。

顾予川的眉头微微挑了一下，正在对乔亦进行初步评估。

戴了个金边眼镜，倒有点斯文败类的意思——这是顾予川的最终定论。

“季氏集团的董事长夫人是我大学时期的导师，邀请我过来，没想到这么巧，会在这里遇到你。”

姜梨点点头：“好久不见。”

“是好久不见了。”乔亦微微一笑，“你都这么大了。”

认识乔亦的时候姜梨才十七八岁，一转眼都五年了。

“这么多年了，你彻底放弃射击了吗？”乔亦问。

他的提问让她的心陡然一惊。

再提起这个话题，指尖都觉得微微发疼，姜梨下意识地看了眼面前的顾予川。

“我们去那儿聊。”很快，乔亦就明白了姜梨的意思，他指了指一边没人的位置。

“好。”

她其实也不是没想过要再去提起这个话题，只是话到嘴边，就成了叹息。

已经过去的这四年里，她从来都没有忘记那种感觉，站在赛场，扣动扳机，正中靶心，全场欢呼。

还有多少人能记起她的名字？

还有多少人能回忆起射击场上曾经的天才女枪手？

还有多少人能等一等她，等雨过天晴，等她重新站起来？

在经过顾予川身边的时候，她的手被他拉住了。力道很大，她根本挣脱不开。

“不想说就不用说。”顾予川转过身，目光直直地望着她。

“你可以不说你不想提起的事，你不必去迎合任何人。”顾予川道。

她的心怦怦狂跳起来。他知道她不想说。

乔亦停下步子，问姜梨：“这是你的朋友吗？”

“不是。”顾予川率先接下了问题，他直起身子，启唇道，“我们比朋友更进一步。”

姜梨：“……”

乔亦：“我和姜梨是多年的朋友，老友之间叙叙旧，应该不妨碍你。”

“妨碍。”顾予川垂眸。

“顾予川……”姜梨刚想说话，就被按住了。

他依旧淡淡地开口：“我不希望你让她说不愿意说的事。”

“你怎么知道她不愿意说？”

顾予川：“如果愿意说，你早就该知道。不是吗，多年的好朋友？”

三明治夹心的感受，姜梨算是明白了。

她现在就像是被夹在中间的可怜火腿。顾予川说得对，她并不是很想提起往事，但对于乔亦，她似乎又没有故意隐瞒的理由。

“我们只是这几年失去了联系方式，一直没有机会……”

顾予川：“失去联系方式，那就代表你不重要。”

他反唇相讥，字字珠玑，无懈可击。

乔亦微微拧起眉头，问：“顾总监是吗？”

“有何指教？”

“之前你在电视台的一次专访，是我制作的节目。”乔亦伸手推了推鼻梁上的眼镜，“早知道顾总监荧幕后的为人处世是这样，我当初应该亲自给顾总监做专访才对。又或者我可以单独再给顾总监做一期‘镜头后的我’？”

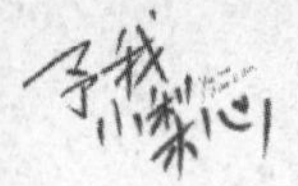

“那倒不必。”顾予川道，“我的知名度已经不再需要用综艺节目去提升了。”

乔亦的脸沉了几分。

顾予川轻轻地松开姜梨的手，不动声色地搂住了她的腰，语气暧昧又温柔：“如果乔记者有一点身为媒体人的灵敏度，也该知道全网公认的我和姜梨之间的关系了吧。”

姜梨缩了缩脖子，愣了好久，才挣开了顾予川。她要是再听不出两人字里行间的火药味，那她该有多蠢。

姜梨转过身来，一脸的不高兴：“你还是一样，说话做事一点都不顾及当事人的感受。”

顾予川眼色一沉。

“之前炒作也是，现在讲话也是……”她黑脸，“顾予川，我很不喜欢你这样。”

“是吗？”顾予川的声音忽然冷了下去，“这样看来，倒是我多管闲事。”

他看了眼乔亦，又重新看向了她。

深不见底的眼睛，看得她直发慌。

不喜欢，可她没有抗拒。她不明白这意味着什么，她甚至连细想都不敢。

很快，顾予川舒了一口气，他伸手轻轻把她往前推了推。

“去吧。”他说，“我就在这儿。等会儿要是想哭鼻子，可以来找我。”

姜梨转过身跟着乔亦往前走，每走一步，她都能嗅到馥郁的芬芳，像是有什么地方开花了。

她想起刚才顾予川说最后一句话时的表情，像是有点委屈，却又出乎意料的可爱。

姜梨伸手捂住自己的胸口，她好像知道是哪里开花了。

03

两人走到会场的角落坐下。

“你后来就没有再打过比赛了吗？”乔亦问。

姜梨试图让自己看上去毫不在意地答：“嗯，后来就读书去了。”

“读的什么专业？”

“数学……”

乔亦沉默了，射击运动员不打比赛了，扭头就去学数学，想想都觉得不可思议才对。

姜梨尴尬地扯了扯嘴角：“你别笑，其实我数学还挺好的。”

乔亦摇了摇头，道：“没，只是有点惊讶。我原先以为，按照你的状态，完全可以进国家队的。”

国家队啊，很多年以前，那确实是她的目标。

姜梨摆摆手，道：“国家队的名额是留给那些有天赋又勤奋的选手的，我这才到哪儿……”

乔亦静静地望着她：“当年的事，其实我都知道。”

闻言，她的心猛地一震。

乔亦又说：“其实这么多年我一直都在关注你。当年你退赛之后我找过你，但他们说你离开了俱乐部。后来我四下打听了一阵子，听说你已经离开 A 市了。”

从那之后，乔亦就再也没有听到过关于姜梨的任何消息。她就像是人间蒸发了一般，彻底从荣耀场上销声匿迹。这么多年来，他也遇到过很多优秀的运动健将，他们同样年轻、同样努力、同样有天赋，可他再也没有见到当初如她眼中那样的光。

他思忖了许久，道：“是真的可惜了些。”

“还好啦，有什么可惜不可惜的，人生的抉择千万种不是吗。”她说给乔亦听，却又像是在说给自己听。

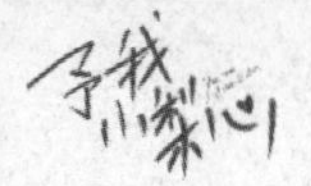

乔亦点点头：“游戏主播也挺好的。之前我还听说过‘栗子酱’，没想到居然是你。”

“居然是你。”季苏白之前也这么说来着。

她的确不是那种放在人群中能闪闪发光的角色，所以大家对于英勇善战的栗子酱居然是这样一个平平无奇的人这件事，多半还是挺失望的吧。

“我也没想到自己会成为主播，一开始我玩《拯救者》也没想过以此为职业，机缘巧合走到了今天。”还莫名其妙拿了个游戏周年庆的新角色代言。

“其实我们台里最近也在考虑电竞的节目。”乔亦掏出自己的名片递给她，“如果你有任何合作意愿的话，随时可以来找我。”

姜梨看着名片，道：“你现在不做记者了？”

“我现在是体育电视台的节目制作人，转居幕后了。”

姜梨叹了口气：“可惜……长得这么帅居然去做幕后。”

“一直在幕前的话，找不到对象。”

姜梨有些惊讶地抬起头：“为什么？”

“之前台长让我去做幕前，但是做了几期之后，微博上有一些很狂热的女‘粉丝’给我发私信，我不太喜欢这样。”乔亦腼腆地推了推眼镜。

姜梨笑道：“是不是微博发私信说要嫁给你那种？”

“嗯……”

她没露脸之前，也有好多男“粉丝”说要娶她来着，露脸之后，她都没敢点开未关注人私信。

“那怎么就找不到对象了？”

乔亦推了推鼻梁上的眼镜，慢慢说道：“我一直觉得，这些话大多都是一时兴起的玩笑话吧。因为一部剧就喜欢上一个演员，又因为另外一档真人秀喜欢上别的演员，诸如此类的，她们的爱来得快，转移得更快。”

姜梨点头：“也是，可能‘粉丝’们大多都挺博爱吧。”

此处点名：白阿白。

季苏白猛地打了个喷嚏，他下意识地四处望了一眼，目光落在不远处谈笑风生的姜梨身上。

季苏白又转向另外一边，站在那边握着杯子，眼睛紧紧盯着姜梨和乔亦的人，不正是顾予川吗？

他总觉得气氛有些微妙。

“你和顾予川很熟吗？”季苏白扭头问林初夏。

林初夏抿了口茶：“从小一起长大的。”

青梅竹马？季苏白差点被口中的咖啡呛到，一股前所未有的危机意识袭来，惊得他又打了两个喷嚏。

没等季苏白说话，林初夏先开口了：“你和顾予川的绯闻女友很熟吗？”

“她在我开的深海射击俱乐部里。怎么啦？”

“没。”林初夏扫了不远处的姜梨一眼，很快收回视线，意味深长地轻笑了一声，“好像在哪儿见过。”

“啊？”季苏白一愣，随即反应过来，“她是《拯救者》的游戏主播，挺有名的。前阵子她被我家的猫搞得暴露了，上了热搜，你是在网上看到的？”

林初夏摇了摇头，终于理清了思绪：“不，是在顾予川的家里见过。”

家里？季苏白怔住了，这信息量有点大啊。

姜梨刚和乔亦叙完旧，就被季苏白拉到了一边。

季苏白挤着眼问：“你和顾予川进展这么迅速？”

“什么进展？”

“跟我你还藏着掖着啊！你不是都去顾予川家了吗？怎么

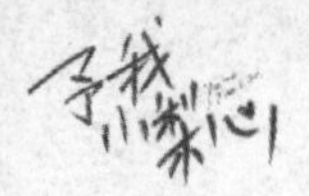

样，他家大不大？”

姜梨伸手狠狠在他的后背上捶了一下：“你沉浸在自己幻想的帖子里出不来了？”

“是林初夏说的，在顾予川家里见过你！”

姜梨乜斜了他一眼：“大概是顾予川带着别的女人回家，被错认成了我吧？”

“要照这么说的话，倒也真的有可能。”季苏白叹了口气，略带遗憾地说，“照这么看来，还真有可能顾予川的私生活挺乱的，我还以为他是个好人呢……”

说到最后，声音戛然而止，季苏白屏住呼吸，小心翼翼地看了眼姜梨的表情。

话说重了，小梨子怕是要难过了。

然而，姜梨却像是没事儿人似的，连眼睛都不带眨一下的。

“奸商。”姜梨道，“就只想着骗女孩子的心来达到自己的目的。”说完，她的心悄悄地沉了一下，本来开着的花突然就不香了。

“你倒也别这么说……”季苏白硬着头皮挽救自家偶像的形象，“看开点，梨子。他都一大把年纪了，有个前任那还不正常嘛。”

“我没前任。”说话的是不知道什么时候出现在两人身后的顾予川。

顾予川抬眸，轻轻地扫了眼姜梨的脸，她一副并不是很高兴的样子。

季苏白：“你没谈过恋爱？”

“没有。”顾予川的声音很稳，半点不像是撒谎的样子。

姜梨望向另一面，没有说话。

“不应该啊！”季苏白咋咋呼呼地说，“你这么英俊帅气，游戏玩得溜，生意也做得这么厉害，怎么就没谈恋爱呢？”

顾予川敛回视线。

“大概是在等人吧。”

声音很近，却又像是从很远的地方传来。

季苏白追问：“在等谁啊？”

“反正不是等你。”姜梨翻了个白眼，并不打算继续掺和在顾予川的“含情脉脉”里。

他跟她在这儿凹深情人设干吗？她又不会上当，只要她不直面他那张祸国殃民的脸。

“那你现在等到没？”季苏白继续八卦。

“等到了。”顾予川想了想，又说，“但是看样子，不太待见我。”

季苏白气得捶胸顿足：“啥？不待见你？她是患了眼疾还是怎么了？我要是个女人，被你这么等，我立刻、马上以身相许！”

姜梨轻哼了一声：“顾总监一面等着心上人，一面还把女人往家里带。又不恋爱，又不拒绝。真是乱花丛中过，片叶不沾身啊。”

顾予川：“把女人往家里带？姜小姐又是从哪里听来的谣传？”

“无风不起浪！”

“强词夺理。”

眼看气氛不对劲，季苏白光速跑向厕所。

姜梨抬脚刚要走，一只白皙的手横在了她的面前。

“你是在怪我？”顾予川问。

姜梨摇头。

顾予川微微凑近：“那我只能认为你是在吃醋了。”

姜梨：“顾总监日常自恋？”

“想不明白你为什么对我这么大敌意。”

“你想多了。我不过就是顶着虚名，顾总监的桃花遍天下，我才不至于这么自讨没趣。”

“解释的机会你总要给我吧？”

姜梨道：“你不用解释，顾总监，你没必要向我解释。”

“有必要。”他说，“你可以生气，但我不想你误会。”

顾予川放下手，走到她面前，语气严肃：“你听着。我从来都没有带过女人回家，也没有过任何前任；林初夏和我是邻居，从小一起长大，是朋友，我和她也没有任何不正当的关系。”

没有带过女人回家？没有过任何前任？他没谈过恋爱，也没有和不明不白的女人有过关系吗？

姜梨陷入了沉思。

“还有……”顾予川停住了。

姜梨在等他的下文。

“还有什么？”

“还有，我让你考虑的问题，你可以不用急着回复我。”

姜梨：“哈？”

顾予川的脸微微有些异色：“在你对我有这么大敌意之前，我希望你多了解我一些。”

了解他？疯了吧？那张脸就已经够让人心神荡漾的了，在这基础上再随便来个加分项，就足以让她缴械投降了好吗？她的心脏抗压能力可没那么强，不至于想不开硬着头皮往他的世界里钻。

姜梨板着脸说：“可是我不想，顾总监。我一点都不想了解你，你不要自作主张。”

话还没说完，她的手机就被顾予川拿走了，还回来的时候，微信界面已经是顾予川通过她好友的聊天界面了。

“就算是合作方，也总得了解，不是吗？”顾予川的眸光一转，“毕竟光与的授权酬劳，数目也不小呢。”

果然，奸商在此刻就露出了他的狐狸尾巴。姜梨扁嘴，道：“我和顾总监的商人思维可不一样。”

他以为钱就可以搞定一切了吗？做梦。

她正想着，手机蓦地一振，微信收到转账。

姜梨认真数了两遍，小数点前是六位数。她拿着手机的手不自觉抖了两下，在心中不停地强调，自己是见过世面的人。

“这是定金。”顾予川微微一笑，“剩余的酬金会在游戏角色上架之后给你。”

姜梨不动声色地收款，脸上的笑却不受控制地狗腿了起来。

“这么客气干吗。”她的声音都软了几分，“常联系啊，合作伙伴。”

04

向资本主义倒戈的那一天夜晚，姜梨做了一个噩梦。

梦里她见到了一只大狐狸，狐狸朝她摇尾巴，她就屁颠屁颠地跟了上去，一路跑进了狐狸的洞穴，连头都不带回一下的。

这世上，有人死于美色，有人死于钱财，而她恰好两个都碰到，没理由不为所动的呀。

隔天一大早她被手机吵醒，季苏白的语音打个不停，她有气无力地按下接听键，听见季苏白在电话那端喊：“省射击队的人来啦！你要不要过来看看？”

省队的？姜梨一个激灵，爬了起来。

她在深海射击俱乐部也有一段时间了，可惜俱乐部一直都没什么起色。一来，本市对射击的关注度不高，大多有水平、有抱负的射击手都去了别的城市；二来，季苏白出资盘下深海射击俱乐部，不过就是当时心血来潮，也没有什么后续的发展计划，导致现在俱乐部里基本就只剩下一些成年人闲暇时来放松放松。

她已经好久都没有接触这些专业的选手了。不知道她现在的技术，还能不能抓到一点专业选手的尾巴？

姜梨飞快地起床收拾装备。

等到了深海射击俱乐部的时候，她才发现里面的气氛并不好。前台小妹站在一边，委屈巴巴地只想哭。

俱乐部里面站了浩浩荡荡一行人，穿着统一的制服，胸口是省俱乐部的徽章。

“怎么了？”姜梨放下包，小声问前台小妹。

“他们嫌弃我们俱乐部不专业。”前台小妹说，“申冬是省里的一流俱乐部，名声挺大的……感觉他们队一副看不起人的样子。”

姜梨：“打枪就打枪，场地都差不多，有什么专业不专业？”

“不知道。”小妹摇摇头。

姜梨问：“老板呢？”

“老板出去给这些人买早饭了。”

“买早饭这种事要老板去跑腿？”

“他们刚下大巴车就过来了，还没有来得及吃早饭，所以老板就去买了……”

姜梨“哦”了一声。

人群中有人开口：“早就说林队长根本就不会选场地，还不如去我们张副队选的俱乐部呢。”

不远处的休息区，坐在椅子上的张城皱着眉头，对前台小妹说：“你们俱乐部怎么回事？不是说了我们下个月要比赛，这个月场地都给我们用了吗？怎么还有闲杂人等？”

小妹小声说：“她不是闲杂人等……她是我们俱乐部签约的专业射击手。”

“签约的专业射击手？”张城嗤笑道，“没想到，你们这么不专业的射击俱乐部还有专业的射击手呢？”

旁边的矮个子选手也笑了一声：“张副队，他们知道‘专业’这两个字怎么写吗？”

前台小妹压低声音说：“我们姜梨姐挺厉害的……”

“哦？”矮个子选手不屑地哼了一声，走到姜梨身边，结果发现自己的身高和她差不多，脸上划过一丝尬色，随即挑眉道，“专业的都去别的城市了，留在这种小地方的，也只能是歪瓜裂枣了吧？”

姜梨抬眸：“这还地域歧视上了？”

“没有没有……他不是这个意思。”说话的是旁边的一个年轻选手，“要不你先去休息一下吧……这边的事情，等我们队长来了就好了。”

话音未落，坐在椅子上的人霍地站起来，冷声道：“你什么意思？你是觉得我这个副队长做不了主了？”

“没有，张副队，小金不是这个意思。”有个皮肤黝黑的选手连忙出来打圆场。

“你别以为我不知道，当着我的面对我客客气气的，背地里在姓林的那边告了我多少状？”张城走到小金面前，伸手揪住了他的衣领，居高临下道，“上次在Z市比赛，我们晚上出去喝酒的事情就是你说的吧？”

小金没吭声。

张城人很壮，力气又大，被揪着衣领的小金脸涨得通红，可在场的却没有一个人敢出来帮小金说话。

姜梨从包里拿出护目镜，道：“专业区和业余区是分开的，老板给你们队收拾好了专业区，业余区就算有人，也不会影响到你们的。”

“你不知道我们张副队训练的时候不喜欢有人打扰吗？”矮个子选手怒道。

要不是看在季苏白开俱乐部以来好不容易迎来一次重点队的分上，姜梨早就不管这群人自己训练去了。

“比赛的时候难道现场都没人吗？”姜梨侧过脸，笑道，“你是专业的，不要说这么不专业的话嘛。”

张城冷冷地瞪了她一眼，良久后，他松开手，小金后退一步，咳嗽不止。

张城看着姜梨的射击手套，道：“日星俱乐部？”

姜梨的手猛然一僵："网上买的，盗版。"

"我当然知道是假的。"张城冷笑道，"你哪有本事能弄来正版的日星手套？"

"我业余的嘛。"姜梨笑了笑，取下手腕上的皮筋，把披散的头发高高地扎起，侧过头来朝张城挤了挤眼睛，"张哥，我还没亲眼见过专业选手打枪呢，你让我开开眼。"

见张城脸上的表情缓了缓，前台小妹悬着的心总算是放了下来。

然后被捧上天的张城就开始了他的个人表演秀。

他手很稳，瞄准力也不错，水平倒是不赖，就是做人，太臭了。

张城总共射了三次，命中两次十环。

"厉害啊，张哥。"姜梨鼓掌。

张城："你不是这儿的签约射击手吗？你试试，让我看看你有什么问题。"

姜梨摆摆手："不行啊，张哥，我这水平太差……都是问题。"

"试试呗，你又不是专业的。打得差我们张副队又不会笑话你。"

姜梨戴上护目镜，目光瞬间变得凌厉起来。

季苏白提着好几份早饭赶到俱乐部门口，看到的就是姜梨扎着高马尾的样子。

有点好看是怎么回事？

季苏白放下早饭，不禁有些愣。

自打深海射击俱乐部开张以来，他就没几次认真看过俱乐部里的人训练，上一次看姜梨训练，还是半年前，现在她一副"护目镜一戴，谁也不爱"的样子，好家伙！在直播间蓬头垢面，拿起枪就英姿飒爽。

季苏白问小妹："你们女人都这么善变的吗？"

第一枪，十环。

人群中传来惊叹声。

“不错啊。”张城夸道。

等到第二枪，他脸上的表情变了。

又是十环。

惊叹声更高了，矮个子选手没想到姜梨能连射十环，登时也愣住了。

季苏白不可置信地望着姜梨。他曾无数次在直播间看她在《拯救者》里拿起枪，如同女斗士一般地大杀四方，他想，如果《拯救者》里的其他玩家看见她击杀对手时的样子，也一定能看到她眼里耀眼的光。一如此刻，她瞄准靶心的眼睛像是星星一般，闪亮又迷人。

季苏白忍不住拿起了手机，打开拍摄功能对着她。

砰！

枪响的时刻，她高高的马尾辫轻轻地晃动了一下，遮住了季苏白的视线，等他再次看向靶心时，一旁的职业选手都呆了。

季苏白激动得想哭。

原来游戏里这么帅，狙得这么准，是因为现实中她就是个稳准狠的射击手啊！

姜梨放下枪，摘下护目镜，不远处是三个几乎重叠在一起的痕迹。她转过脸来，满脸微笑地看着张城：“我不太专业，我们俱乐部的其他选手都比我强一点。”

够了！季苏白满头黑线，放眼望去，整个市里比她强的可能都找不出几个来。

张城黑着脸，很明显她的三连十环已经让他颜面扫地了。

然而，姜梨还是甜甜地笑：“主要还是张哥指导得好，让我们这样业余的选手也能打出这样的成绩来。”

她叹了口气，说：“如果不是要‘搬砖’，我一定要去现场看你比赛。”

人群中突然传来掌声。

其他人朝着声源的方向毕恭毕敬地叫了声“林队长”，唯独张城的眼睛往上瞟，装作看不到的样子。

林奇朝姜梨投来赞许的目光：“你很棒。没想到这里有这样优秀的射击手。”

姜梨微微颔首，表示感谢。

“如果对专业射击有兴趣的话，可以来我们申冬。”

“谢谢林队长的抬爱，不过我不太专业，也不想打比赛。”说完，姜梨转身就走。

走到门口，看到满脸不可置信的季苏白，姜梨朝他钩钩手。

季苏白愣了几秒后才木讷地走过去，第一件事就是认真地竖起大拇指。

“我现在终于明白顾予川为什么会看上你了……”

姜梨黑了脸：“干吗，是我配不上他吗？”

“不不不，简直是他高攀了好嘛！”季苏白连拍马屁，“你这个水平不去打比赛，真的是太可惜了！”

似乎所有人都在对她说“可惜”。是啊，放弃射击比赛真的挺可惜的。更可惜的是，箭在离弦的那一刻，就已经回不了头了。

“我就是运气好，三连十环，平时都歪得不行。大概是正义感作祟，实在是看不惯省队的那几个人这么嚣张吧。”

“就是，还让我去买早饭。”

“你不会拒绝的吗？”

“好不容易来个省队的人帮我们打打名气，我不得好好供着啊。”

姜梨摇摇头：“那我近期不来俱乐部了。”

“别啊，我想看你打枪！”

“看直播不香吗？”

季苏白想了想：“还是真人比较香……”

姜梨低头刷微信朋友圈，手指停住。她扭过头，凶巴巴地看着季苏白：“偷拍我还发朋友圈？给我删了！”

“从这个角度看只能看到你的眼睛，删什么。”季苏白一边说一边欣赏自己刚才拍的照片，“你不觉得这张照片拍得很酷吗？”

姜梨放大之后仔仔细细看了很久。

是很酷，那双如雄鹰盯着猎物一般的眼睛，精准又凛冽。

顾予川在看微信的时候，刷到了这条微信朋友圈。

聚会上季苏白死乞白赖地加了他微信，他倒是没想到还有意外收获。他盯着照片看了很久，看见了她眼里的光和从前一模一样。

“在看什么？”林初夏瞥了一眼顾予川的手机，见他不动声色地掩住了屏幕，轻笑了一声，“这是有什么见不得的秘密？”

顾予川喝了口咖啡，继续看手上的文件。他淡淡地抿唇，道：“你们酒店策划部的文案写得真糟糕。”

林初夏：“眼睛都长在手机上了，哪还有心思看文案？”

顾予川合起文件：“你很酸啊。”

林初夏摇摇头，挑衅似的说：“难得看你对工作之外的事情感兴趣，能不好奇吗？”

“好奇？”

“嗯。”

顾予川：“给我转十万，我马上告诉你。”

林初夏：“奸商……”

05

姜梨再一次刷微信朋友圈的时候，发现顾予川不知道什么时

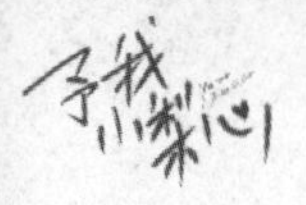

候给季苏白发的那条状态点了个赞，吓得她手抖也点了个赞，又火急火燎地取消。

没过一分钟，顾予川就发了消息过来。

顾予川：最近什么时候有空？

姜梨：干吗？

顾予川：要给你拍写真，建模师也要找你沟通。

姜梨：下周二之后。

顾予川：那就下周三，我来接你。

接她？怎么接她？那她岂不是连家庭住址都要曝光了？

自从上一次她接受了顾予川的转账之后，她就有种微妙的挫败感，每每想到自己向资本低头的丑恶嘴脸，她就忍不住想扇死自己。

好在冯曼曼安慰她说“拿钱不积极，脑袋有问题”，她这才心里舒爽了一些。可一想到这次的合作，后续会和顾予川有千丝万缕的联系，她就没来由地慌。

慌什么？她不知道。

按照冯曼曼的思路，栗子酱和顾神的炒作越火，《拯救者》四周年庆的新角色人气就越高，到时候光与赚得盆满钵满，她能分到的羹也就越多。《拯救者》的新角色分成赚一笔，栗子酱知名度大涨再赚一笔，怎么看都是稳赚不赔的买卖，也就她自己在这儿黯然神伤了。

几天前，冯曼曼租的房子到期了，没有续约，直接把行李和吃饭的家伙儿都搬来了和姜梨一起住，顺带成了她的感情顾问兼生活导师。

“听季苏白说，你在俱乐部打败了一个省队的选手？”冯曼曼问。

姜梨道："他以为我纯粹就是业余玩玩的，压根儿就没认真打。"

冯曼曼拿着刚打印出来的花纸在她面前炫耀了好半天："我下下周就去光与跟项目了，一想到每天都能和专业的原画师在一起打交道，天哪，梨子，我人生巅峰了！"

姜梨看着冯曼曼手上的那张稿纸，那张看上去她被磨皮精修并加了无数滤镜的脸，叹了口气，说："不知道玩家看到原画，再看到我本人，会不会巨失望……"

"请你振作一点！"冯曼曼放下稿纸，刷起了手机新闻，"你明明五官很漂亮啊，干吗自己暴殄天物啊！"

姜梨眼睛都不抬一下："电子竞技不需要颜值，我靠技术征服世界。"

电子竞技真的完全不看脸吗？当然不可能。这是姜梨再次上线之后发现自己掉了好几百个"粉丝"之后换来的大彻大悟。

深海射击俱乐部这段时间都有省队的人在训练，她看张城不太舒服，就在家待了两天。

在床上躺得骨头都软了，姜梨收到了直播平台的电话，于是不得不爬到电脑前，打开了自己的直播间。再不播就要违约了，顾予川前几天给她那点预付款，还不够付直播平台违约金的零头。

为了不唤醒好不容易平复下去的"粉丝"，开播之前，她还特意去顾予川的直播间晃了一圈，确定顾予川没有开播预告，这才安心地打开了自己的直播间。

大概她上次的露脸，导致直播形象受损，这次直播间的人气明显下降了一半。她倒也不是很在意人气的高低，进了《拯救者》，她的脑海里就只有杀敌。

她在自己的房间直播，冯曼曼在隔壁画稿子，冷不丁有人按门铃，她戴着耳机没听见，冯曼曼的思路被终结，骂骂咧咧地跑去开门。

网友A：栗子酱的室友又开始日常口吐芬芳了！

网友B：好久没有听到栗子酱室友的声音，居然还有点想念。

姜梨这把已经拿到了十三个人头，系统显示这一把她已经是杀敌最多的玩家了，全地图不过就剩下九个人，她现在所处的位置很隐蔽，能在这个位置瞄到外面的人，却不容易被外面的人发现，看样子这一把栗子酱第一名是稳了。

“无敌是多么多么寂寞。”没想到好几天不碰《拯救者》，状态还是这么好，姜梨心情绝好地开始哼歌。还没哼两句，她的脑瓜子都差点被人给崩了。

“嗖”的一声，不知道从哪里飞来了一颗子弹，直接把她的头盔给打碎了，她瞬间残血。

与此同时，她看到了直播间的弹幕。

网友C：我的天！是从那个小窗飞进来的子弹！好准啊！

不一会儿，她直播间的人数突然噌噌噌涨了起来。

网友D：兄弟们，你们猜我刚才去了哪里？我去了顾神的直播间，刚才那一枪是顾神狙的！

又是顾神？他不是没开直播吗？

另一边，顾予川悠闲地坐在电脑后面喝着咖啡。

助理朱南不可置信地望着他的电脑屏幕，合不拢嘴：“不是吧，总监，你让我给你盯着栗子酱，就是为了她一开播就去虐她的？”

这前几天不是还在直播间打得火热，怎么转眼就兵戎相见了？朱南脑袋想破了都想不通。

顾予川掀眸："你现在进步很大。"

"哈？"朱南一愣。

"开始揣测老板的心思了。"顾予川顿了顿，说，"是公司的事太少了，还是你的工资太多了？"

朱南连忙噤声。

栗子酱躲在屋子里打药，好不容易把血加满了，刚想探出头，就听见不远处别人打起来了。现在她还没有确定顾神的位置到底在哪儿，不敢轻举妄动。

姜梨认真地看着屏幕，卡了半天位置，但从她的视角里，只能看到房子的墙，她之前找的完美狙击点就因为刚才顾予川的一颗子弹，没了。

什么意思嘛，姜梨搞不懂。

先是线上搞暧昧，线下送温暖，说一些让她一头雾水的话，好不容易她对他的敌意没那么大，他又跑《拯救者》里来杀她了，这是要干吗！

她飞快地掏出手机，给顾予川发了条消息。

姜梨：这么巧啊，顾总监，又在游戏里碰到了。

顾予川：不巧，我等你很久了。

姜梨：顾总监真是好闲情逸致。

顾予川：你不是一直想和我比一场吗？满足你。

姜梨：你怎么一点身为职业选手的职业操守都不讲啊？

顾予川：我开局到现在都没有杀人，还不够讲职业操守？

姜梨：那你这就是看不起我了……

耳边的枪声结束了，游戏界面上的存活人数又少了两个。姜梨小心翼翼地移动着角色，终于，在西南方向找到了一个光点。

好家伙，在这儿等着她呢。

姜梨勾起唇，以迅雷不及掩耳的速度直起身，透过小窗口，对着西北方向一个瞬狙。

打到了！界面上显示出对方受伤的特效。

网友1：好帅！我栗子女神的瞬狙！

网友2：这是什么惊为天人的操作？！

网友3：作为栗子酱和顾神的“粉丝”，看到他俩你死我亡，我的心真的好痛……

这一发子弹稳准狠，打到了顾神的脑门儿，好在他戴着三级头盔，才不至于被一枪毙命。

网友4：刚从顾神直播间过来，顾神的头盔也被打爆了。

网友5：这下好了，两个光头之间的角逐……

姜梨完全不知道顾予川今天是在《拯救者》里上演哪一出，只知道，要是她今天再被顾予川比下去，那她这个《拯救者》主播间“第一狙击手”的称号就没脸要了！

所以即便这把游戏已经进行到尾声了，她依旧打起了十二分精神。

弹幕上网友们还在猜测两人的种种可能，姜梨的耳机里突然传出脚步声。

糟了，有人上楼了。现在她必须要对付上楼的这个人，但她一起身，就会被等候多时的顾予川狙击。

这个游戏什么时候变得这么难了？姜梨欲哭无泪。

门被人从外面推开的瞬间，姜梨一个挺身，对着来人横扫了一梭子子弹。随着房里的人被解决掉，她那颗光秃秃的脑袋暴露在西北面伺机多时的人眼里。

光点闪过，消音狙击枪响起，姜梨的屏幕灰了。

她就知道！顾予川果真没有心慈手软！

姜梨呜咽了一声，把手机丢在桌上。

电脑上网友们纷纷感慨：我顾神狠起来，连老婆都杀！果然，电子竞技没有爱情。实在是太惨烈了。

姜梨回顾了一下游戏战局，突然在观众席发现了一个异常显眼的名字。

加V的认证ID——【G.】。

他来干吗？是来看她输了之后一蹶不振的丑态吗？做梦。

姜梨说了句“我喝口水”后摘下耳机，活动了一下已经有些生硬的脖子，茶杯放到嘴边，突然身后传来男声。

“脖子不舒服吗？”

“噗——”

姜梨被这突如其来的声音吓得把刚才喝的水都喷了出来。她惊讶地转过脸，是乔亦。

“你怎么在这儿？”

“我之前敲门来着，你室友开的门。”

她刚才戴着耳机，完全没听到。

乔亦道：“我看你一直在玩游戏，就没有打扰你。”

“那你等好久了吧？”

“没有没有，是我不请自来。”乔亦摇摇头，“我今天正好到这附近来有点事，看到一家人气很高的甜品店，我记得你很喜欢吃榴梿酥，所以就买了几盒带给你。”

乔亦说完，姜梨才猛地意识到她没有关直播的麦克风。

姜梨赶忙关了麦克风，再次抬头的时候，直播间已经被弹幕

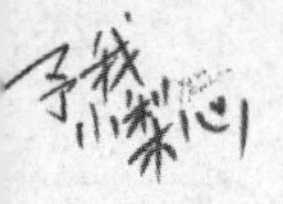

刷爆了。

网友A：我的天！男人？什么情况？

网友B：听上去好像和栗子酱关系挺好的？居然知道她家住在哪里？我一个铁粉都不知道她喜欢吃榴梿酥。

网友C：重金求这位兄弟把栗子酱的地址告诉我！

网友D：会不会是栗子酱的男朋友？

网友E：那顾神怎么办？不要啊！我是栗子酱和顾神的"粉丝"啊！

网友F：完了！

直播间飘来了霸屏的七彩弹幕。

白阿白：什么？小梨子你疯啦！

她怀疑季苏白正在杀往她家的路上。

完了完了，这下彻底完了。

本来她和顾予川在网上炒作就已经够离谱的了，现在居然还爆出了这种惊天大瓜？她的人设不得全线崩塌？以后再说起"栗子酱"，可不得是"那个水性杨花的主播"嘛！

姜梨眼巴巴地看着乔亦，两人面面相觑。

乔亦："我是不是……让你难堪了？"

姜梨摇摇头，沮丧道："不，你倒是没有让我难堪，只是会让我……身败名裂。"

乔亦连忙道歉："啊，不好意思，我没想到……"

姜梨的脑袋重重地砸在键盘上，彻底蔫了。

朱南取来文件的时候，就看到顾予川一副要杀人的表情。

“总……总监。”他颤颤巍巍，连话都说不利索了，“文件我拿来了……”

顾予川没搭理他。

朱南不怕死地看了眼顾予川:“我明白！我现在就滚！”说完，他把文件放在顾予川桌上，转身就要跑。

结果有人比他更快。

顾予川拿起椅背上的外套，一阵风似的夺门而出。

朱南一个人在原地傻愣着眼。

自家总监的电脑还没关，他悄悄地看了眼电脑屏幕，没想到自家总监居然跑到栗子酱的直播间去了，然后他看到了直播间疯狂闪烁的弹幕。

原来如此。

“这下好了。”朱南暗暗叹了口气，“游戏赢了，老婆跑了。”

YUWOXIAOLIXIN

第三章

万一……他是只善良的狐狸呢？

01

等菜的空隙，姜梨发了个定位朋友圈，打卡这家风头很大的网红店。

气氛并不好，尽管每一道菜都好好吃。

姜梨有气无力地咀嚼着饭菜，抬起头，望着餐厅里来来往往的人，仿佛每个人看她的眼神都有点诡异。

“不好意思啊，我真的没想到……”

“别别别，不怪你。”姜梨吃下一口菜，“是我自己的锅，我没有关麦克风。”

乔亦还在道歉：“是我的问题，是我没有考虑到这么多。”

“你不要再自责了。”乔亦越是自责，她就越是难受，毕竟乔亦只是好心买了甜品带给她吃的，她要是还把锅甩给他，未免也太差劲了。

“这届‘粉丝’很严格吗？”乔亦问。

“其实……也还好。”

毕竟之前她被季苏白的猫害得露了脸，也没有多少网友群起而攻之嘲讽她的长相，最多也就零零星星那么几条评论表示对她的颜丝毫不感冒，这届“粉丝”，倒也不是很难带。

只是，在那个瞬间，她的脑海里第一个浮现出的是直播间那个加V的认证ID，是那个只用一个字母G作为头像的在线观众。

顾予川应该是听到了的，她不知道自己为什么心这么慌。

姜梨放下筷子，觉得自己简直莫名其妙。

他听到了又怎样？他误会了又怎样？她的事跟他有什么关系？

“其实之前在季氏周年庆的时候，我就想有机会能找你谈谈。我也听季苏白说了，你现在在深海射击俱乐部当射击手，姜梨，现在有一个非常好的机会。”

“什么机会？”

“我们正在筹备一档以‘射击’为主题的节目，会邀请很多新人……我是觉得，你可以考虑一下。”

她愣了片刻，随后摆摆手：“算了吧，直播上的那点事就已经让我很头疼了，要是我再上电视，很多事情就更无力招架了。”

乔亦道：“你别急着拒绝，有时间考虑的。”

“那行……”再拒绝也怪不好意思的，于是姜梨只好先说，“我会好好想想的。”

她闷头吃饭，没再看他。

其实见到乔亦，她无法避免会回忆起之前的事。那些鲜血淋漓的伤口好不容易结了痂，又要再一次暴露在众目睽睽之下，她唯一的反应就是要逃。

她其实收到过乔亦的电子邮件。

离开赛场之后，起初她每天都会收到很多邮件，大多都是关注她的一些“粉丝”和媒体朋友，随着时间的推移，越来越少的人会给她发邮件，到后来，只有两个地址间或给她发来几封邮件。

一个地址是乔亦的，还有一个地址未知，她点开看过，大概是她的哪个“粉丝”。

但是这些邮件，她一封都没有回。

在人生最灰暗的那段岁月里，唯一能让她感觉到有些许安慰的只有《拯救者》。她没日没夜地拿着手机玩《拯救者》，她在游戏里找回了在赛场射击的快感。

是《拯救者》拯救了那个时候的她，那是顾予川设计出来的游戏啊。

姜梨握紧筷子，对自己又联想到他的这件事感到格外不甘心。

她满腹心思，牙齿机械性地上下开合，而后，她听见乔亦说：“酱汁沾到嘴巴上了。”

“啊？”她一愣，下意识地伸出舌头舔了舔。

“在左边。”乔亦用手指了指。

于是，她又朝左边舔了舔。

“不是……是你的右边。”乔亦见她半天也抓不到重点，趁着她发蒙的空隙，他探出身，向她伸出了手。

在手指即将触碰到她嘴角的瞬间，一只手横在她的面前，阻止了乔亦的关怀。随后，那只手自然而然地覆在了她的嘴角，大拇指揩走了她无意间沾上的酱汁。

姜梨不可置信地睁大了眼睛。她慢吞吞地抬起头，正对上顾予川那双深不见底的眼睛。

她的心咯噔一震。

他怎么知道她在这儿？他来找她的？来找她干什么？

姜梨的大脑被突如其来的一连串问题占据，却压根儿就没有思考的机会。

他像是走得很急，外套没穿好，标签都翻在外面，姜梨本想小声地提醒他，结果看他要杀人的眼神，一个字都不敢蹦出来了。

乔亦：“顾总监？”

“乔制作。”顾予川的声音很冷。

“真巧，最近遇见顾总监的频率很高。”乔亦说。

顾予川掀眸，道：“乔制作如果识趣地离她远一点，不出意外我们不会再见。”

乔亦耸耸肩：“那以后应该还有很多和顾总监打照面的机会。”

闻言，顾予川的眉头微微一挑。

姜梨反应过来，忙问：“你是来找我的？你……有事吗？”

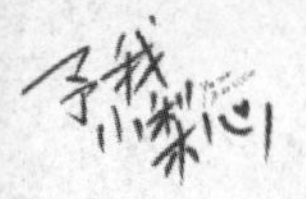

“有事。”顾予川答。

他直直地望着她，望得她心虚。

姜梨问：“什么事？”

什么事？顾予川一时间没有回应。

乔亦轻轻地笑了一声。

“是很重要的事。”顾予川对姜梨说，“跟我走。”

姜梨一头雾水地被顾予川从椅子上拉起来。

乔亦站起身，挡在了顾予川的面前。他的眸光微微一沉：“什么事都不说，就想带她走吗？”

顾予川冷冷地开口：“光与内部的事，应该不需要向乔制作汇报吧。”

说完，他没有再理睬乔亦，拉着姜梨的手，头也不回地离开。

一直到了顾予川的车旁边，姜梨这才如梦初醒。在她被强塞进副驾驶的前一秒，她挣开了顾予川的手。

“去哪儿？”

“光与。”

姜梨：“去干吗？”

顾予川飞速地在大脑里过了一遍所有可以解释得通的答案，最终他答道：“拍照、建模。”

“不是说了下周三吗？”

顾予川的眼睛转过来，用余光劝退她的质疑。

“我看你有空和他一起吃饭，倒也不像要等到下周才有空的样子。”

“人家大老远到我家来，出于地主之谊，也应该请别人吃顿饭吧？”

顾予川的眸色更深了：“所以直播也关了。”

说起直播……姜梨猛地想到她之前分明看到顾予川还在看她

的直播来着！怎么没多久就跑到这儿来了？

“不对啊，你怎么知道我在这儿？”姜梨问。

顾予川：“你朋友圈发的定位。”

姜梨睁大眼：“你大老远跑过来就是因为找我去光与建模？”

“不然呢？”顾予川轻轻吐了口气。

她闷声：“哦。”

那一瞬间，她有些许的小失落，怕表露出来，只得转过头去系安全带。

她总觉得今天顾予川说话特别呛。还有在直播间爆头的仇，她现在分分钟气得牙痒痒。

“他怎么会知道你的家庭地址？”顾予川踩下油门。

“那天季氏周年庆，他留了我的联系方式。”

顾予川又问：“就这么随便给别人家庭地址？”

“哪有随便！”姜梨气呼呼地辩解，“我和他已经认识五六年了！”

顾予川沉默了片刻，突然轻笑了一声。

“才五六年啊。”他语气里是略带轻蔑的优越感。

才五六年？姜梨板着脸，说：“我和你认识连一个月都没呢。”

顾予川没说话，紧锁的眉头微微舒展了些。

光与设计部。

“你怎么来了？”朱南刚把这个月的工资条放在设计部的工位上，冷不丁在门口撞见了匆匆赶来的建模师丁尧。

对方睡眼惺忪，像蔫了的草。

丁尧连打了好几个哈欠，摆摆手道：“别提了，我困得不行。”

“困就在家睡啊，跑公司来干吗？想表现吗？可惜总监刚走。”

听到“总监”三个字，丁尧明显睡意灭了大半：“你别提总监

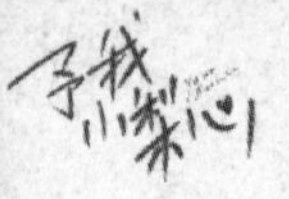

了，我就是被总监的电话轰醒，滚过来加班的！”

“哈？”

“我昨天加班到十二点，觉还没补完，就又被喊过来加班。游戏公司真不是人待的地方，我大学学什么不好，要学游戏设计！”丁尧抓耳挠腮地发泄了一番，像块软趴趴的橡皮泥似的坐到电脑前，手托着脑袋刚准备眯一会儿，设计部的大门就被人从外面推开了。他一个激灵睁开眼，正对上顾予川的眼睛。

朱南狗腿子地朝顾予川问好，突然发现总监身后还带了个女人。这不是那个……栗子酱吗？

顾予川走到丁尧面前，道：“人我带来了，交给你了。”

姜梨看着明显还没睡醒的建模师，小声问：“你们光与的员工都这么拼的吗？黑眼圈都占半张脸了，还加班啊……”

丁尧欲哭无泪。

朱南带姜梨去楼上摄影棚拍照，造型师前前后后折腾了两个多小时，才把她的妆容搞定。

好不容易收了工，虽然呈现出的效果还不错，但姜梨总觉得这一切都很是仓促。于是，她狐疑地问摄影棚里的人：“你们该不会是被临时拉过来的吧？”

丁尧：“是啊，我本来还在家睡觉。”

造型师：“我还在外面逛街……”

姜梨：“这么巧，我也是被临时拉过来的。”

“……”

姜梨：“你们顾总监经常这样想一出是一出？”

“很少。”丁尧回忆说，“我在光与四年了，难得见总监临时起意的。”

朱南啧啧道：“还不是因为总监被刺激了。”

“被刺激了？”姜梨疑惑。

“你懂的。”朱南抛去一个格外晦涩暧昧的眼神。

姜梨猛地打了个寒战。

“我不懂，你直说。”她老实巴交道。

“你没发现吗？我们总监……”

“说什么？”身后传来一个声音。

闻声，朱南瞬间石化。

顾予川抱胸站在门口，道：“也说给我听听。”

朱南尴尬一笑，嘴上连连重复“没什么没什么”，脚下抹油就想跑，却被顾予川伸出的手挡在了摄影棚门口。

朱南从顾予川的手指尖能看出恐怕自己接下来会命途多舛。

“带他们几个去楼下打卡，开三倍加班工资条入账。”

听到顾予川吩咐，朱南赶忙领着几个人跑路。

然后，偌大的摄影棚里就剩下他们两个人。

良久，顾予川开口了：“按照合约上写的，酬金分为预付款和尾款。尾款会在新角色上线后的三个月后，将三个月新角色收益的百分之十打到你的账户上。今天拍摄的照片只是用来建模和画原画，过段时间你还要配合拍摄一下真人海报。”

“好。”姜梨点头。

顾予川伸手关摄影棚的灯。

“走吧。”他说。

姜梨跟在他后面，看着他的后脑勺，心里像是有千万只小虫在爬，痒得她一秒钟都忍不了。

“顾予川。”姜梨喊他的名字。

他停下脚步，站定，转过头来。

姜梨又对上那张让她无法少看一眼的脸。

他问：“怎么了？”

她静静地望着他，像是一只生闷气的小猫。

“只是巧合吗？”

“嗯？”

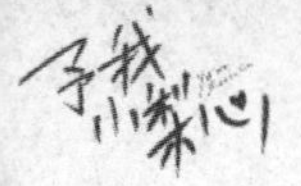

“游戏。”姜梨道，“直播之前，我看了你的直播间，你没有直播预告。”

她不信那么巧，她一开播他也开播，她上线就恰好匹配到了他？

“你想问什么？”

“你是不是在‘狙击’我？”（狙击：游戏内的狙击手通常寻找一些知名主播，利用匹配机制和主播匹配到一局游戏中，通过第三方手段击败主播，或当演员搞垮主播心态。）

顾予川：“算是。”

姜梨咬牙切齿：“我发现你这个人真的很坏。风头过了，现在改人设了？”

“你不是不愿意和我炒作吗？”

这下轮到姜梨哽住了。

好像是这么个道理——她这样兴师问罪，倒像是他撤销了和她炒作的说法，惹得她心里有落差。倒像是她倒贴顾予川了！

姜梨支支吾吾了好半天没说出个所以然来，又听见顾予川说：“你怎么不问问我，狙击的目标到底是什么？”

“还用问吗？哼。千方百计不就是想爆我的头！”

顾予川看着她，眼神中有一种近乎宠溺的无可奈何。

“你总是这样，会让我觉得你是故意在装傻。”顾予川顿了顿，“或者，你是在用这样的方式拒绝我。”

姜梨愣住了。

“你明明知道，我想狙击的到底是游戏里的角色还是你的心。”走之前，他这样说。

02

说一点都不知道是假的。可是说完全相信，她也不可能当真。

毕竟是生意场上的人，顾予川的世界和她唯一的交错点就是

《拯救者》，除此之外，两个人的世界简直天壤之别。

自从上次的直播之后，姜梨就没有再见过顾予川，他也没再上过游戏。微博刚开始还传顾予川“情变”，没几天就归于宁静了。

一大早，冯曼曼收拾好准备出门，姜梨刚睡醒，顶着鸡窝头出了卧室，恰好看见冯曼曼在门口换鞋。

“你好早啊。”姜梨打了个哈欠。

“我今天去光与报到啊，你忘了？”

姜梨瞬间就清醒了。

“那你平台上的漫画更新还有时间画吗？”

“我又不是去那边上班，只是跟进项目，光与不管我自己的私活儿。”冯曼曼穿好鞋，拉开门，临走前吩咐道，“早餐我放在桌上，你等会儿吃的时候自己热一下。”

“好……”

“哦，对了，季苏白早上给我打电话，让你一定要看他微信。”

说到季苏白，人如其名的“白”眼狼，周年庆上一遇林初夏，自此坠入爱河，见色忘义。对她的直播不问津就算了，林初夏全国到处飞，他为了追求爱情，三番五次要把猫交给她管，一直微信轰炸她，她忍不下去了，直接开了屏蔽。

姜梨回到房间，找到季苏白的聊天窗口。

【不靠谱老板】：人新闻！省队来了个新教练，听说之前在国家队混过，很牛！林队长和那教练提过你，教练很感兴趣，说有机会想看看你射击！

他又补了一句：我也想你！

姜梨回：没空，月底补直播时长。

俗话说得好，月初不努力，月底徒伤悲。像姜梨这种签卖身契给直播平台的劳动人民，如果没有每天都直播，在月底必须补齐合约上的每月直播时长，否则就要面临高额的违约金，这几天

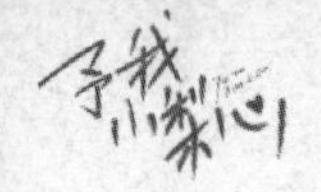

她为了补时长，打游戏，基本已经不当人了。

恰逢《拯救者》这赛季接近尾声，各路主播、挂车（开外挂组队的选手）层出不穷，一时间，打一把《拯救者》的高段位局简直天崩地裂，而且她像是被恶意针对了一样，每天都会碰到狙击她的玩家。

不停地有“粉丝”问她：栗子，你是不是得罪了什么大佬啊？这么追杀你？

她能得罪谁啊？在《拯救者》她一直低调做人、低调直播，唯独两次上热搜，都是托了顾予川的福。除了那天和顾予川不欢而散，她实在是想不通自己又挡了谁的路。

连续直播的第八天，通宵匹配连续被狙击的姜梨忍不住了。

她索性在微博喊话。

栗子酱V：狙击我可以，开挂就显得你很没出息。

微博发出去没过五分钟，她就收到了顾予川的点赞。

这是什么意思？默认了吗？难道真是顾予川狙击她的？

气得姜梨想都没想就给顾予川发微信，然后，她收到了一个红色的感叹号。

姜梨的心毫无预兆地颤抖了起来。她居然被删了？

不敢置信，这个男人就是前阵子在线上和她连线炒作、线下要和她假戏真做的那位？

冯曼曼刚起床，就看见一张铁青的脸。

“咋了，这一大早的？”她看见姜梨开着的电脑，“你一晚没睡？”

“补时长。”姜梨放下手机，“曼曼，我完了。”

“怎么了？”

百感交集，姜梨一时居然不知道应该怎么说。

她是该庆幸这下和顾予川算是彻底没纠葛了，还是该愤怒合作伙伴居然删掉了自己呢？

她想了很久：“你今天带我去光与吧。”

“哈？”冯曼曼一脸蒙。

“你等我！我要去光与！”

她要找顾予川当面问清楚！就现在！

到了光与，姜梨才知道，原来没有预约，想要见上顾予川一眼难如登天。没有工牌，她上不去，只能在大厅的沙发上坐着干等。

结果顾予川没等到，等到了林初夏。

先前在季家的宴会上打过照面，姜梨一眼就认出了她。

“来找顾予川吗？”林初夏问。

姜梨点头：“对。”

“怎么不打电话？就在这儿干等着吗？”

她硬着头皮撒了个谎：“他不接。”

“可能是在开会。”林初夏看了眼手表，“他平时在公司都很忙的。”

他一点都不忙。他有时间找人去狙击她，还有时间一大早就点赞她的微博嘲讽她。

姜梨道：“你上去找他吗？能不能麻烦你转告他，我在楼下，找他有急事。”

“好。”

然后姜梨这一等，就从九点等到了十二点。如果不是顾予川恰好下午要赶场去签合同，她怕是还要继续在楼下孤苦伶仃地成为来往人的笑柄。

电梯门一开，眼尖的朱南就发现了沙发上可怜巴巴坐着的人。

他下意识地看了眼正在专注检查合同的顾予川，想了想，还是小心翼翼地提醒了一句：“总监，有人在等你……”

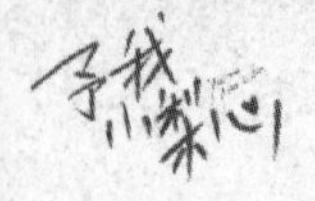

他记得开会结束之后林氏集团的千金跟他说过楼下有人在等，总监连问都没问一声就直接忽视，不知道等会儿总监看到等他的人是这位，有何感想。

顾予川眼睛都没抬一下：“你现在已经退化到连有人在等我这种事都要汇报了吗？”

朱南乖乖闭嘴。

顾予川迈开腿走出电梯，视线始终没从合同上移开。

姜梨眼看着顾予川一路从电梯口走到大门，在他即将出去的那一刻，冲了上去，张开双臂，拦在了他前面。

“顾予川，我有话对你说！”

顾予川修长的手指微微一僵，他抬起头，有些诧异。他合上合同交给朱南，用眼神质问着——你为什么没有早点告诉我她来找我？

朱南颤抖着手接过合同，想哭。

走到大厅的边角，顾予川道：“如果又是什么不想炒作，不想有瓜葛的话，大可不必当面再对我说一次了。”

姜梨抬起头，目光掠过他衬衫领口以上的颈脖，看见他的喉结上下动了动，感觉自己的脑袋瞬间就充血了。

她整理好心情，说：“我也不想当面说，但你把我微信删了，所以我才来的。”

顾予川没有否认。

来的路上冯曼曼说：“他也许是一不小心手抖点错了呢？”

他的默认，连最后一丝侥幸的可能性都直接否决了。姜梨说不清自己为什么会在那一刻如此难过。

“你说。”他像是在催促。

姜梨垂下眼眸，连带声音都沉了下来：“顾予川，你是不是在报复我？”

“报复你？”

“你为什么要找挂车狙击我？”她道，“炒作的是你，说要假戏真做的是你，爆我头的是你，找人狙击我的还是你……你这样有意思吗？你是不是很喜欢这种别人被自己玩得团团转的感觉？”

顾予川沉默了片刻：“你是不是误会了什么？”

面前的女孩儿，那张干净的小脸上写满了委屈，甚至连眼眶都有些泛红。

他解释道：“我没有找人狙击你。”

“不是你？”

“不是。”

姜梨：“你早上点赞了我的微博，你不是在嘲讽我吗？”

顾予川表面风平浪静，内心却早已掀起惊涛骇浪。因为他根本想不起来这是什么时候发生的事。朱南说，窥屏容易手抖，手抖就会犯错。这样看来，好像是对的。

他试图把这件事圆回来。

他语气淡淡：“我早上看微博首页，应该是不小心点到的。”

姜梨目光灼灼：“可是你没有关注我，我也没有买热门，我不可能出现在你首页。”

顾予川依旧镇定自若：“可能是我搜索《拯救者》很多次，平台向我推送了你。”

“真的？”

“嗯，真的。”他毫不心虚。

“所以不是你找人狙击我的？”她又认真地问了一遍。

顾予川也很认真地回复：“不是我。”

“那是谁呢？”姜梨陷入了沉思。

顾予川望着她：“我可以帮你找出是谁。”

“不是你就算了，也不用这么麻烦，我自己去找就可以了。”知道不是顾予川狙击的她，她突然就没那么难受了。剩下的事，她会自己去解决。

她转过身要走的时候，顾予川抓住了她的手。

姜梨愣住，回过头的时候，听见顾予川道：“你问完了，该我了。”

“什么？”

“你为什么删我微信？”顾予川问。

删他微信？明明她是被删的那一个，怎么还有这样贼喊捉贼的？

姜梨立马脸就垮了：“是你删的我。”

“是你先删的我。”

他怎么还要赖？

见他死不承认，姜梨从包里拿出手机，点开他的头像，上面是一个致命的红色感叹号。

顾予川的脸上划过一抹异色。

“证据确凿就不说话了？”姜梨气得直哼哼。

顾予川松开手，他也掏出了手机，翻开他和林初夏的聊天记录。

【初夏】：哎呀，有小妹妹心情不好啊，你都不去慰问一下的吗？

图片是姜梨之前微信朋友圈的几条状态截图。

状态1：如果我有罪，请让法律制裁我，而不是补直播时长。

状态2：天天都能碰上挂车！我要吐了。

状态3：哎，突然想起了那片不属于我的世界。

【G.】：什么？

【初夏】：姜梨的朋友圈啊，你没看到吗？我刚看季苏白在刷朋友圈看到的。

【G.】：没有。

图片是顾予川截图的姜梨的朋友圈，干干净净，只有一条灰色的线。

【初夏】：啊……你被人家删了啊？呃，当我没说。拜拜。

【G.】：。

聊天结尾的那个句号就很有深意了。

顾予川道："是你先删了我，不是吗？"

"没……"姜梨答得格外心虚，"我没删你……我只是改了一下朋友圈权限。"

那天在摄影棚分别之后，她就发现自己很不对劲，总是没来由地发呆，连《拯救者》都觉得没什么意思了，心里头痒痒的，总是会忍不住点开他的头像，去看他基本上没什么动态的微信朋友圈，有的时候她甚至能看着他的朋友圈背景图发一个小时的呆。

"总是发呆的人，脑袋要么被奇怪的事占据，要么被喜欢的人占据。"这是冯曼曼的总结陈词。

她吓得赶忙更改了顾予川的微信朋友圈权限——互相看不了。

简单省事，避免她满脑子不对劲。

"为什么要改权限？"顾予川问。

当然，真实理由她是不可能说给他听的。因此，姜梨只能临时编了一个蹩脚的理由："女生没事做的时候，就喜欢搞这些乱七八糟的东西啊！"

"哦？"顾予川半信半疑地拖了一个绵长的尾音，"忙得要补直播时长的人，没事做吗？"

"那是工作，是两码事。"

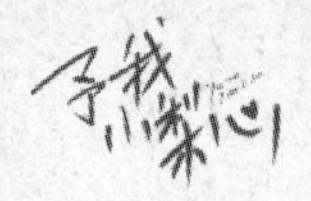

他不打算和她在强词夺理上下功夫，而是飞快地把她加了回来，并表达了“恢复朋友圈权限”的意愿。

姜梨下意识地问出了自己刚才的关注点。

“你给林初夏的备注是初夏啊？”她眨巴眨巴眼睛。

顾予川不动声色地“嗯”了一声。

“哦。听季苏白说你们关系很好。”

“嗯。”顾予川微微勾起唇，“青梅竹马。”

“哦。”姜梨改好权限，收起手机。

说不出来心里什么感觉，她就是觉得自己开心不起来。

顾予川把林初夏的个人简介放在她面前晃了晃：“不是备注，她自己的昵称就叫‘初夏’。”

“不是备注？”姜梨愣了愣，“那你给我备注了吗？”

“嗯。”顾予川转过身向前走。

“备注是什么？”

“姜迟钝。”

“啊？吃一顿？”姜梨追上去，“就因为之前我吃了你一顿饭？”

顾予川：“……”

03

对于自家总监最近不大正常这件事，朱南一直都是只敢观望不敢说的。就比如说，他在深夜接到了对方的电话，连滚带爬地从床上爬起来开电脑查 IP。

他恨啊，好好当个头秃的程序员不香吗？

大学时沉迷顾神的技术，毕业之后毅然决然选择去光与，成了偶像身边的助理，多么成功的追星历程啊！这本该是身为“粉丝”的人生巅峰才对啊。

怎么他越想越觉得不对劲呢？

通宵查完IP，朱南得出了扎心的结论：顾予川这种坏男人，男女通吃。专业：骗女人心动；副业：骗男人卖命。

他发了条哭唧唧的微信朋友圈。

姜梨一大早醒来看到的就是朱南发的微信朋友圈。

之前去光与拍摄的时候，朱南和丁尧都加了她微信。丁尧很少发圈，但朱南简直就是微信朋友圈的“话痨晚期”，和她发圈的频率不相上下。

她评论朱南：大早上哭啥？

朱南回：为你卖了一个晚上的命。

姜梨：为我？

朱南：总监让我查狙击你的那人的IP，我搞了一晚上还没搞完。

顾予川？姜梨躺在床上，想了整整一个上午。

九月底，开学季，直播间的人数又下降了一些。

个别学生党在弹幕上敲：我要开学了，我会抽空来看你直播的！

“好好学习啊，学习更重要。”姜梨戴着耳机对“粉丝”说。

话音刚落，她又被爆头了。

她忍不住爆了粗口：“现在的高科技已经这么厉害了吗？我这四面都是墙还能打到我！”

弹幕：穿墙挂啊！《拯救者》里的穿墙挂很贵的，因为被封得很厉害，所以现在外面卖的那种都是查不到IP的穿墙挂，好几万一个呢。

“受不了了，我要举报！”姜梨气得想吐。

从举报到层层审核结束大概需要一周时间。姜梨想着这几天就凌晨播吧，说不定碰到狙击手的机会小一点，她点开《拯救者》，

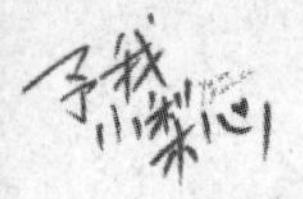

心有余悸地想着最好别碰上狙击手，结果这才开播第二把，就又被人追杀了。

她一直以来都是单人四排，别的队伍都是四个人，她一个人。被挂车上的人揍就揍了，连个苟延残喘、留得青山在的机会都没有，直接成盒子。

狙击手开了外挂，一直锁定她的位置，搞得她心态崩盘，打完一局就准备下播，突然屏幕上弹出了一条消息。

【G.】申请与你组队。

是顾予川？姜梨惊讶之余手一抖，点了同意。

“队长给我。”耳机里传来顾予川的声音。

姜梨把队长权限转交给他。

“这把跟我走。”

“好。”

凌晨这个点，大多数“粉丝”都在睡觉，直播间稀稀拉拉也就几百号人，一见到顾神上线组队，大家瞬间来了精神。

网友：这个夜熬得值了！

顾予川开启了队友跟随的邀请，姜梨点了同意，两人在地图最北面的山丘落脚。

姜梨：“你不捡装备吗？这边寸草不生，啥都没……”

话音未落，只见他不知道从哪儿找来一颗手榴弹，朝着山丘左侧的一棵大树扔过去，大树被炸得分成两半，树根处竟然被炸出了一条路来。

姜梨目瞪口呆。

“你们《拯救者》的设计师简直是变态。”在这种鬼地方设置这种机关，玩家猴年马月才能发现这个秘密啊。

顾予川：“《拯救者》里有很多机关，还有一些连攻略师都没有发现。”

“连攻略师都发现不了的机关，那就是 bug（漏洞）。”

“你见过这么有排面的 bug 吗？”

顺着路往前走，姜梨被眼前肥得流油的装备震住了，各种在游戏中没有见过的高端装备静静地躺在她面前。

姜梨咽了咽口水：“好东西藏这么深……”

“可以随意和不重要的人分享的就不叫好东西了。”

姜梨干咳了一声：“我还在直播呢。”

弹幕清一色：我们什么都没有听到！

很快，她就满装了。游戏从开局到现在，她一直跟在顾予川的后面，两个人前脚刚离开，后脚就在山脚下被瞄了。

明明跟她是一队的，对方压根儿就不管顾予川，就往她的脑门儿上开枪。

第一枪，她的头盔就爆了。

第二枪，她直接被打得趴下。

“救……救我一下。”她极难为情地开口。

顾予川身影快速地从她的身前闪过，居然都不扶她一下，直接从她的头上跨过去了。

“你跟我组队是来侮辱我的吗……”话还没说完，又一发子弹射了过来，这下好了，她直接成盒子了。

“救不了你，对方自动锁定你了。”顾予川道，“但我可以把他灭了。”

屏幕上转换成顾予川的游戏视角。

她第一次和顾予川见面的时候就看过他打游戏，他的操作她不是没见识过，可再看一次，还是让她止不住地瞠目结舌。

在她还没反应过来的时候，顾予川已经朝着刚才把她打趴下的那人开了一枪。

是又快又狠的瞬狙。

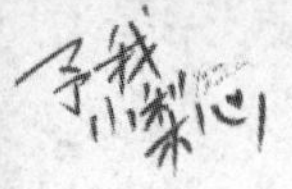

比她稳也比她准。

她的脑海中止不住开始浮现出他修长又灵活的手指。

不久前在咖啡厅的第一次见面，她居然还当着顾予川队员的面指导他瞬狙，现在想起来都双耳发红。

对方显然没有料到会被击中，过了一会儿才反应过来，没等对方开镜，顾予川又是一枪瞬狙，这一枪直接把对方的血条打空了。

弹幕齐刷刷：给大佬跪了！

“还在直播吗？”结束了刚才那个人，顾予川直接退出游戏。

姜梨答：“这会儿下播。”

顾予川给她发来微信，内容是《拯救者》的一个账号和密码。

“下播，然后换这个小号。”顾予川说。

“小号？”

“嗯，正事才刚刚开始。”

换了小号，有个叫“猪猪南”的玩家拉她，进入组队后，她发现这号是顾予川在用。

她“噗”地笑出了声：“猪猪南？你这个小号挺可爱啊！”

她听见顾予川那里似乎传来了朱南的声音：“是我的号！”

姜梨问：“为什么要开朱南的号？”

朱南说：“因为总监要做羞羞的事情，用大号实在是太羞耻了……”话没说完，他就接到了顾予川的警告。

“小朱。”顾予川沉声道，“好人死于话多。”

朱南瞬间就怕了。

不一会儿，朱南说：“总监，目标出现。”

随后，顾予川操纵人物角色在游戏界面上飞快地跑。

“跟紧我。”他对姜梨说。

她跟在后面，突然想到了什么，问：“凌晨三点多了，你都不睡吗？”

“不困。”顾予川语气淡淡。

姜梨顿了顿，又问：“我们现在是要干什么？”

顾予川的声音略带几分凉薄：“杀人，诛心。”

很快，姜梨就明白顾予川的意思了。

耳机里，朱南一直在给顾予川报位置，每一次报的位置都精准无比，连在房子的几楼都一清二楚。

姜梨不禁有些嫌弃：“你怎么知道别人的定位的？你开外挂了？”

“你觉得我需要吗？”顾予川道，“我做的游戏，我自己就是最大的外挂。”

姜梨哽住，又问：“话说你为什么每一局找的人ID都不一样？这些人都是谁？”

“狙击手。”他顿了顿，“在你直播时候追杀你的人。”

“啊？”姜梨大惊，“这些人ID都不一样，你怎么知道是他们的？”

“都是一个人。”顾予川道，“IP地点都是一样的。”

另一边，朱南还在通过对方的IP报位置。

“总监，他又换号了，已经换了第五个号了，咱们还打吗？”

“打。”

朱南汗颜：“人家开外挂，我们直接把他账号封了就好了……干吗这么麻烦？”

姜梨心里赞同朱南的说法，但是看之前纠缠她十多天的外挂玩家被顾予川虐得一直换号，浑身上下都有种说不出的爽。

顾予川说：“我要打到他退游。”

朱南噤声了，男人的报复欲啊！

“给我也爽几把！”姜梨坐上顾予川的摩托车就往朱南报的地点冲。

受了十多天的委屈，她今天一定要讨回来！

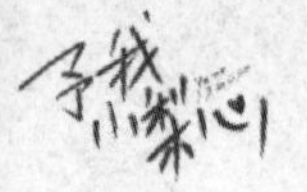

她的手指飞快地在屏幕上划动，不一会儿就把对方击倒了。

“总监……他又换号了。”朱南汇报。

“他今天已经换了九个号了。”姜梨笑眯眯地说，“开局就被定位，然后就被虐，他一定心态崩了吧？”

对方大概是知道自己被针对了，接连换了九个号，结果都难逃魔爪。

在第九个号被顾予川用平底锅砸趴下的时候，她听见对方开麦了：“停停停！大哥手下留情！”

顾予川收起平底锅，问：“知错了？”

“你说我哪儿错我就哪儿错，行吧哥？”

“不行。”顾予川一口回绝。

对方大窘：“不是吧，大哥，你都打完我九个号了，这天都快亮了，还不肯放过我？”

顾予川轻笑一声：“不肯。”

对方跪地求饶：“我的天！大哥，求求你放了我吧。虽然我不知道什么地方得罪你了，但你这也太狠了，直接开挂虐我？”

“我没开挂。”顾予川解释道，“我只是用后台监测了你的IP。跟你的性质不一样。”

对方陷入沉默。

“大哥，你高抬贵手！我这边还有单子要打呢！”

“狙击单？”

对方愣了愣：“这你都知道？”

“我是‘栗子酱’的‘粉丝’。”

姜梨的心微微一动。

对方大概是理清了来龙去脉，倒吸了一口气，道：“大哥，你别气，我也是接了别人的单子要追杀她……我不得养家糊口嘛。”

顾予川追问：“谁的单子？”

“大哥，我这个怎么告诉你？我们干这行的也是有职业操守的好不？我这要是透露了客户信息，以后在圈子里可就臭了，谁还找我啊？”

“不说？”顾予川的声音更沉了，“那我们只能天天在《拯救者》里见了。”

“别别别！”对方踌躇了好半天，最后说，“我只能给你客户的QQ号，你可别说是我告诉你的啊！那人的QQ是……”

最后一丝利用价值都没了，顾予川拿着平底锅把他揍成了盒子。

朱南问：“总监，还继续吗？”

“不了，现在有更重要的事。”顾予川转而对姜梨说，“睡吧，天亮了。”

姜梨忙问：“那你呢？”

朱南在那边喊：“总监在公司呢，马上就上班了，肯定是睡不成了。”

她内心百感交集，报仇后的快感、被人重视的喜悦，以及她那点破事居然让他通宵的罪恶感。

姜梨小声嗫嚅：“那个……”

“嗯？”顾予川等她的下文。

姜梨的舌头像是打了结。纠结了很久，最后，她飞快地说了一句“谢谢你”就下线了。

另一边，顾予川不动声色地从游戏界面敛回视线。

朱南狐疑地盯着他。

冷不丁，顾予川的眼睛看了过去。

朱南赶忙扭头：“我去整理今天的会议资料！”

顾予川把写了QQ号的便利贴递给他：“帮我查一下这个。”

不是吧？又有私活儿？朱南欲哭无泪，回头一看，自家总监居然笑了。

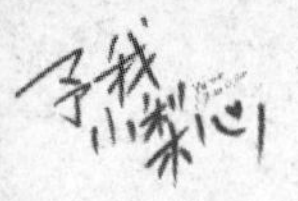

晨光熹微，细碎的光线落在顾予川的脸上，嘴角是漫不经心勾起的弧度，有点好看。朱南在心底肯定了自家总监的盛世美颜。

“总监，其实我觉得，你完全可以直接靠美色取胜。”

顾予川抬眸看着朱南，眼神温和，声音略带疲倦的懒散。

“滚。”

04

通宵结束后的早晨，顾予川洗了把脸就投入工作中。

以“栗子酱”为原型的女枪手建模初步完成，他看了丁尧发来的邮件，提出了几个修改意见。

开完早会回到办公室，他发现桌上静静地躺着一盒烤饼干，上面粘了一张便利贴。

朱南道：“刚才冯曼曼带过来的，说是有人为了感谢你送的。”

顾予川拿起便利贴，看见上面是一行清秀的字迹——第一次做，有点丑……希望你不要嫌弃。

朱南看着顾予川那极力隐藏笑意的表情，差点都快憋出内伤。

饼干烤得七歪八扭，还有地方烤焦了。朱南亲眼看着自家总监拿着一块焦黑的饼干放进嘴里。他下意识地想给总监倒杯水，却发现总监居然吃得津津有味。

刚吃完，有人敲门，是运营部的何梦梦。

“顾总监，这是刚才圆梦科技送来的资料单，请您过目。”她的目光落在顾予川拿着的饼干上，眼里划过一丝错愕。

她小声提醒道：“顾总监，饼干焦了……”

朱南朝她比了一个噤声的手势：“梦梦妹子，这你就不懂了。总监这吃的不是饼干，是爱情。”

何梦梦的表情显得有些怪异。

等人一走，朱南道：“总监，你说这个何梦梦放着自家开的圆梦科技不去，来咱们光与干吗啊？我觉得……她对你有意思。”

顾予川送了他一个杀人的眼神，随即把剩余的饼干放好："闭嘴。"

姜梨魂不守舍了一整天。

直到晚上，她才收到顾予川发来的微信。

"饼干还不错。"

她盯着手机看，脸上浮现出一抹奇奇怪怪的红晕。

冯曼曼回到家，打开门就看到这一幕。

"咦。"冯曼曼鸡皮疙瘩掉了一地。

姜梨哼了一声，随后道："你们今天上班很忙吗？"

冯曼曼换好鞋子，整个人四仰八叉地躺在沙发上，终于活了过来。

"何止是忙，光与的每个周一都是灾难日。"

"哦。"

冯曼曼躺着，懒懒地说："你不就是想问你家那位忙不忙吗。他今天早会结束后就出去了，听说是要谈什么项目。"

得到了自己想知道的关键信息，姜梨装作事不关己的模样嘟哝道："我没问啊。是你自己要说的……"

冯曼曼白了她一眼："得了吧，姜梨。你现在满脸都写着四个字——坠入爱河！"

"你完了！姜梨！"冯曼曼大声道，"你已经彻底地陷入爱情了！"

一整晚，姜梨都在思考"陷入爱情"的定义究竟是什么。她只是单纯地给顾予川送了一盒烤饼干，以表达他陪她通宵报仇的谢意而已啊。冯曼曼这是小题大做才对吧。

她还没来得及想明白，就发现自己莫名其妙地上了热搜，这一次依旧是顾予川的陪跑。

又来？！

热搜里，她的大脑门儿被放在各大营销号新发的帖子上——是几天前她被狙击手追杀，跑去找顾予川对峙的场景。

那天早上，她赶着和冯曼曼一起出门，洗了把脸就出门了，素面朝天。偷拍的人选的角度也是很绝了，从照片上看，她的五官和表情实在是一言难尽。

她恨啊。

她怎么就沉不住气呢！

这下好了，顾予川帮她报了仇，还惨兮兮地被推上了风口浪尖。

营销号：前《末日行动》世界冠军顾予川的绯闻女友惊现光与游戏公司！女主角在公共场合拦住顾予川，疑似被甩后穷追不舍！

教科书式的营销标题，令人咂舌的遣词造句能力，这一波节奏带得真是妙啊！

从照片上看，她都差点信了。

下面的评论也是被其他营销号牵着鼻子走。

“虽然评论一个女生的长相有点不礼貌，但是……真的好难看！”

“这是那个栗子酱吗？顾神怎么可能会看上她啊？我怀疑之前的热搜都是这女的买的！”

“想炒作想疯了吧？还以为顾神是她可以高攀的对象吗？”

“别说顾神了，这种女生我都看不上！”

姜梨下意识地握紧手，认认真真地把那张偷拍看了一遍。

真的不好看，她自己都这么认为。

在顾予川面前，仿佛她的每一个毛孔都写着“不配”。

正当她往下翻评论的时候，季苏白的电话打了过来。

“小梨子！你在干吗呢，要不要出来吃夜宵呀？我请你！”

“我在看微博。”

电话那端的季苏白沉默了半晌，有些遗憾地说：“你都看到了啊。”

姜梨“嗯”了一声，道：“不就是被营销号黑嘛，我又不是没上过热搜。”

“那不一样，这个明显就是有人针对你啊。小梨子，你是不是得罪了什么人？”

“可能是得罪了顾神的广大女‘粉丝’吧……”她的心明明已经跌入谷底，却还是装出一副满不在乎的样子，“没事，等过段时间就好了。”

说完，她飞快地挂断电话。

她有些难过，但不知道自己为什么难过。

是因为莫名其妙地被黑？是因为评论恶意攻击？还是因为，他们口中说的“不配”？

她把头埋进了被子。

漆黑的一片，周遭静谧得可怕，她能听到自己的心脏剧烈跳动的声音，每一下都格外沉重。回忆中的无数个细枝末节在此刻变得清晰了起来，似曾相识的画面碎片在她无力抗拒的状态下迅速重组，就快要拼成一幅完整的画面。

姜梨掀开被子，眼睛重见光明。

冯曼曼从卧室里冲出来，气得直跺脚：“我要撕烂那些营销号的嘴！”

她跑过来，一把抱住姜梨，不管三七二十一就把姜梨的脑袋往自己的怀里摁：“梨子，你别跟这些妖魔鬼怪生气！他们就是嫉妒你，吃不到葡萄说葡萄酸！怎么了，顾予川就是好你这口，他们能有什么话说！”

姜梨被冯曼曼抱得喘不过气来。

“走！梨子！咱们去找顾予川！”

“找他干吗？”

“让他怼死那些臭营销号！敢这么欺负你！”说着，冯曼曼拉着姜梨就要走。

姜梨往后退了退，挣开冯曼曼的手：“我不去。”

“为什么？”

“我不想去。”

“你就让他们这些垃圾这么欺负你？”

姜梨摇摇头：“过阵子他们黑着黑着就没意思了。那些被黑然后火出天际的人可不少，我觉得我还能抢救一下。”

冯曼曼气得直翻白眼：“你怎么这么弱！”

不是弱，实在是觉得没什么立场去找他。

见到了，然后呢？

看到这些帖子，姜梨突然就觉得那盒烤饼干是她通宵打游戏之后迷失了心智。

他是顾予川啊，是一个无论谁和他站在一起都会自卑的男人。她对他越了解，她的满身骄傲就越是溃不成军。

“我先睡了。”姜梨摆摆手，倒在了床上。

冯曼曼恨铁不成钢，索性不理她，转头和季苏白商量对策。

季苏白深思熟虑之后的唯一对策，就是花钱找人把姜梨好看的照片顶上了话题，结果第二天，评论区又变成了“P图怪”。

“咋办啊，我们小梨子不能被白欺负啊！”季苏白急得不行。

“我的天！你猜我在微博上看到了啥！”冯曼曼大惊。

第二天下午，知名节目制作人乔亦发了一条微博。

乔亦V：我从没想过人们对于一个女孩子的恶意可以这么大。所有的图文我都已经截图作为证据，希望所有发布不实信息的可以删除相应微博，并向当事人道歉。

事情从发生到发酵近一天的时间里，勇于出来发声的公众人物只有乔亦一个。姜梨向他道谢，手指却一直都在刷新顾予川的微博主页。

他的最后一条动态还是好几天之前《拯救者》的活动宣传。

姜梨垂下眼眸，她恍然意识到一件事——或许从一开始，她就不该抱有期待的啊。

有些人之于你的世界，就像是一颗流星，短暂绚烂，最后还是归于宁静。

没多久，乔亦回复了她的消息。

乔亦：你不用向我道谢。四年前我没能帮得了你，这一次，我一定会尽全力保护你的。别怕。

姜梨看着对话框静默了很久。

她关上手机，沉沉地睡了过去。

原本以为沉静几天就会过去的，事实上并没有。

微博还在发酵，事情还没结束。顾予川还没音信。

姜梨承认自己现在显得格外没出息，但脑海中总是浮现那天他把狙击手打得满地找牙的场景。

可这一次，顾予川一点消息都没有，她心里有点难过。还是说，他看着微博上的那些文字和图片，突然间就清醒过来了？

姜梨叹了口气，收拾东西准备去俱乐部。

拉开门，她就看见两个人鬼鬼祟祟地跑到隔壁房间去了。

姜梨探头，问：“冯曼曼？季苏白？”

季苏白硬着头皮走出来，脸上还挂着尴尬的笑。

“我来找冯曼曼！她说她想我！”

冯曼曼满脸问号地被迫营业，同样换上尴尬的笑。

要他们不觉得尴尬，尴尬的就是她。

姜梨乜斜了两人一眼，道：“放心吧，我很好……就是今年有点水逆。”

季苏白计上心来：“要不这样，我们去城隍庙祈福吧！听说

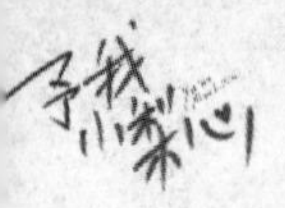

可以踩小人！”

冯曼曼点头：“这个可以！”

姜梨说：“我好久没去射击俱乐部了。”

“没事，不用去。我给你放假！再说了，这月中旬就是省射击比赛，省队那群人最近都在加紧训练，气氛很差的，建议别去，以免被误伤……”

“你之前不是还说那个教练要指导我的吗？”

“教练最近去国外看他女朋友了，下周才回来。”

“那行吧。”姜梨放下手上的东西，转头回房间，“我去打《拯救者》。”

她今天的游戏状态很差，打了两把没多久就死了，索性关了直播，又手痒点开了微博。

热度并没有因为过了两天就下去，话题的讨论度还是很高，她的微博每天收到的谩骂丝毫不停歇。

躲在屏幕后面的人奋勇地拿起键盘，他们以为自己是在拯救世界，伸张正义，他们崇尚言论自由，却从来都没有想过恶语伤人六月寒。

突然，她的手机振动了一下，是微博特别关注的提示。

顾予川 V：都停吧。

简短的三个字，姜梨看了一遍又一遍。她试图从这三个字中找到有关顾予川情绪的蛛丝马迹。

该停的到底是什么呢？是这些抹黑的帖子，是无数恶意的评论，还是她那颗亟待救赎而狂跳不止的心？

手机又振动了一下，是朱南发来的微信。

朱南：梨妹子，我在你家楼下，快点下来！有急事！

05

姜梨火急火燎地下了楼。

拉开车门的瞬间，她的眸光暗了下去。

车后座空空如也，顾予川不在。

她问：“你找我有什么事吗？”

“我能找你什么事啊，肯定是总监找你啊。”

提到顾予川，姜梨沉默了。

朱南从后视镜里观察了一下姜梨的脸色，发现她的脸色并不好，于是说：“咋了？你们吵架了？”

姜梨摇了摇头：“没有。”

“那是因为营销号的事吗？”朱南想了想，大概八九不离十了。

姜梨叹了口气，道：“你知道了啊。”

“闹得沸沸扬扬的，当然知道了！更何况男主还是总监。”见姜梨又默不吭声，他突然意识到这两人之间似乎有点不大对劲。

“不过总监最近很忙，所以就没心思管这件事。他刚下飞机就有事忙去了，我吃了口饭就来接你了。”

姜梨一愣：“下飞机？”

朱南也一愣：“总监陪你通宵之后的那天下午就去德国了啊，他没跟你说吗？”

“没。”

朱南悻悻道：“你该不会是因为总监没跟你说话而生气了吧？”

她没回答。

“你别气啊，他最近好忙的。光与在德国的项目出了点问题，他熬了好几天，基本上没怎么合眼才解决的。刚从德国回来，时差都来不及倒，晚上又要去圆梦科技参加酒会……我都觉得他的身体吃不消。”

姜梨怔住了。

他疲于应付，她的心里居然还有怪他的意思。

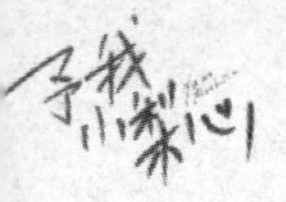

她脑袋里一时间乱成了一团。

“梨妹子，你还不了解我们总监嘛，在事情没有十足把握之前，他可是什么都不会说的。”朱南顿了顿，说，“所以很多苦水他都咽在肚子里……你也别怪他，看他行动就好了！”

顾予川会有什么行动呢？姜梨陷入了沉思。

车子平稳地停在商场门口，朱南带姜梨进了一家造型沙龙。

“梨妹子喜欢什么风格？”朱南礼貌地和造型师打招呼，一面回过头问她。

“你确定不告诉我是去哪儿做什么事吗？”

朱南尴尬道：“总监只让我带你去做身漂亮的造型，没跟我说什么事……”

果然是顾予川式行事风格，永远不讲清缘由。

“那就简单一点好了。”姜梨抬眸，正对上造型师的视线。

造型师端详着她，像是突然想到什么似的，问：“你是栗子酱？”

姜梨：“……”

这就被发现了？

造型师说：“你放心，我不是你的黑粉，我以前看过你直播。”他想了想，又说，“你真人很好看，素颜也相当不错。”

姜梨道：“这是我这几天听过的最好听的赞美了……”

造型师笑着给姜梨折腾了三个多小时，选礼服的时候，她换一套衣服，朱南就拍一张照发给顾予川，前前后后换了七八套，顾予川才点头。

朱南看着她拖到地上的裙尾，咽了咽口水慨叹：“总监还真是舍不得让你露一点啊。”

姜梨装作没听到。虽然不知道顾予川卖的什么药，她有些惴惴不安，但转念想到没多久就可以见到他了，她无意识地抿唇笑了笑。

朱南把姜梨送到了一处庄园。

天已经黑了，姜梨下了车，闻到空气中馥郁的花香。

空气真好。她的心情也不差。那些营销号的事就先抛到脑后吧，她想期待当下。

“总监还有点事，他让你等他一会儿。”朱南说。

于是，姜梨开始漫无目的地在庄园里闲逛。

大厅门口有人接待，她绕开，走到南面，意外地发现了一个靶场。

木桌上放了两把枪，她几乎是不受控制地走了过去，伸手拿起了一把枪，习惯性地举起。

十月初，晚风轻轻地吹，她的长发柔柔地飘。

皎洁的月光落下来，覆在她的鼻尖、嘴角、指尖。

她眯起一只眼睛，另外一只睁开的眼望着不远处的靶，长长的睫毛微微颤着，此刻她的目光要比今夜的月光还要迷人。

砰——

她按下扳机。

是空枪。

与此同时，她听见身侧传来顾予川的声音。

“我是不是来晚了？”

手抖了一下，姜梨放下枪，转过头，很认真地看着面前西装革履的男人，她觉得自己都快要发不出声音了。

“不晚。”她指了指不远处的会场，“宴会还没开始。”

顾予川往前走了两步。

“是我让你等了。”他说着，伸手拉住她的手腕，放在自己的臂弯上，声音是浸润的温柔，“你有没有怪我？”

她坚决地摇头。

“没有。”她望着他，“一点都没。”

顾予川轻轻地笑了一声：“那就做正事吧。”

“什么？”

顾予川带着她往前走：“这一次，新仇旧恨一起算。”

大厅门口，接待人在登记入场嘉宾。

轮到顾予川，他交了邀请函，就听见接待人确认了一下名字：“原来是小姐邀请的贵宾。您稍等一下，我去通知小姐。”

“不用。”顾予川的声音沉了下去，“我亲自去找她。”

姜梨就这样一头雾水地跟着顾予川穿过了大半个会场。

他是自带光芒的男人，她不知道站在他身边，是和他一起变得耀眼了，还是在他的对比下更加暗淡。

“这是光与的顾予川吧？”

“是啊，你看他女伴，好像就是这几天网上爆出来的那个？”

“仔细看，好像真的是。但是真人很漂亮啊，气质也不赖，怎么网上的照片是那样的？是别人故意黑她？”

“这可不好说。女人的妆前和妆后说不准的，万一她卸了妆就长照片上那个样子呢……”

顾予川径自走到何梦梦面前。

何梦梦还在和别人说话，见顾予川来了，她的眼底闪过惊喜，却又在看到他身边的人时，错愕之余又夹带了些许妒色。

“顾总监。”她笑着和他打招呼，“这位是？”

姜梨正想着顾予川会怎么介绍自己，冷不丁听见他说：“她是谁，何小姐不是应该很清楚吗？”

上来就这么剑拔弩张的气氛是怎么回事？

何梦梦道：“我不认识。”

“何小姐大费周章地砸重金买热搜、找狙击手，应该不至于对女主角毫不了解吧。”

何梦梦精致的妆容瞬间凝在了脸上。

姜梨也愣住了，买热搜、找狙击手……都是这个人？

她不可置信地望着何梦梦，是个美人，可惜坏了点。

“我不知道顾总监在说什么。”何梦梦矢口否认。

顾予川掀眸，声音清冷：“我给过你改正的机会了。”

何梦梦道：“顾总监确定要这样咄咄逼人吗？”

“如果何小姐什么都没有做过，只会觉得我是在开玩笑。”顾予川从口袋里拿出了一个 U 盘，“何小姐，我是有备而来的。”

何梦梦握紧手，道：“是我做的又怎样？”

顾予川满意道：“既然你承认了，那就好办多了。”

她看向他手中的 U 盘，手指着姜梨的脸，道：“顾予川，你有证据又怎样？难道你想以此要挟我，让我向她道歉吗？”

顾予川摇了摇食指。

“我没想过让你道歉。”他眸光一紧，薄唇轻启，“东西我已经交给律师了，你不用来光与了，在家等律师函吧。”

姜梨做梦都没有想到顾予川会这么狠。

何梦梦瞪大眼睛，不可置信地问：“什么意思？”

“成年人就要为自己做过的事付出代价。”顾予川说。

何梦梦提高声音，质问道：“就为了这个女人，你要起诉我？”

“对。”顾予川道，“我要起诉你。”

撕破最后一层脸皮，何梦梦全然不顾形象，她一把抓住顾予川的衣角：“你为了她不惜要和我们何家作对？你连圆梦科技的合作都不管不顾了吗？”

他冷冷地甩开她的手：“我刚才给过你机会。”

“凭什么？这个女人凭什么？”她声嘶力竭地喊道，“我为了你，放弃了圆梦科技去了光与！我凭什么比不过这个女人？”

她的声音成功吸引了周遭所有人的注意。

何梦梦握紧手，红着眼，带着哭腔，道：“我那么喜欢你……

我对你那么好，你看都不看一眼！顾予川，你简直没有心……”

“对没有兴趣的人和事，我从不会花心思。”顾予川抿唇。

何梦梦哭道：“我哪里比不上她？”

“大概……哪儿都比不上吧。”良久之后，姜梨开口了，“你会打游戏吗？”

“什么？”何梦梦挂着泪，愣了愣答，“不会。”

“你连《拯救者》都没有玩过，你连顾予川用心做的游戏都没有感受过，你这算哪门子的喜欢。”姜梨看着她，漫不经心地道，“以伤害别人来证明自己的感情，说白了就是嫉妒得要死，对吧？”

何梦梦的脸忽而苍白。

姜梨轻声冷笑：“你别玷污‘喜欢’这两个字了。”

顾予川在姜梨的眼里看到了他一直想要看到的东西——疏离寡淡的骄傲感，辛烈浓厚的胜负欲。他的心仿佛被击中了一般。

“你算什么东西？”何梦梦尖叫道，“我喜欢他的时候你还不知道在哪里！你以为你会打游戏，是个主播就了不起了吗？你不过就是个倒贴的狗皮膏药……真是下作！”

“你又是个什么东西？”一个声音在姜梨的身后响起。

姜梨转过头，看见满脸不高兴的林初夏，她抱胸，居高临下地看着何梦梦，道：“背地里搞这些卑劣的把戏，简直丢脸。”

林初夏甩了甩头发：“你说是吧，顾予川？”

顾予川闻言，勾起唇微微一笑。

战斗以林初夏直击灵魂的讥讽结束，有些草率，导致姜梨出了门还有点意犹未尽，思考着刚才哪一句没有发挥好。蓦地，一件西装外套披在了她的肩膀上。

姜梨转过头，看见只穿了一件单薄衬衫的顾予川走在后面。

她还来不及说谢谢，身上的西装被拿走，取而代之的，是一件女式外套。

林初夏踩着高跟鞋站在顾予川身侧，她脱了外套，只剩一件抹胸长裙。

身材绝了。

姜梨很快就意识到自己的关注点不太对。

林初夏把顾予川的外套丢给他，朝姜梨伸出了手。

“开门见山吧。我还没有正式地自我介绍一次。”林初夏勾起唇，“我叫林初夏，是顾予川的青梅竹马。”

青梅竹马，姜梨的心咯噔一震。

她看着顾予川手中的西装外套，又低头看了眼自己身上披着的林初夏的衣服。

林初夏并不打算等姜梨做好心理建设，自顾自握住了姜梨的手，眼里满是迷人的光彩：“但是比起做顾予川的女人，我更想做你的姐妹。”

YUWOXIAOLIXIN

第四章

我认识你，在你不知道我的时候

01

季苏白这个人，虽然不靠谱了点，但不得不说，看女孩子的眼光还不错。

姜梨一直以为林初夏应该就是大众眼中那种大家闺秀，谁知她一点都不“常规”。

好飒！姜梨忍不住感慨。

“我先走了。”林初夏看了眼姜梨，“哦，对了，以后要是有人欺负你，可以找我。我会比顾予川更快更有效。”

顾予川撇嘴，没说话。

朱南在车里等，和林初夏道别之后，姜梨和顾予川上了车。

“先送她吧。”顾予川揉了揉太阳穴。

他好像很疲惫的样子，见状，姜梨道：“朱南，先送他，我还挺精神的。”

顾予川闭上眼，听见她问：“你真的打算起诉何梦梦吗？”

“你不想吗？”

“想。”姜梨点点头，“但说真的，我又觉得没什么必要。”

“为什么没必要？”

“虽然挺不高兴，但我也没有什么实质性的损失。如果你把她告了，她这一辈子就算完了。”

顾予川说：“你这是在替她想？”

“也不全是。我没那么慈悲，就是觉得她也挺可怜的，大概是喜欢你用错了方式吧。”

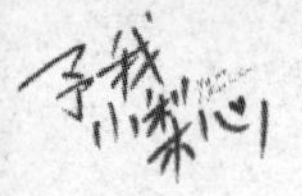

“我不太喜欢你深明大义的样子。”顾予川说。

姜梨摇头：“你错了，我哪有什么深明大义的胸襟。你想，今天来这的都是生意场上有头有脸的人物，她在这么多人面前出丑，圈子里肯定会传开的，这对她来说就已经很难熬了。再说了，打官司耗时耗力耗钱，不如让她在等待中想你什么时候会拿着证据去起诉她，让她惴惴不安，让她煎熬，然后等她发现你没告她，又惊讶又愧疚。”她的眼里划过一丝狡黠，“这不就是你说的，杀人，诛心。”

顾予川睁开眼，略带玩味地看着姜梨：“你学坏了。”

姜梨微微一笑：“你言传身教，我学得快。”

一路上，朱南如坐针毡。如果他有罪，请让法律制裁他，而不是让他成为硕大闪亮的电灯泡，看别人搞暧昧！

于是一到顾予川家楼下，朱南就赶忙拉开车门恭送他。

顾予川抬脚走出车子，突然想起什么，折返过来敲了敲车窗。

姜梨摇下车窗。

他说：“接下来一段时间我会很忙，但你可以来找我。”

她抬起头，问：“什么时候？”

“随时。”

姜梨想了想，打开车门，问：“现在呢？”

顾予川愣了一下：“可以。”

朱南出声：“那我……”

顾予川给了他一个自己领悟的表情。

明白了，他这就滚。

昏黄的路灯下，两个人的身影被拉得狭长。

顾予川说：“我很困，如果你是要道谢的话就算了。”

“你能不能不把天给聊死？”姜梨有些气。

他道：“我真的困了，而且我有点发烧。”

“发烧？”她惊讶地望着他，伸出手探了探他的额头，果然有些烫，“我送你上去吧，你早点休息。”

“好。”

电梯停在十二楼，顾予川走得有点晃，身子一斜，后背靠了过来，姜梨下意识地用手扶住他。

“家里有退烧药吗？”

“有。在床头柜的第三个抽屉。”顾予川开了门，回到卧室躺下。

姜梨弯腰去找。

“有水吗？”

“冰箱里有矿泉水。”

姜梨问：“热水呢？”

“我不喝热水。”

她有些惊讶，也有些恼地望着他：“一年四季都不喝热水？”

“嗯。”

她清秀的眉头皱了起来：“生病也不喝热水？”

“有人照顾的话，会喝。”

姜梨的眉头皱得更紧了：“你一个人住，谁照顾你？”

“所以，生病也不喝热水。”

她简直气得要爹毛。

然后，顾予川张开嘴，声音有些虚弱：“给我烧点热水吧。热水壶在厨房上面的柜子里。”

“真是拿你没办法。”

他的房子看上去很冷清，东西也很新，整个家里没什么烟火气。水壶是新的，她拿出来洗了一遍又一遍，生怕长时间不用会有什么有害物质，恨不得把水壶磨得抛光。一年四季都不喝热水，真是又怪又任性。

顾予川不知道什么时候站在了她身后，声音略哑道：“我等你好久。”

姜梨正闷闷不乐，闻声扭头愤愤不平地说：“你以前生病怎么不想着烧热水，还怪我动作慢。”

顾予川靠在门框上：“我几乎不生病。”

“那你现在呢？”她恨恨道。

顾予川的目光里突然带了几分戏谑。

“我装的。”他说。

姜梨睁大眼睛：“你说什么？”

“我装的。”他从衣服口袋里掏出一个小热水袋，在她面前晃了晃，“是我骗你上来的。”

骗人的？姜梨简直不敢相信自己的耳朵。她丢下热水壶，走到顾予川面前，伸手探了一下他的脑袋。

居然真的不烫了！

果然是只狡诈的狐狸，姜梨直想骂人：“你哪儿来的热水袋？”

“我让朱南带的。”顾予川解释，“天冷，你的礼服很薄。”

她呵呵冷笑两声：“那我还得谢谢你了！”

“倒也不用客气。”

“顾予川，装病好玩吗？骗我有啥意思？”她气得头发丝都分叉，想也不想地脱口而出，“是不是骗人上当、让别人担心，你很有成就感？”

她气得不行，头也不回地走到公寓门口。

一只手抓住了她的手腕。

“你是在担心我吗？”顾予川的声音轻抖。

她怔住。

顾予川又问了一遍：“你是不是担心我？”

“我不担心。”姜梨背过身，矢口否认。

“不担心，为什么不敢看我？”

她又是一愣。

从进门开始，她一直都没敢回应他的视线，在他温柔的目光下，她的第一反应就是躲。

良久，她像泄了气的皮球似的，道：“我想知道原因。”

“什么原因？”

“三番五次帮我的原因。”她道，“顾予川，你不能总做一些让别人摸不清楚缘由的事，让人误会，让人……”

他轻轻吐出一口气：“让人什么？”

让人动心……这四个字姜梨没敢说。

良久，顾予川松开手，说：“姜梨，你是不是太迟钝了点？”

她的心像是被人狠狠击中了，所有的揣测和疑问的答案在一瞬间抽丝剥茧愈渐清晰。最后，她垂下眼眸，道：“顾予川，你别撩我了。”

声音很小，尾音都快听不见了。

“什么？”他不明所以。

“你明知道自己是个芳心纵火犯。”

顾予川：“……”

“别的男人可能需要花十分力气才能让心仪的女孩子看他一眼，可你只要钩钩小拇指，就会有成千上万的人心甘情愿等你了。”

顾予川顺着她的说法追问：“你呢？”

“我？”

“你的话，不用等，有 VIP 通道。”

他伸出手压在门上，姜梨被他禁锢在狭小的空间里，她下意识地往后退，后背抵在门上，退无可退。

慌乱中，她的手碰到了门把手，门霍地打开，她整个身子都朝外仰倒，有人在门外用手臂支撑着她。

绅士手，绅士手！朱南一直提醒自己。

看见朱南，顾予川整张脸都黑了。

完蛋。看总监这个表情，朱南觉得自己凉了。他结结巴巴地解释道：“我刚被保安大叔给骂了……你家楼下不让停车……”

“不让停车你是第一次知道吗？”顾予川冷声道。

“可是没有车位啊……”

“你不是自己走了吗？”

“可是刚才初夏姐让我务必安全地把梨妹子送回家……”

朱南觉得如果眼神能杀人，他早就已经被总监千刀万剐了。

“可以啊，朱南。”顾予川冷笑一声，“现在林初夏的话比我管用了。”

能不管用吗？他喜欢的妹子是林初夏的高中同学，两人关系好得不得了，这简直就是林初夏拿来差遣他的法宝。给顾予川当助理，还要听林初夏的差遣，两边当差就算了，还弄得里外不是人。他太难了。

朱南欲哭无泪。

“那我就先回去了……”姜梨跑得比兔子还快。

再待下去，她会窒息而死，没有人能在顾予川的注视下活过十秒，她大概也没法成为例外。

朱南笑得比哭还难看：“那我也先走了！”

顾予川轻轻启唇，吐出一个优美的中文字：“滚。”

“总监……我明天就来找您跪榴梿！”

“滚吧。”顾予川刚一关上门，就收到了林初夏发来的微信。

【初夏】：我掐指一算，某人今晚大概得失手。

【G.】：说吧，你又要搞什么？

【初夏】：顾予川，出来混总是要还的。

【G.】：？

【初夏】：哈哈，等了二十多年终于等到今天了。

【G.】：幼稚。

顾予川锁屏，坐在沙发上，静静地闭上了眼睛。他的脑海中浮现出一幅完整清晰的画面。

庄园里，她拿着枪对准靶心，月光落在她的发丝上，微风轻轻吹着，他看到了她眼里那抹耀眼的光，丝毫不逊色于星辉。

有些人生来就是会发光的。只是他不明白，姜梨为什么会选择放弃。

顾予川拿出手机，拨通了老友的电话："帮我拿两张省射击赛的门票。"

02

姜梨压根儿就记不清自己是怎么回到家的。

她躲进房间，把头埋在枕头里，耳根还在发烫，要死了。

她觉得不可思议，她居然在顾予川手里幸存下来……可是回想起临走前他看向自己的眼神，她的心就不可抑制地狂跳。

喜欢在沸腾，她骗不了自己了。

姜梨难得睡了一个又香又甜的安稳觉。

隔天一早，她发现之前黑她的那些营销号都默默地删除了帖子，就连之前黑她的话题都消失了，不仅如此，还有一些营销号向她道了歉。

她原本以为是为她伸张正义的"粉丝"@她，结果点开发现，是顾予川发了一条微博，吃瓜群众疯狂转发。

顾予川 V：提前透露一下，期待吗？@栗子酱

玩家们很是激动，纷纷转发表示：这绝对是《拯救者》里最好看的一个角色！四周年庆快来吧，我的钱包已经饥渴难耐了！买它！我现在就想买！

顾予川发的这张抓拍图是她之前在摄影棚拍用来建模照片的花絮，别说……还真挺好看。

栗子酱的"粉丝"们也沸腾了：我的天！电竞界的颜值天花

板！抓拍都这么美！

顾予川的这条微博一发，首先是给自家游戏造势，二来也是打了之前那些发她丑照的营销号的脸。

姜梨做梦都没想到，这条微博反响异常好，玩家们呼声很高。

趁热打铁，顾予川让她再来公司一趟，拍正式的宣传写真。

朱南在前台等，见她到了，赶忙迎上去："总监在开会，你先坐会儿，造型师堵车，还在路上，你等一下。"

她坐在设计部的休息室等，发现丁尧在泡咖啡。

"一大早就喝咖啡？"

丁尧放下杯子抱怨道："哎，你是不知道。我的建模已经改到第六稿了……设计部开会都开 N 次了，天天加班到很晚，我真想辞职。"

"要不你让顾总监别那么高要求了？"

"那还不如指望太阳从西边出来。"丁尧摆摆手，"我们顾总监对待工作的认真劲儿，天下少有啊。"

话说回来，姜梨好像还没见过顾予川工作的样子，有点好奇。于是她找了个借口，离开了设计部。

大会议室和设计部都在八楼。

会议室的门虚掩着，她在转角处就听见了顾予川的声音。

"我是说过明年想推一款新游戏，但你们都应该清楚，我们光与做的游戏，不单单是为了赚钱。"顾予川道，"之前策划部的几个提案我都看了，不是很满意。有《拯救者》的基础在，如果达不到《拯救者》的水准，我是不同意推新游戏的。现在的玩家和消费者都有自己的思考在，不再是四年前依靠我退役之前的身份和热度就会大量买单的时代了，所以我希望，下次提交上来的不再是这样平平无奇，都是破绽的策划案。"

姜梨站在会议室外，透过缝隙，恰好能看见顾予川，他坐在会议桌前，端正且严肃。

他像是突然感应到什么似的，眼睛突然向门口看了过来。

顷刻间如山崩地裂一般，姜梨说不出那是不是自己心口触动的感觉。

因为顾予川那张前一秒还很正经的脸上，后一秒就浮现出一个让人不易察觉的微笑。仅仅只是嘴角微微上扬的一个细小动作，都被她精准捕捉到了。

完了，她死了，她要死在顾予川的笑里了。

“好了，我们今天的会就到这里吧。如果有新的提案，下周会议上提交。”说完，顾予川站起身，率先结束了会议。

闻声，她赶忙往后退到角落里，背过身仔细观赏转角处的盆栽。

员工A：“今天居然开会就开了半个小时！”

员工B：“对啊，平时顾魔鬼不是都一个半小时起步吗？”

员工C：“顾魔鬼转性了，我刚才看他笑了呢。”

员工D：“真的假的？顾魔鬼工作的时候还会笑吗？”

顾魔鬼……

姜梨在心里认认真真回味了一下这个称呼，忍不住“噗”的一声笑了出来。

“背着我笑什么？”顾予川的声音在身后响起。

做坏事被抓包，姜梨一个激灵转过身来：“你知道我刚才听他们怎么称呼你吗？顾魔鬼……他们叫你顾魔鬼！”

顾予川倒没有很惊讶：“我工作的时候，可能是挺像魔鬼的。”

“原来你这么沉迷工作的吗？”

“以前是。”他抿唇，“不过现在还有更沉迷的事。”

是什么？姜梨想问，但她没好意思开口。

“吃早餐了吗？”顾予川问。

“没……”她摇摇头，“赶地铁，没来得及。”

顾予川看了眼手表，这个时间点，公司的餐室应该已经停止

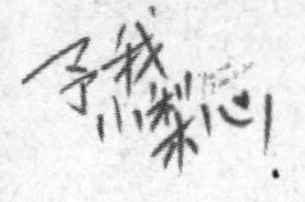

供应早餐了。

“走吧，我带你去吃好吃的。”

她很自然地就跟了上去。

“想吃什么？”顾予川侧过脸来问她。

“都行。”她捂着肚子，“饿的时候什么都好吃。”

光与公司楼下，过条马路就是购物中心。

购物中心楼下只有一家星巴克能吃早点，姜梨跟着顾予川走进去坐下，不一会儿，他点好单端着东西走过来。

“榴梿味的。”他说。

姜梨点点头，咬了一口，心里美滋滋。她舔了舔嘴唇，问：“他们说你平时开会都要开一个半小时？”

“嗯，周会是这样的。”

“难怪喊你顾魔鬼，开会开一个半小时我也要疯。”

“他们的月薪还是配得上这一个半小时的周会的。”

“多少？”姜梨问。

顾予川想了想：“像丁尧，一月两万。”

“两万？”她惊了。丁尧才工作第二年，就已经月薪两万了？

“所以一个半小时的周会，你愿意吗？”

“愿意！”姜梨道，“有加班工资吗？”

“有。一小时八十块。”

姜梨说：“那我能加班加到头秃，加到你哭！”

“所以光与留得住人才。”说起这个，顾予川有些骄傲，“《拯救者》手游目前是国内榜单上日活跃用户最多的游戏，我们小心翼翼地维护着这款游戏，以最严格的检测方式查封外挂，确保游戏的公平性。虽然还有很多玩家开外挂我们不能第一时间查出来，但我们一直都在努力。”

讲起《拯救者》的时候，顾予川的眼里都是温柔的光，他一定很喜欢《拯救者》这款游戏吧？

姜梨看着他，突然有一种想要了解的强烈欲望。

“你为什么会做《拯救者》？”她问。

“当初退役之后，有很多选择等着我，父母让我去接手他们的产业，但我想做自己喜欢的事业。”

姜梨眼睛都直了：“你家有产业啊？”

顾予川哽住，她的关注点怎么和别人不一样。

“如果没有人支持我，光靠白手起家，我开不起这么高的工资。”他说得很认真，“你是不是觉得我没那么优秀了？”

姜梨想了想，问：“你是指哪方面？做生意和打《拯救者》的话，还是很优秀的。”

顾予川问：“哪方面让你觉得不优秀了？”

“你会打枪吗？”她喝了一口拿铁问道。

“打枪？”

姜梨的眼里划过一抹精光：“射击。”

“不会。”顾予川摇了摇头。

“我会。”她笑眯眯地说，“顾予川，你知道吗？其实我打枪还挺厉害的。”

顾予川沉默了。他看着她大概是说起了自己钟爱的事情，脸上神采奕奕，连头发丝都在闪光，心中的某个角落突然就软了下来。

“是很厉害。”顾予川道，“姜梨，我知道。”

她微微一愣：“你看过我射击吗？”

“嗯。”

“什么时候？”姜梨惊讶不已，像是想到什么似的，眼神突然开始闪躲。

是很久很久之前吗？她突然慌了。如果是很久之前，他是不是知道她身上发生的事？他会怎么想她？

顾予川道："那天，在庄园。"

得到回答后，姜梨如释重负地舒了口气，还好。

"你很喜欢射击吗？"顾予川喝了一口美式，目光一如既往的恬淡。

"以前很喜欢。"

顾予川的手握紧，有一瞬间有些话他几乎就快要说出口了，可最后，他还是选择了沉默。

"我以前是射击运动员，我是因为射击才玩《拯救者》的。顾予川，我有过一段很灰暗的岁月，在那段岁月里，是《拯救者》陪着我、支撑我走下去的。"姜梨微微颔首，道，"从某种程度上来说，我应该谢谢你，谢谢你把《拯救者》带给我，带给大家。"

顾予川摇了摇头。

"你不用谢谢我。"他说，"你知道《拯救者》为什么叫这个名字吗？"

"为什么？"

顾予川道："是因为很久之前，有一个人拯救过我的理想。"

姜梨略带疑惑地看着他。

顾予川的目光望向别处："很久之前，我认识了一个人，她让我意识到射击是一件很酷的事。可是我没有做射击运动员的资质，就放弃了。一次偶然的机会，我接触了一款射击游戏——《末日行动》，所以后来，我进了电竞圈。"他顿了顿，又说，"我小时候没什么志向和目标，学习也不好，每天都在混日子。如果不是她，我可能连自己未来要做什么都不知道。"

姜梨叹道："所以《拯救者》和别的游戏不一样，它有温度。"

在名利场追逐，《拯救者》也曾变得越来越商业化。不过好在，四周年的时候，他找回了自己的初心。

只是不知道她的初心还在不在。

"姜梨，你现在还喜欢射击吗？"顾予川蓦地问。

现在……还喜欢射击吗？姜梨问自己。

当然。如果不喜欢，不会在遭受重创之后还依然选择去深海射击俱乐部。哪怕只是一个业余的俱乐部射击手，哪怕以后再也不能站在赛场上，但只要握住枪，她就会觉得满足。她甚至有过无数次要从头再来的想法。

姜梨抬起头，目光与顾予川对上。

“喜欢。”

“喜欢就不会放弃，对吗？”

“嗯。”姜梨轻轻地应。

他的心像覆满霜雪的花悄悄绽放，他握紧的手蓦地松开。

“你会站在顶峰的，再一次。”顾予川道。

“你信我？”

“坚信不疑。”

“我会努力看看。”

顾予川拿出了两张票放在桌上，推给了她：“我这里有省射击赛的门票，要不要一起去？”

她看着桌上的两张票，几乎是想都没想地答：“好啊。”

03

“你要和顾予川约会？”

“看个比赛而已，这不算吧。”

拍完写真，姜梨和冯曼曼一起回家。

冯曼曼啧啧两声：“我就觉得你和顾予川不对劲。”

“哪有不对劲。”姜梨乜斜了她一眼，无奈地说，“他只是拿到了两张省射击比赛的门票，知道我喜欢射击，所以就喊我一起去了。”

“你脑袋有问题？全世界那么多女人，就你喜欢射击？拿了两张票就非要跟你去？”

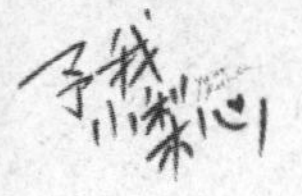

姜梨："……"

"你别说你不知道！我都看出来了，顾予川喜欢你！"

喜欢？

"他能喜欢我什么？"姜梨心虚。

冯曼曼抬头望天："谁知道。"

姜梨黑了脸："开玩笑，我也是很迷人的好吧？"

"对对对，您最迷人了，您都把光与公司的总监迷得神魂颠倒了，这世上除了您之外还有谁有这本事？"

"冯曼曼，你是不是酸了呀！哈哈。"姜梨忍俊不禁。

冯曼曼翻了个白眼："我酸什么？我巴不得你快点嫁出去，房子我一个人住不要太开心。最好你能找个大腿，这样我也可以跟着你沾光啊。"

"你怎么不说你嫁入豪门，让我也抱个大腿呢？"

"我就算了吧，我这辈子就不像是会嫁入豪门的命。你可抓紧机会啊，顾予川这样的好男人可不是谁都能染指的。梨子，不管怎么说，你已经赢在了起跑线上。"

她赢在起跑线上了吗？可是，她是凭什么赢的？

姜梨陷入了沉思。

她原本以为顾予川接近她，不过因为他是个满身铜臭的商人，想借她造话题赚一笔，可后来他帮过她那么多次，就算是出于人道主义精神，也未免有些越界了。

"梨子，你也喜欢顾予川的吧？"冯曼曼问。

喜欢他吗？

姜梨回想起第一次见到他时的场景，她记得相遇那天的每一帧画面，每一处细枝末节都随着时间的流逝被赋予了新的意义。

是喜欢的吧。

从看到他的第一眼起，就喜欢到无法形容了。

"嗯。"她轻轻回应。

表露心迹的那一刻，她感觉自己心口的那块大石头落地了。

原来她那么想见他，是因为她喜欢他啊。

接下来的几天，姜梨去深海射击俱乐部“锻炼”了一下自己废柴似的双手。好不容易熬过了这段时间的风波，她终于可以酣畅淋漓地射击一次了。

“您好，欢迎光临——”

“姜梨在吗？我找她。”

姜梨摘下护目镜，看到前台那里站着的林初夏。

林初夏手上提了大大小小好几个购物袋，见到姜梨，她甩了甩自己的大波浪卷发，不由分说地把几个购物袋塞了过去。

“我刚看到几个包觉得很适合你，买给你，就当提前送生日礼物了。”

姜梨咽了咽口水：“我生日在五月……”

这才十月，还有七个月呢。

林初夏想了想，道：“我就是想送你礼物，没什么由头。如果你要感谢我的话，就加我微信好了。”说着，她拿出手机，向姜梨展示了二维码。

好家伙，啥家庭啊。

加了微信，林初夏满意地笑道：“有机会一起玩，射击我也挺感兴趣的。”

“要不要试试看？”姜梨问。

“行。”林初夏也没拒绝。

姜梨很快找来了一套装备。林初夏身材高挑，光拿枪站着就已经气场全开了。

迷人啊。姜梨止不住在心里夸赞面前的女人。她又好奇了起来，这么优秀的女人，从小和顾予川一起长大，他近水楼台、占尽先机，却没有拿下林初夏？

“挺难的。”林初夏试了一枪，有些失望地摇摇头，“我还以为很简单呢。”

“你这才第一次上手，就已经做得这么好了，很棒。”姜梨朝她竖起了大拇指。

林初夏放下枪，道：“看来还是逛吃适合我。我算是知道顾予川那家伙为什么对你这么感兴趣了。”

姜梨耳根一热，只好装傻。

“你别看我和顾予川从小一起长大，我对他啊，也不能说是十分了解。”林初夏道，“他城府太深。”

童年噩梦，林初夏在心中这样形容他。

有一个从小就喜欢捉弄自己的青梅竹马是什么体验？林初夏深有体会。从小到大，她就活在顾予川的阴影中，无数次因为自己的天真为顾予川背锅。

想到这里，她就忍不住咬牙切齿。之前网上好多人说他们是金童玉女，她曾经拿微博小号一个个怼了回去——林初夏配不上你们顾大男神还不行吗？

家里的长辈也不是没有把她和顾予川撮合在一起的意思，有一次吃饭的时候，林爸和林妈和她开玩笑说让她以后嫁给顾予川好不好，她吓得筷子掉在地上，差点号啕大哭。

从那以后，林爸林妈就再也没提过这茬了。

说白了，他们俩八字不合，就算是家世背景相当，强扭的瓜也只能酸掉牙。

她不喜欢城府深的男人，顾予川也不喜欢她汉子的性格，两人互相不“感冒”。

她啊，喜欢可爱的男人，笑起来有浅浅的梨窝，整个人白白嫩嫩，说话软绵绵，会撒娇……那是最好不过了。她正想着，冷不丁面前出现了一张白白嫩嫩的小脸。

季苏白惊喜地说：“你来了？怎么不跟我说呀！”

林初夏指了指旁边的姜梨：“我来找她的。”

“那也不妨碍你找我嘛。”季苏白笑起来，露出两个可爱的小梨窝。

林初夏难为情地移开视线，脸颊微粉，声音都软了下来：“所以我顺带来看看你。”

“那就好。”季苏白看了眼姜梨，满脸都写着“重色轻友”四个大字。姜梨懒得搭理他，转身就准备继续去训练。

另一边，省队的几个人出现在门口。

“这周末就比赛了，我真的不知道你们到底在干什么！”说话的是队长林奇，看上去脸色很不好看。

张城打了个哈哈，说：“队员们就是出去休息休息，你这么生气干什么？”

“到现在为止你们训练的时间有五个小时吗？教练马上就回来了，你们自己跟他交代！”

张城道：“他们也不会上场，上场有我和小曹就够了，不是吗？”

“每个队员都要训练！”林奇怒道，“你以为我们永远是省里最强的俱乐部吗？别人永远不会进步吗？”

“不过是一群手下败将而已，瞧把你吓成什么样子。”张城轻蔑地笑了一声。

又来了。

姜梨实在是看不惯张城，以至于她每次看到他，就恨不得上去揍他一顿。

“手下败将啊。”姜梨拖了一个绵长的尾音，笑出声来。

几个人这才注意到姜梨。

她扎着高高的马尾辫，穿着一身运动服，整个人看上去干净又利落。

张城看到她，脸都黑了。

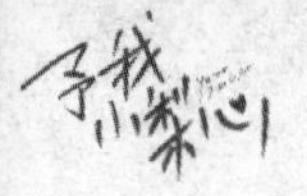

“张副队，我最近好久没有来训练了，要不，你再帮我指导指导？”说着，她抬起手握住枪，侧过脸来，抿唇道，“上次你的两次十环实在让我印象深刻。”

“你！”张城气得双眼睁大。

姜梨笑起来：“试试，张副队，也许今天不止两次了呢，人总是在进步的，不是吗？”

说完，她按下扳机。

姜梨是侧着头的，只有余光能看到射击靶，她甚至连自己的射击结果都懒得看一下，只有一行人目瞪口呆地看着不远处的十环。

林初夏惊呆，小声地问季苏白：“她打枪这么凶的吗？”

“她只要握住枪就完全是另外一个人，整个人都超凶的。”

“美少女战士的变身利器，很绝。季苏白，你朋友很有意思，我很喜欢。”林初夏不由得朝姜梨投去赞许的目光。

张城脸上挂不住，哼道：“侥幸射中十环就得意成这样了？”

季苏白嘟哝道：“上次连射三次，今天没看都是十环，这还是侥幸？”

“一个什么都不懂的业余选手，还敢在这里跟我说话？也不看看自己是个什么东西，你也配？”

“你配？”林初夏早忍不住了，怒不可遏地回击道，“怎么，你一个专业的打不过一个业余的你还挺骄傲呢？知不知道‘羞’字怎么写？啊，我忘了，看你四肢这么发达，头脑一定挺简单吧。”

张城健步走上来，居高临下地望着林初夏，道：“你是个什么东西？”

“干吗，要打我？”林初夏勾起唇，“射击我不行，打架还不差。”

“我不打女人。”张城冷笑道，“垃圾俱乐部，来了一群垃圾。我不对垃圾动手。”

林奇说：“张城！你说话尊重一点！”

“尊重什么？我连你都不尊重，还要去尊重这些连射击都不懂的垃圾？”

姜梨望着张城，眼里划过一丝厉色：“你在说谁垃圾？”她伸出手，狠狠地抓住了他的衣领。

张城做梦都没想到这个看上去这么孱弱的女人居然有这么大的力气，但他的眼睛精准地捕捉到她射击手套上的蓝色刺绣字样。

那是日星俱乐部正式选手的象征。

他不可置信地瞪大眼睛：“你是日星的人？”

“怎么，怕了？”姜梨的眼里尽是怒火，她压低声音，问，“没想到你这样的选手还知道日星。”

日星俱乐部，全国顶尖的射击俱乐部，在那里，汇聚了全国最优秀的射击选手。

“你真的是日星的？”张城不敢相信，在这样一个毫无知名度的俱乐部，居然藏着日星俱乐部的射击选手。

姜梨松开手，往后退了两步，换了一副表情，道：“张哥，我上次跟你说过的，这是我买的盗版。现在网上那些卖家也提供绣名字服务了，既然做盗版就要贯彻到底嘛，不然怎么以假乱真，你说是吧。”

张城走上前来，追问道：“你到底是不是日星的选手？你的技术不可能只是个业余选手！”

“那我就权当这是你在夸我了。”姜梨微微颔首，道，“所以，张哥，做人可得谦卑点，指不定哪个犄角旮旯里就冒出一个比自己强很多的人。多得是比咱们省厉害的俱乐部，也多得是比你厉害的人。”

说完，她就这样静静地望着他。

张城咽了咽口水，尴尬得不知所措，他头一次被一个女人教训得说不出话来。

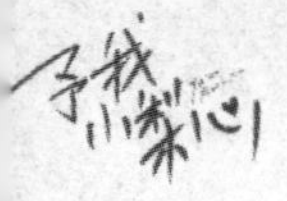

“姜梨？”

这个声音让姜梨如遭雷劈。很遥远的声音，却又再一次出现在她的身后。

顷刻间，支离破碎的画面都成了鲜血淋漓的伤口。好不容易结痂、愈合，又再一次溃烂、发痛，她听见无数个声音，从前的、现在的、指责的、谩骂的。

四年了。

她没等到一句安慰，也没等到一句道歉。她屏蔽了所有和他相关的搜索词，即便偶尔在网上瞥见他的名字，她都装作没看见一般，直接划过。

姜梨背对着门口的位置，她不知道那个人现在是什么样子。这样可笑又刺痛的重逢，让她只有逃的欲望。

可她知道躲不过去，她逃不掉。

大概是这世间的离别与相遇皆有定数，只要她没有彻底离开射击圈，他们就终有面对面的那一天。

所以她松开手，转过身，努力挤出一个忘却前事的微笑。

门口的男人拖着行李箱，脸上带着风尘仆仆的倦意。即便是过了四年，不再是场上风采翩然的射击运动员，他依旧带着耀眼的光彩，一如她第一次在日星见到他那样。

太久了，她以为自己就快要忘记那张脸了。再见到的时候，却发现她从来就没忘过。

不管是他，还是他带给她的所有痛苦。

历久弥新，愈加滚烫。

她轻声道：“好久不见，邵晚风。”

04

“教练，你们认识？”林奇惊讶地问。

邵晚风眼神复杂地看了姜梨一眼，道：“以前……认识。”

“以前？”林奇恍然道，“邵教练和她以前一起在日星俱乐部？”

邵晚风欲言又止，姜梨也没有说话。

过了一会儿，邵晚风道：“我们借一步说话？”

“不用。”姜梨摇头，“我们没什么好说的。”

任谁都看得出这两人不对劲，林初夏一把搂住姜梨的脖子，替她解围：“走，顾予川喊咱们吃饭。”

“啊？”

林初夏朝姜梨眨眨眼，季苏白火速把姜梨的东西收拾好拿走开溜。

一路上，林初夏都在吐槽季苏白怎么接纳了这么个垃圾队，招来了这么个垃圾副队长，还有这个不知道从哪里冒出来的教练。

季苏白只想喊冤，但是看姜梨现在的状态，他就什么都说不出了。

姜梨弱弱地问：“不是说顾予川喊我们吃饭的吗？”

林初夏说：“那我打电话让他来吃饭。”

“算了。”姜梨摆摆手，“现在也不是很想见他……”

季苏白想了想：“那喊冯曼曼吧。”

冯曼曼下了班就急匆匆地赶过来了，一打开包厢的门，就被铺天盖地的酒味熏花了眼，里头的三个人东倒西歪地靠在一起，抱头痛哭。

季苏白：“我好惨，我就投资了这么个俱乐部，几年了，半毛钱没赚到……”

林初夏：“我好惨，身边都是虚情假意的。”

姜梨：“我好惨，我没有男朋友……”

话音刚落，两双眼睛齐刷刷地射了过来。

姜梨喝得小脸通红，难为情地朝他们两个人傻笑。

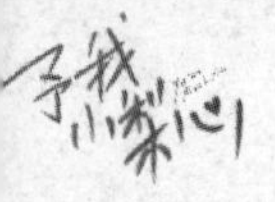

季苏白：“小梨子，我怀疑你是在拉仇恨！”

林初夏摇了摇手指，贴在季苏白的脑门儿上，道：“倒还没这么容易……”然后季苏白就和林初夏倒到一边去了，两个脑袋凑在一起，不知道在密谋什么大事。

姜梨拿着酒瓶哈哈地笑，盯着门口站着的冯曼曼拍拍胸口，道：“曼曼来了啊……”说着，她就要起身，一个没站稳，直接摔了个狗啃泥。

冯曼曼把她从地上拖起来，一脸嫌弃：“酒鬼！姜梨，你怎么变成酒鬼了？是不是季苏白教坏的你？”

自从之前姜梨喝大了撒酒疯大闹餐厅一战成名之后，冯曼曼就再也没有让她碰过酒，没想到季苏白这个不怕死的居然又把她带来喝酒了！

冯曼曼气呼呼地要找他算账，冷不丁地被姜梨扼住了脖子，随即像个八爪鱼似的黏了上来：“曼曼，我好可怜……我没有男朋友……”

“顾予川不是喊你去看比赛了吗？你距离拥有男朋友只有一步之遥了。”

林初夏“嗯”了一声，一把推开季苏白，晃晃悠悠地走过来，从另一边搂住了冯曼曼，含混不清地说：“去哪儿看比赛？顾予川居然知道投其所好？哎呀，看来是我低估了他……”

两个醉醺醺的酒鬼靠在一起，冯曼曼捏着鼻子就想跑。

姜梨抱着冯曼曼，打了一个嗝，道：“曼曼，你说喜欢一个人是不是都不会有什么好下场啊？”

冯曼曼把她扶到沙发上，费了好大的劲儿才把她手上的酒瓶抢了过来。

“喜欢的人是个坏男人才会没什么好下场，顾予川又不是坏男人，你怕什么？”

姜梨摇了摇头，道：“当初……他其实挺好的……”

“谁？”

没有搭理冯曼曼，姜梨抱着沙发枕倒头就睡。

头痛欲裂。

醒来的时候，姜梨就意识到完蛋了。

她脑海里空荡荡的一片，浑身的肌肉都酸痛得厉害。

她呜咽一声，好不容易翻了个身，趴在床上不动了。

冯曼曼站在房间门口，冷哼了一声：“继续喝啊。”

姜梨嗫嚅道：“好汉不提当年勇……”

“昨天是条龙，今天是条虫。”冯曼曼恨铁不成钢地给她端来一杯醒酒茶，“你昨天遇到谁了？我听季苏白说你昨天突然情绪很不对劲？”

空荡荡的脑海终于浮现出了一幅画面。时过境迁，她现在成这样子，为什么有些人还是可以光芒万丈呢？他明明做了那么卑劣的事情，为什么还可以心安理得地站在阳光下？

“遇见一个人，很久之前在日星认识的。”

“日星？就是你退赛之前的俱乐部？”

冯曼曼是圈外人，虽然和她是很多年的好朋友，但她在射击圈的事情，冯曼曼并不是很清楚，只知道她四年前在一场国际赛上退赛了，后来就退出了日星。

“对。”姜梨点点头。

冯曼曼就没有再问。

关于射击场上的事情，冯曼曼向来是不会过多过问的。这么多年来她印象最深刻的还是当年姜梨半夜被送进了抢救室。

姜梨在俱乐部受了伤，伤势很严重。

手术结束之后，姜梨在医院住了一个月，出院的时候整个人精神状态都萎靡得不行。之后她就把自己关在了家里，冯曼曼去找了她几次，她都没见。

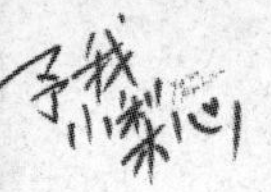

姜爸爸告诉冯曼曼，姜梨受伤很严重，以后可能都没有办法再去打比赛。

后来冯曼曼才知道，姜梨居然退出了日星俱乐部！那可是她一直以来的梦想啊。

“曼曼，你相信我，以后我一定会成为国际上顶尖的射击手，我一定要走出国门，为国争光！”以前，姜梨是这样告诉冯曼曼的。

那时候的姜梨，眼里是坚定又清亮的光，

姜梨一直都没有向冯曼曼说起她在日星究竟发生了什么，为什么会退赛，为什么会离开俱乐部，这些冯曼曼也都没敢问。

她就像是把自己的心封闭起来了一般，决定要尘封那段往事，冯曼曼就算再好奇再不甘心她这样受委屈，也不会主动去撕开她的伤口。

“他现在是省里的一个俱乐部的教练。”过了一会儿，姜梨说，“季苏白之前说，省队的教练对我很感兴趣，没想到居然是他。”

“是仇人吗？”冯曼曼凑过来问，“要不要我们去帮你收拾他？”

姜梨又把头蒙在了被子里。

不是仇人。

不仅不是，还是她情窦初开第一个喜欢的人，是她自卑怯懦、不得善终的初恋。

她正埋着头，手机响了。

是季苏白发来的消息：小梨子，那个邵教练问我要你的联系方式，我拒绝他了！你说我做得对不对！

姜梨回了一个大大的问号。

季苏白：好歹我也算是你四年来的直播铁忠“粉丝”了，还是要誓死捍卫一下你的！

虽然季苏白大多数时候不靠谱，但关键时刻还是挺暖心的。

季苏白：不过你跟他什么关系啊？以前是不是有什么过节？

姜梨：你怎么这么八卦……

季苏白：我是这个圈最八卦的男人啊！生意场上的那些个八卦，我懂得超多，你想听恒正集团的还是采风科技的？对了，之前承制金融的蒋老板被他老婆揍了，下次讲给你听，很精彩！

姜梨：算了算了，我对你们的八卦一点都不感兴趣。

季苏白：小梨子，你这个人思想觉悟不对啊，你也是半只脚踏进生意场的女人啊，以后还要辅佐顾予川的生意呢！

一旦季苏白打开了话闸就关不上了，她赶忙找了个法子溜了，刚准备爬起来，突然发现自己的腰疼得厉害。她当即倒吸了一口气，扭过头费力地朝背后看，发现自己的腰后面贴了一张膏药。

姜梨一脸蒙地看着冯曼曼："我这是……"

"你还好意思问。自己喝多了就往电线杆子上撞，都撞肿了。早上给你换过药了，我出去有点事，你在家躺着，我回来再给你换药。"

姜梨乖乖地躺下："好……"

临走之前，冯曼曼特意对着姜梨的膏药拍了好几张照片。

一分钟后，冯曼曼发布朋友圈。

是慢慢啊：分享一个受伤的小可爱。

冯曼曼没告诉姜梨的是，她在这条状态下 @ 了朱南。

不负所望的是，朱南很快就看到了。他暗戳戳地看了眼正在看邮件的顾予川，做作地清了清嗓子，道："总监，跟你说个事儿呗。"

"没时间听你说。"顾予川冷声道，"我过会儿要去和经典科技的人谈新项目。"

"哦……"朱南闷闷地答。

丁尧的建模第 N 稿已经修好了，顾予川总算是勉强满意，这才给设计部发了确认邮件。他从电脑屏幕上移开视线，道："冯曼曼呢？"

“在楼下啊。”

顾予川不知道从哪里拿出了一个纸袋，道：“你让冯曼曼带给姜梨。”

朱南接过，悄悄地瞥了一眼，是他昨天出差带回来的特产。

“总监，现在年轻人谁还买特产送人啊……”朱南小声嘀咕。

顾予川一个冷眼扫了过来。

“我这就去送！”朱南赶忙起身要跑，末了，他还是决定补充一句，“不过总监，你确定不自己亲自去送吗？梨妹子受伤了，正是需要人照顾的时候……”

话音未落，朱南就看见自家总监脸色三百六十度无敌反转。

顾予川霍地站起身：“你不早说？”

朱南：？

“是你刚才不让我说……”

顾予川拿起外套，一把抢过他手中的纸袋：“闭嘴。”

“可是总监，你等会儿不是约了经典科技的人要谈项目吗？”朱南急匆匆地追了出去。

“改约。”

朱南：“……”

得，英雄救美的好事是总监的，赔笑脸得罪人的事就轮到他了。朱南看着顾予川进电梯，忍不住想哭。

05

姜梨迷迷糊糊又睡了好久。

她闭着眼翻了个身，下意识地摸了摸自己的额头，感觉有点烫。嗓子也疼得厉害，口干舌燥，全身上下的水分就好像被蒸发了一样。她有气无力地挪动了一下自己的身子，腰部传来了钻心的疼痛。

“好想喝水……”她自言自语。

睁开眼准备艰难下床，突然看到一只白皙的手出现在她面前，手上拿着杯子，水冒着热气。

她确认这不是幻觉，随后听见一个熟悉的声音："水。"

"顾予川？"溢出口的声音沙哑孱弱，倒有些娇媚的韵味在。

"嗯。"

真的是他。

"你怎么在我家？你怎么进来的？"

"冯曼曼给的钥匙。"顾予川解释道。

姜梨看了眼墙上的挂钟，现在是工作日的下午三点半，还在上班时间，他怎么就跑过来了？

她"哦"了一声，接过水，咕嘟咕嘟喝下肚，心满意足地打了个嗝。

"你是不是发烧了？"他问。

"像是。"姜梨又摸了摸自己的额头，"感觉额头挺烫的。"

"温度计在哪里？"

"在客厅茶几下面的抽屉里。"

顾予川出去拿温度计，返回的时候，姜梨一脸茫然地望着他。

"你是来……看我的吗？"话一出口她就后悔了。万一他不是为了她来的，她说这话显得自己格外在意和主动，倒像是她自作多情。

顾予川还算配合地答："不然我上班时间来干什么，明知故问。"

"对哦！"姜梨很不淡定地说，"你上班时间过来没关系吗？其实你要来看我的话，晚上来也可以的。"

顾予川掀眸道："我一般十点钟才下班，你要留我过夜吗？"

姜梨的脸唰地通红，她连忙摆摆手道："不是……我不是这个意思……"

动作太大，扯到了她的伤，当即疼得她龇牙咧嘴。

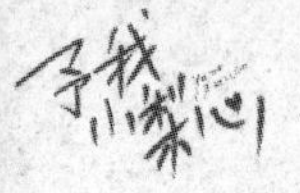

顾予川无奈扶额：“你就不能乖乖不动吗？”

他拿着温度计犹豫了片刻。是最老式的水银温度计，塞腋下不太合适，只能勉强塞进嘴巴里了。

“张嘴，舌头抬起来。”他吩咐。

姜梨这次听话了，乖乖照做。

她粉红的小舌头轻轻地抬起。

顾予川喉头微微滚动了一下。

等了几分钟，顾予川拿出温度计看了一下，道：“38℃，有点发烧。”

姜梨细声细气道：“还好，不算很严重。”

“烧坏脑子那种才叫严重吗？”

姜梨撇撇嘴：“你今天讲话真刺。”

顾予川不理会她的埋怨，继而道：“听说你昨天宿醉了。”

笃定的口吻，一看就是有内奸告密。姜梨往被子里缩了缩，道：“倒也……不是宿醉，其实我脑袋还挺清醒的，我发誓！”

“清醒地把自己往电线杆上撞吗？”

姜梨有些不满地吸了吸鼻子：“你干吗这样说话……我还是个病人哎！你是来这里羞辱我的吗？”

姜梨大大的眼睛里满满的都是委屈，顾予川的心一下子就软了下来。

他叹道：“受伤为什么不跟我说？”

“每一件事都跟你说，就显得我很没用的样子。”

之前她遇到的那些麻烦大多转嫁给他了，现在就连受点伤都要报告他的话，也太矫情了些吧？

顾予川说：“当然不是让你每一件事都跟我说，但在我的理解里，你受伤这件事，应该是你筛选后想要告诉我的。”

“你忘了我以前是射击选手吗？”姜梨认真地告诉他，“在体育竞技选手的世界里，受伤是再平常不过的事情了。就像做买卖，有赔有赚，哪有人赔了就昭告天下的……”

顾予川也很认真地纠正她：“我做生意没有赔过。”

姜梨气得话都不想说，好了好了，知道他很优秀了，可以了吗？她只好吹彩虹屁：“商界鬼才顾予川，宇宙第一棒。”

“下次，我不想再从别人的嘴巴里知道关于你的消息了。”顾予川的声音有些失落。

从冯曼曼和季苏白的嘴巴里传出来就算了，居然还七搞八绕从朱南的嘴巴里传出来的。来的路上，他越想越不甘心，握着方向盘的手都在发抖。

他静静地望着她。

姜梨看着他的眼神，突然觉得自己的心揪在了一起，小孩子似的不满足的撒娇的意味，他现在真让她无力招架。

姜梨闷声道：“好。”

“退烧药在哪儿？”

“电脑桌右手边最下面一个抽屉。”姜梨眼巴巴地躺在床上，看着顾予川来回跑动，

顾予川仔细看了一遍说明书，倒入了合适的剂量，在姜梨肆无忌惮的目光下，把水杯递给她，亲眼看着她把药喝光，转过身去洗杯子，一分钟后他又重新倒了一杯开水过来。

明明把一切安排妥当了，顾予川却丝毫没有要走的意思。

姜梨狐疑地看着他，听见他问：“把你游戏和直播平台的账号密码告诉我。”

“干吗？”

“还想像上个月那样，月末补直播时长？”

姜梨摇头：“不，我这个月学乖了，我平时都播的。”

“你这几天不能播。”顾予川走到她的电脑桌前，打开电脑，“我不允许你播。”

真霸道！姜梨哼了一声：“我在床上也可以直播，反正用

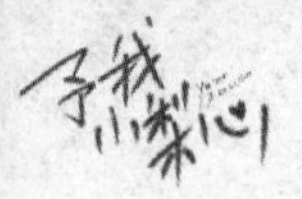

手机……”

“密码。”

姜梨：“……”

什么嘛，根本就不给别人反对的机会。尽管如此，她还是老实巴交地把自己的账号和密码悉数奉上，并且语重心长地嘱咐道：“但是你不要开麦说话哦。”

然而，顾予川打开直播间的第一件事，就是打开语音，道：“大家好，我是顾予川，今天我来直播。”

姜梨急得满头大汗：“我的天！你干吗啊！”

刚开播，直播间还没多少人，但此时直播间的弹幕已经刷到飞起了。

网友A：怎么回事？

网友B：刚刚那是栗子酱的声音吧？天，他们在一起？

姜梨大老远看着那惊人的弹幕数，赶忙闭嘴。

顾予川解释道：“是这样的，栗子酱这几天受了伤，不能直播，所以由我代为帮忙。如果对我不是很感兴趣的话，这几天可以不用来直播间。”

屏幕上出现了重金砸来的七色喇叭。

白阿白：宿醉后的重伤……那天还是我扶她回来的！

系统提示：【栗子酱】已将【白阿白】请出直播间。

网友哗然：“活久见！直播间榜一被踢了？！”

十秒钟后，姜梨的微信响了。

季苏白在手机那头恨不得要哭出来：“小梨子，顾神把我踢了……我好伤心！他为啥踢我啊！”

顾予川关了语音，回答他：“林初夏不喜欢打游戏、看直播的男人。”

季苏白秒回："得嘞，我这就退游、取关！"

姜梨："……"

她这么多年来好不容易积攒来的直播间榜一就这么被顾予川赶走了？

姜梨急得不行："你就这么把我榜一弄走了？我还靠季苏白给我刷礼物呢！你……你居然赶走了我的衣食父母！"

顾予川的手指飞速地在手机屏幕上移动，他侧过脸来，道："良禽择木而栖，我比季苏白有钱。"

"有钱又怎样，除非你养我。"

"养。"顾予川答得极快。

她瞬间哑口无言。从这个角度，她正好可以看到顾予川的侧脸。

他是那种棱角分明、五官立体的长相，从某种程度上来说，他这样刻画清楚的五官，总会给人一种不好相处的疏离感。

在多数情况下，顾予川并不是一个热心的人。杀伐果断，睚眦必报，对那些伤害她的人，他一直是这样。

可对她……是不一样的。

她早就觉察到了那些许不一样，她一直在揣测，顾予川给她的不同，究竟是因为对不同世界的来客的新鲜感，还是……和她一样的心动？

她望着他出了神。

他打游戏的样子真好看。准确来说，他的每一个样子都好看。不管是签合约初遇的那天，他安静地坐在一边玩游戏的样子，还是他带着她去找何梦梦算账的时候，那副高傲冷峻的模样，都让人心头一颤。

她喜欢他，从见到他的第一眼起。

"你相信一见钟情吗？"她不知怎的，突然就问出了口。回过神来的时候，她慌忙转过身，把头埋在被子里。

“我瞎说的！”她解释道，“我刚才……”

“信。”顾予川打断了她的赘述。

他刚结束了战斗，看见她扭过身脸红心焦的样子，觉得好笑，嘴角不自觉地微微上扬。

姜梨几乎把所有的被子都用来捂住那张已经红到发烫的脸了，睡衣也被她歪七扭八的姿势弄得滑下一片。

顾予川站起身，走过去准备帮她盖被子，目光却突然落在了她的腰上。

那块地方肿着，再朝上一点的地方，赫然还有一道深深的疤痕。他的心像是被人狠狠戳了一下。

“这道疤是什么时候受的伤？”

姜梨愣了愣，倏忽意识到自己现在的姿势实在不雅，她赶忙转过身来，不让顾予川看到自己的背。

“以前……”

“当射击选手的时候受的伤？”

“嗯。”她声音淡淡的，“四年了，很久了。”

四年，这个时间点……

他问：“姜梨，你因为这才放弃了射击，是吗？”

她看着顾予川，他也注视着她。

姜梨从顾予川的那双眼睛里看到了很复杂的情绪，除了关切与好奇，还掺杂了好多她看不懂的东西

“是。”她说。

“四年前，什么时候受的伤？”顾予川追问，“是不是7月12日？”

她猛地怔住了，他为什么会知道这个时间？

她不可置信地瞪大眼睛，思绪猛地被拉扯回一个片段。顾不得身上的疼痛，她霍地从床上坐了起来：“你怎么会知道……”

“回答我。”他的声音有些不稳。

“不是。是 7 月 16 日。”

顾予川的眼里划过一丝错愕。

“你不是因为受伤退赛的。”他问，“那是因为什么？”

他知道……他知道四年前她退赛，就连具体的时间他都知道！

“顾予川……”她惊诧不已，“你早就知道我四年前的事？”

“是。”

太多想要去求证的问题积压在她的胸口，关于面前这个人，关于在她不知道的时空里，面前这个男人身上发生的所有。

她舔了舔自己干涸的嘴唇，颤抖着声音问：“你认识我？”

“是。”

简短地回应，掷地有声，让她的脑海中顷刻间涌入了无数种可能。她心口的围城一瞬间坍塌得不剩踪影。

原来从一开始他就对她了如指掌，她的过去，她极力想要忘掉的遭遇，他一直以来都再清楚不过。

“我说过，我是为你而来的。”顾予川带着被揭穿后的坦然，“我认识你，姜梨，在你不知道我的时候。”

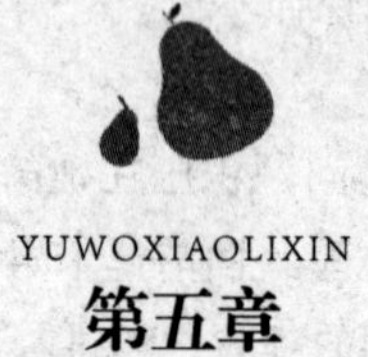

YUWOXIAOLIXIN

第五章

十七岁的天才女枪手，是她

01

姜梨一直没有想通顾予川为什么会对她与众不同，如果按照她顿悟之后的思路来解释，那么一切就都说得通了。

没有所谓天注定一般的相遇，她以为的故事，都是顾予川想方设法开始的。

她问顾予川：“你在选冯曼曼的画稿的时候，就知道画里的那个人是我了，对吗？”

顾予川没有否认。从一开始，他就站在了上帝视角洞悉了一切。

可是她想不通顾予川在知道了她那样的过去之后，还要来到她身边的原因。

如果他是为曾经那个被称为“天才女枪手”的她而来，那么现在他眼中看到的是什么？是混吃等死的业余射击手？是靠“粉丝”打赏的卑微主播？还是……没有勇气回到赛场的胆小鬼？

他越是满怀期待，她就越是无地自容。她没有了可以从容面对他的勇气。

现在的他到底是怎样想她的？他带着目的的帮助，究竟是出于什么？

是可怜吧，是施舍吧，除此之外，她找不到理由了。

顾予川问：“既然你还喜欢射击，为什么要放弃？”

没有经历过她所经历的，她不明白他为什么可以轻描淡写地问她这样残忍的问题。

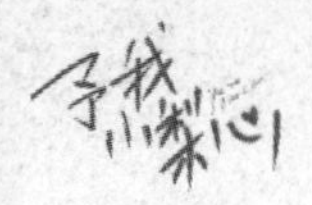

“我没放弃。”她握紧手，“我还在深海射击俱乐部。”

“你明知道我不是这个意思。”顾予川摇头，“以你的天赋和能力，国内只有日星才可以。”

日星？又是日星。有多少人会迎接她回日星？她拿什么回去？靠她这四年的泯然大众吗？

她回不去，也一点都不想回到那个地方！

“日星？”她红着眼，“你凭什么认为我想回日星？”

顾予川试着安抚她：“姜梨，我可以帮你。”

听到这句话，姜梨的情绪就快要控制不住了。

她想过千百次再一次暴露伤口的场景，也许是在邵晚风面前，也许是在日星的其他成员面前，但绝不是在自己喜欢的人面前。

“顾予川，人类的悲喜本就是不相通的，站在我的角度，我只会觉得你对我的好和鼓励是一种施舍。”

“那不是施舍。”他说。

“那是什么？不是施舍？不是同情？难道是商机？”姜梨觉得好笑地望着他，“在这么多游戏原画中，你为什么会选择我？是你一开始就知道我的身份，是你觉得‘姜梨’这两个名字还有机会成为噱头是吗？你说你是为我而来，是为了我的什么？是为了让我撕开伤口，回到日星，好配合你的《拯救者》炒作，大捞一笔，对吗？”

话刚说完，她心口传来一阵猛烈的疼。她像是一只可怜的刺猬，蜷缩着鲜血淋漓的身子，把最尖锐、最细密的刺留给了自己最在乎的人。

她宁愿相信顾予川是为了她的利用价值来的，不愿意问他，是不是很久之前就开始关注她、在乎她，甚至……喜欢她。

她宁愿遮住自己的眼睛，去强迫自己笃信顾予川选择她，绝非可怜同情，他所说的想帮她，也绝非出于对她的好感与期待。

她凭什么让他这样期待？她配不上他的期待。

姜梨看到顾予川的眼里划过一丝凉意。

良久，他轻轻地冷笑了一声：“原来你是这样想我的。”

声音很冷，是她从未感受过的寒意。

她的心像是被人狠狠戳了一刀，疼得她几乎喘不过气来。

他站在她面前，巨大的阴影覆在她的身上，像怎么也吹不散的雾霭。明明触手可及，她却觉得他们之间仿佛隔了一整个宇宙。

他看着她，平静的目光里揉碎的是一种近乎悲悯的失望：“姜梨，我找了你四年，没想到换来的竟然是这样的答案。”

顾予川离开的那一刻，她用了最平淡也最冷漠的语气对他说：“谢谢，但我不需要你的帮助。”

见过她巅峰时期的模样，怎么可能接受得了现在的她？她自己都接受不了。

她可以向一个对她的过去一无所知的人毫不自卑地介绍自己作为《拯救者》游戏主播的身份，却没有办法对一个目睹她大起大落全过程的人敞开心扉。

曾经，她有多么骄傲；现在，她就有多么怯懦。

他一定想知道，从前赛场上的传说为什么湮灭成为一个普通人，他一定是好奇这几年发生在她身上的事，他一定很想知道，她当年为什么会在那场国际大赛上失约。

不管当年他只是一个旁观者，恰巧看到过这则新闻充满好奇，还是他曾经是她的“粉丝”，带着对她跌落神坛的同情和怜悯，她都不想这段时间以来，他给予她的所有温暖，是在这样的基础上产生的。

顾予川说得不对。

他根本就不明白一见钟情。

她对他一见倾心，可他不是。

冯曼曼回来的时候就看到顾予川夺门而出。询问过姜梨原委

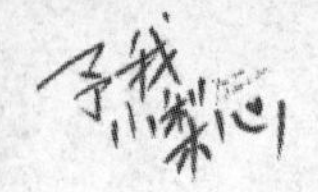

之后，她气得鼻孔朝天。

“你知不知道他知道你受伤了，下午的项目都没谈就过来看你了！”冯曼曼吼道，“结果你是这样对他的？以前就认识你又怎样？他就不能因为喜欢你才来找你吗？你就非要给他扣一顶你自己臆想出来的帽子？你凭什么觉得人家是同情你才来找你的？”

“也许不是。”姜梨把头埋在臂弯里，“但我没有办法平静地面对他。”

“为什么？就因为你现在不在日星射击了吗？你自卑了，觉得自己配不上他了？你别告诉我你有这种愚蠢的想法。姜梨，他如果想要找的是当初的那个你，就不会时隔多年之后见到这样的你，依旧选择在你身边，你明白吗？”

她明白，她怎么会不明白。

“曼曼，我怕。”姜梨说。

“怕什么？”

“我怕顾予川是为了曾经的我而来的，可我却什么都给不了他了。”

接下来的一段时间，姜梨都没有再联系过顾予川。

她撕掉了顾予川给她的射击比赛门票，自然也没有赴约。

她试着不去找他，试着掩藏自己内心深处最卑微的喜欢，事实上，也并没有那么难，人生除了情爱之外，还有很多她需要去做的事。

自从上次遇到邵晚风之后，省队就换了家俱乐部训练，倒省得她为了避嫌不去俱乐部。

乔亦来过好几次。他来看她训练，陪她聊天，分享这几天他在电视台的所见所闻。

那天乔亦来找她，是因为电视台的体育竞技类真人秀节目在确定最终的嘉宾人选。

她又不傻，他前前后后来了那么多次，虽然没有直接切入正题，她总不至于一点都想不明白乔亦的来意。

他是想帮她，她知道。

“乔亦，我离开太久了。我怕自己很糟糕。”姜梨说。

“你没有离开过。”乔亦说，“你如果真正离开了，是不会留着日星的手套的。姜梨，为什么不给自己一次机会，你明明就很喜欢射击，不是吗？”

是，她喜欢，她当然喜欢，不然不会复健半年之后，依旧决定转身朝向靶心。

那时她伤得很严重，她硬是咬着牙熬了半年康复、复健，即使如此，也依旧没有停止过对射击的热爱。

她是天赋型选手，射击圈的所有人都这样说。

她亦是努力型选手，其中辛酸只有她自己知道。

这么多年来，她受过大大小小的伤不计其数，从前为了备赛，她每天训练的时间是俱乐部里其他选手的两三倍，她从来都没有抱怨过。

乔亦难得严肃地看着她，说：“你也许会觉得我在逼你，你也许会觉得我很讨厌，可是姜梨我知道，我如果今天不再来争取一次，我会后悔一辈子，你也会。”

她想，假使当初她离开日星的时候，有一个人像乔亦这样坚决地挽留她，哪怕一句话，她都不会如此心灰意冷。

过了很久，她问：“我还有重新再来的可能吗？”

“有。”乔亦按住她的肩膀，“你才二十二岁，你可以从头再来。”

她突然想起了顾予川的置顶微博。

是他四年前退役创立光与，开发《拯救者》的时候发布的一条微博：不论在人生的哪一个时刻，都不要失去从头再来的勇气。

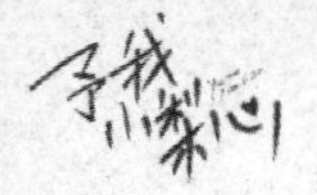

他拿了世界冠军，风风光光地离开电竞圈，进军商界，不论哪一样，哪怕是从头再来，他也可以完成得很出色。

四年前，《拯救者》拯救了她。

四年后，她第一次迫切地想要拯救自己。

不为别的，她只想知道，自己还有没有能力配得上自己的热爱，也配得上别人的期待。

“乔亦。”姜梨握紧手，“我想……我可以试试看。”

“真的吗？太好了！”听到她的答案，乔亦眼眶都湿润了，他从口袋里拿出一张票递给她，“这是明天省射击比赛的决赛，姜梨，我想，以此作为新的开始。”

她看着乔亦递过来的门票，和那天顾予川交给她的门票一样。

她胸口蓦地收紧。

“好。”

这一次，姜梨没拒绝。

02

决赛如期而至。

比赛在市体育馆，隔天吃完午饭，乔亦就开车在姜梨楼下等。

从她家到市体育馆要半个多小时，路上乔亦和她说起了体育电视台策划的新栏目《与我竞技》的一些内容。

“听上去很有意思。”姜梨感叹。

“是啊，这个栏目我们台里策划了一年多，到最近才敲定，同事真的很用心在做这档节目，希望能成功吧。”乔亦想了想，说，“年前我们会有两次拍摄，你可能需要提前来电视台，到时候我提前通知你。”

“好。”

其实省里的这次射击比赛她一直都很关注，从小组赛到半决赛，她每场比赛都有看直播。申冬俱乐部的成绩一直都很不错，林奇每一场比赛的发挥都很稳。

林奇的项目是10米气步枪，纵观整个赛场，能和林奇不相上下的选手寥寥无几。张城是10米气手枪60发，同样也进了决赛。

她在日星的主要训练项目是25米运动手枪和10米气手枪60发，因此对于张城的比赛，她很是关注。

“林奇和张城都是很有水平的。”乔亦坐到观众席上，看着不远处申冬俱乐部的人说。

姜梨点头，道：“林奇很稳，水平不输当年日星的一些选手。”

“有当年邵晚风的影子。”乔亦说。

姜梨的手不自觉地握了一下，而后她答：“和邵晚风比，还是差了一些的。”

邵晚风打比赛的十年时间内，斩获了国内外射击比赛各大奖项，在他二十三岁那年，在一场国际性的射击比赛中获得了冠军，那一年她十五岁，远远地站在人群中看他在比赛场上熠熠生辉。

在那个时候她就发誓，一定要赶上他，以最快的速度。她十六岁那年，成功地站在了邵晚风的旁边，成为国内青少年射击比赛女子组的冠军。

“你以前一直都喜欢邵晚风吧？”乔亦淡淡地开口。

姜梨愣住：“你怎么知道？”

“眼睛不会骗人。说起来，邵晚风是你情窦初开的第一次暗恋。”乔亦有些遗憾地说，“不过你们俩年龄差也有些大，他比你大八岁呢。”

“嗯。”她笑了笑，“年纪小不懂事，也看不对人。”

“听说，他和狄琳上个月订婚了。”乔亦道，“后来你关注过狄琳吗？上周在国外的射击比赛中，她又是冠军。”

听到那个名字，姜梨的呼吸都滞住了。

姜梨试着去回忆狄琳的样子，但其实根本就不用回忆，印象太深了，她根本就忘不掉那个女人的样子。

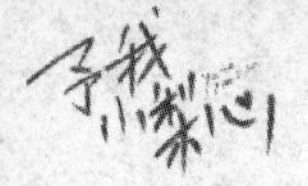

十九岁的狄琳，嚣张、跋扈、骄傲、恶毒。

“她啊，没关注了。”蓦地，她侧过脸来，眼神淡淡地望着乔亦。

乔亦也转过脸来看着她。

他们的目光短暂交汇。

“当年是不是因为她？”乔亦发问。

“什么？”

“当年你不是主动退赛的吧？也不是自愿离开日星的，对吗？”

姜梨下意识地握紧手。

“嗯。”她轻轻地吐了口气，“不是。”

“是因为她吧？”

周遭的观众一瞬间安静了下来，所有喧嚣都归于无声。

她没想到乔亦居然会想到这些，在她被千夫所指的时候，只有他明白她有苦衷。

姜梨摇了摇头，说：“也不全因为她，也是我自己太年轻。”

是她太年轻了。所以才会邵晚风说什么她都信，居然会认为在这个残酷的竞技场上有所谓的喜欢。

“她对你做了什么？”乔亦问，“有什么让你非退出不可的理由？”

所有人都对她的过去好奇，四年多了，她绝口不提。良久，她道：“受伤了，断了几根骨头，那时候打不了了。”

乔亦不可置信地蹙眉，问道：“她害你受伤的？”

“是。”这一次她没否认。

从高台上坠地的痛感到现在都记忆犹新，她好几次在梦里惊醒，都是因为又重现了四年前受伤的那幕，每一个细节都清晰得刻骨铭心。

但其实，就算是没有受伤那件事，她那时候的状态也没有办法再重回巅峰了。

“我给你发过邮件，我其实一直在等你，你的很多‘粉丝’也在等你解释……”

解释？她哪儿还有解释的脸面？临时退赛本就是一件非常没有竞技精神的事情，他们声讨她也没什么错。

“解释不了的，比赛缺席确实是我的失误，不管是出于什么原因。”姜梨深吸了口气，“而且，狄琳那时候是铁了心要让我离开日星。”

乔亦突然就想明白了：“我差点忘了，当时日星的老板已经换人了。”

姜梨射击事业最辉煌的时候，日星俱乐部被狄程东买下——就是那个空降日星的女射击手狄琳的父亲。

乔亦满是歉意地对她说：“对不起姜梨，我当初应该早一点发现的……我应该继续去调查这件事的，是我没能坚持下去，也没能保护好你。”

姜梨安慰他：“都已经不重要了，乔亦。我既然决定要重新开始，就一定会放下过去的事，否则我永远走不出来。”

“从今往后，我不会再让这样的事情发生。”乔亦说，“我会保护你，一定。”

姜梨咧开嘴笑道：“好了，看比赛吧。”

她不知道自己是怎么做到轻描淡写地说出这些话的。她明明遭遇了最残酷的事，受了最痛的伤，却还能镇定从容地安慰旁观者。

真的放下了吗？

没有。

她比谁都清楚地知道，她从来都没有放下过。比起身体上受的疼痛，内心的煎熬才更像是削肉剔骨。

决赛进程胶着，林奇还好，一如既往的稳定，但张城那边显然就有些吃力，选手之间的分数也卡得很紧。

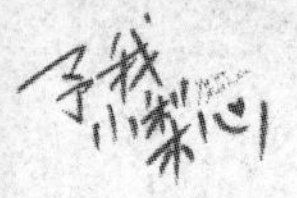

体育竞技除了考量水平，很大程度上也是心态的比拼。很多平时训练水平超然的选手在赛场上的临场发挥却总让人遗憾，所以，临场型选手才更显得珍贵。

她打比赛以来，从来就没有发挥失常过。每一次举起枪，她的五感里就只剩下那个靶心。

她是各方面都很优秀的射击选手，曾经，她的教练说，以后她一定能进入国家队，走向世界，为国争光。

她于万众期待中谢幕，收到的是不明真相的千夫所指。

现在，她看着场上那些选手站在她曾经在的地方，酣畅淋漓地和同样优秀的选手竞技，她的手就止不住地痒痒，好想再打比赛啊……

这种念头一旦重燃起来，姜梨便开始跃跃欲试。

她和乔亦分析场上的形势。

进入决赛的每一个选手她都预测了分数，结果八九不离十。

林奇的分数出来，和她预测的一样，她激动地扬起唇，抓住乔亦的手臂，说："你看吧！我说得对！我就知道林奇会赢的！"

她好兴奋，好快乐。

午后的阳光洒在她的身上，她的头发被镀上了一层闪闪的金光，她的眼瞳乌黑发亮，满脸都洋溢着年轻的光。

乔亦的嘴角不自觉地向上提了一下。

"还是和以前一样呢。"他温柔地说。

"嗯？"她忙着看场上另一组的情况，并没有专注听他说话。

"你还是和以前一样。"乔亦笑道。

"一样什么？"

尽管她只是敷衍地回应自己，乔亦依旧是认真地思考了很长一段时间后答："一样青春，一样活泼，一样自信，一样可爱。"

听到最后一个形容词，姜梨侧过头来，伸出食指摇了摇，道："'可爱'这个词不适合我。我以前的人设一直都是很酷的，人家都叫我‘天才女枪手’，天才怎么能可爱呢。”

“不矛盾。”乔亦的眸子温温柔柔，“是你一直都不知道自己在男人的眼里是多么可爱。”

“啊？为什么？我一直都觉得我的高冷人设挺立得住的啊！”

她有些懊恼地叹了口气。

乔亦忍不住笑出声来。

“不管是以前打比赛，还是后来玩《拯救者》，我一直都保持着很飒的个人形象……至少我自己是这么觉得。”

“也许在大部分人的眼中，你真的是很飒的一个女孩儿。但在我眼里，不是。”乔亦道，“我一直都把你当作一个需要人保护的小姑娘。”

姜梨沉默了。过了半晌，她才开了口：“其实，你不用愧疚的。”

她抬起头，很认真地看着乔亦，说：“当年你给我的采访位很多啊，在我前进的路上，你已经帮我够多了，离开日星是我自己的选择，绝不是因为任何人没有保护好我……乔亦，你又不欠我的。”

说完，她的心毫无预兆地乱作一团。

那顾予川又欠了她什么呢？他为她做了这么多，可明明，他也什么都不欠她的啊。

“人和人之间，是不能谈相欠的。”乔亦说，“一个人想对另一个人好，是出于好感，而并非亏欠啊。”

是出于好感，而并非亏欠。

她恍然大悟。

比赛结束，张城勉强拿了个第四，连领奖台都没上得去。

乔亦道：“你在这儿等我一下，我去一趟洗手间，等会儿我送你回家。”

“好。”

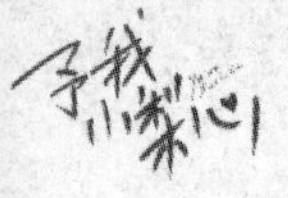

她还在回味今天的比赛。

身后传来林奇的声音：“姜小姐，你来看比赛了？”

姜梨微微一笑，道：“嗯，我看了你的比赛，表现很出色。”

“吃饭了吗？没吃饭一起吧？”

“不了，我在等人。”姜梨看了一圈，问，“张城没来？”

“估计成绩不如意，心情不好吧。刚才看邵教练喊他出去了，估计这个成绩他也挺受打击的。”

姜梨道：“他这种人就应该受点儿打击，不然他还真以为自己天下第一呢。”

“你上次教训他的时候挺酷的。”林奇赞叹道，“你很厉害，比我认识的所有女选手都厉害。其实我还一直想有机会可以和你切磋一下。”

姜梨摆摆手，道：“我那点技术就算了吧……哈哈！”

“你太谦虚了，你不是以前和邵教练一起在日星的吗？”

她尴尬地笑了笑，正在思考怎么回避这个话题比较好，冷不丁身后传来一个冷漠的声音。

“都这么多年了，怎么，还在靠日星的那点名号过活？”

姜梨的笑容瞬间凝在了脸上。

03

“琳姐？”林奇看向姜梨身后。

姜梨来不及整理表情，就被抱胸走到她面前的人捕捉到了她的窘迫。她抬起头，映入眼帘的是妆容浓艳的狄琳。

她还是喜欢这样嚣张的扮相。

狄琳踩着高跟鞋，比姜梨高出了几厘米，不过几厘米的差距就足以让狄琳感觉到快意，她用手掸了掸皮衣上的灰，墨镜下她扫了姜梨一眼，轻轻地勾起唇。

“姜梨。”狄琳冷哼了一声，“我还以为过了四年，你会有点长进。没想到还是一样的——不知廉耻。”

闻言，林奇的脸都白了。他做梦也没想到这两个人见面居然是这样的。他很是尴尬地看向了姜梨。

姜梨没说话。

有些人让当年的她如坠深渊，她本以为再见的时候，她一定会恨得牙痒痒，可真见到了，倒也没那么多波澜。她只是不想搭理，不想纠缠。

她转过身要走，狄琳却快她一步按住了她的肩膀。

“还来看比赛？”狄琳轻蔑地望着她，“你还想着回日星吗？”

姜梨挣开了狄琳，不打算和她废话。

狄琳却不打算让姜梨离开，她重新走到姜梨面前，摘下墨镜，居高临下地说：“你要是想回日星，求求我，我也许会给你一个机会。”

“不用。”姜梨道。

“哦？”狄琳用食指重重地点了点她的胸口，“你不是很喜欢射击吗？”

姜梨一把抓住了狄琳的手腕，很用力，她半点没有留情，捏得狄琳的表情管理当场失控。

“放开！”狄琳提高了音量。

一声高喊，成功吸引了旁边还未离席的几人的注意，有人惊呼：“好像是狄琳！”

不远处的几个人停下来，纷纷看向这里。

姜梨抬眸，声音降至冰点：“你想怎样？”

“放开我！”狄琳晃了两下手腕，试图挣开。

姜梨蓦地松了手。

狄琳往后退了两步，踩着高跟鞋的她差点没站稳。狄琳的脸当即就青了，伸手指着姜梨的鼻子，道：“不过是被日星赶出门

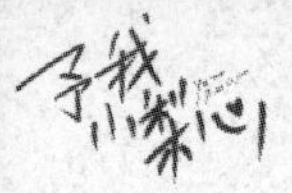

去的丧家犬，你有什么资格在这里招摇？”

“是谁在这里招摇？”姜梨觉得好笑，“我跟你没什么好说的，我觉得你应该也是如此。”

姜梨这才有机会端详狄琳的脸。

四年多过去了，狄琳的下巴变得更尖，妆容变得更精致，还是大波浪卷发，还是一样眼睛长在头顶上，永远一副谁都看不起的样子。狄琳刚来日星那会儿，就是这副模样。直到和她比了一场，惨败收尾，狄琳才收敛起满脸自傲。

狄琳笑了起来：“原来丧家犬也会叫啊。”

“这么多年了，狄选手还是一样的没素质啊。”姜梨打了个哈哈。

狄琳的五官都扭曲了起来。她讥讽道：“你以为你现在还有什么资格和我这样说话？”

“我真的很好奇，狄琳。”姜梨缓缓地吐出一口气，“几年前你千方百计让我离开日星，现在我走了，也对你造不成威胁，你对我还有这么大的敌意，难道是因为怕我？”

“你说什么？”

“是根深蒂固的……”姜梨顿了顿，问，“你对我的恐惧感？”

“姜梨，你算什么东西？”

像是被戳中了心思一般，狄琳瞬间怒了，她走近姜梨，恶狠狠地扬起手。

姜梨伸出手想要抓住狄琳快要落在她脸上的手，却有人快她一步，紧紧地钳制住狄琳。

“要动手吗？”

这个声音……

姜梨错愕地望向声源。

是顾予川。

他握住狄琳的手腕，冷声道：“恼羞成怒吗？”

接连两个问句让狄琳失了方寸，她愤恨地看着顾予川，道：“你干什么？”

“这就是为国争光的射击选手？”顾予川冷笑了一声。

“琳琳！”说话的是刚赶来的邵晚风。

顾予川这才慢悠悠地放开了手。

邵晚风看了眼在场的几个人，最终视线落在了姜梨的身上，他有些讶然，又把目光转向狄琳。

“怎么了？”邵晚风问。

狄琳道：“有人明明被扫地出门了，还在借日星的名号招摇撞骗，我看不下去罢了。”

“是吗？”姜梨反唇相讥，“我是怎么离开日星的，我想，你比谁都了解。”

说罢，姜梨转向邵晚风，目光冷漠，他却感觉全身都被火灼伤。

邵晚风轻轻地拍了拍狄琳的肩膀：“算了，琳琳，已经过去很久了。”

“你现在是在心疼她？”狄琳尖声问。

邵晚风说：“大家都是昔日同门，没必要闹得……”

“谁跟她是同门？”狄琳乜斜了姜梨一眼，“我不想和这种没有体育竞技精神的人扯上半点关系。”

姜梨握紧手。

顾予川走到狄琳前面，把姜梨挡在身后。他看着狄琳，微微挑眉，道：“说够了吗？”

狄琳冷眼打量着面前的男人，随后讥诮道：“可以啊，姜梨，你勾引男人果然是有一套。几年前接近我未婚夫，现在又不知道从哪里弄来了个小白脸，姜梨，有一套。”说罢，她夸张地朝姜梨竖起大拇指。

“狄小姐这样说话，未免有些过分了。”乔亦不知什么时候回来了，语气并不好。

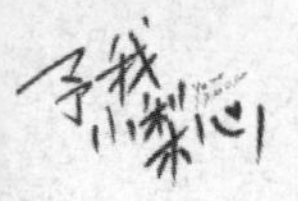

狄琳侧眸，语态懒懒：“乔导演？好久不见。”

乔亦并没有什么好脸色，他沉下声：“大庭广众之下，狄小姐作为公众人物，说出这样的话，实在是让人有些匪夷所思。”

狄琳的眉头微微一蹙。

“怎么，惹乔导演不痛快了？”狄琳勾起唇，理了理自己的卷发，啧啧两声，“姜梨，你还挺有本事，这么多人替你说话。”

姜梨掀眸：“怎么，狄小姐嫉妒了？”

“姜选手要是当初把心思放在训练上而不是男人身上，恐怕现在也是国内首屈一指的射击选手呢，可惜了。”狄琳伸手搂住了邵晚风的手臂，挑衅似的说，“有句话还是想奉劝姜选手，男人不在多，在精。当初你的眼光还不错，怎么现在越来越……啧。”

狄琳笑了一声。

全程，邵晚风的脸色都异常难看。

偌大的体育场扎堆站了一行人，狄琳身份特殊，早已经被眼尖的观众认了出来。她重新戴上墨镜，转过身，潇洒地朝几人挥了挥手。

“后会有期，姜梨。”狄琳道，“我们一定还会再见的。”

“你没事吧？狄琳刁难你没有？”等狄琳走后，乔亦赶忙拉住姜梨问。

与此同时，姜梨感觉有道炙热的视线投来。

姜梨不动声色地挣开了手：“没事，她没把我怎么样。”

乔亦的手悬在半空中，他看了眼身侧的顾予川，镜片下的眼睛闪过一抹微小的情绪，他的心里大概明白了些什么。

“你怎么会在这儿……”姜梨问顾予川。

姜梨和顾予川已经有挺长一段时间没有联系了，再见面，她竟然局促到不知道该说什么好。

她最近总做梦，梦里浮现的都是上一次他们分别的那一幕。

好冷，她从没见过这么冷的顾予川。

“来看比赛。”顾予川声音淡淡，意有所指，“你呢？”

“她和我来的。”乔亦道。

“是吗？”顾予川移开视线，“我还以为你不会来。”

姜梨道：“我决定要重新开始了。”

顾予川的身子僵住了。

她道：“我会参加电视台的《与我竞技》节目，我想看看，自己还能不能回到以前的状态。”

“那很好。”顾予川苦笑了一声，“原来如此。”

姜梨一愣：“什么？”

顾予川转过脸来，望着她，说：“原来你不是不想回去，只是不希望帮你的那个人是我。”

他的眼睛是暗淡的，姜梨突然就慌了。

“我……”

顾予川会错意了，她却不知道该怎么解释。

乔亦道：“有时候自以为是的帮助不是善意，而是二次伤害，顾总监对她的过去一无所知，很多事情还是不要强求为好。”

顾予川抿唇道：“看样子乔制作什么都知道？”

“嗯。”乔亦轻声道，“姜梨什么都告诉我了。”

顾予川静静地站着，脸上的表情很淡漠，让人看不出什么情绪。良久之后，他的眼里终于起了一丝细微的波澜。

“姜梨，我想我知道你的意思了。”

轻描淡写的咬字，可顾予川说出口的每一个字都像是利刃，在她的心口随意凌乱地划，寥寥几下，就足以让她疼得无以复加。

“顾予川……”她想说些什么，可他没回头。

顾予川回到家的时候，林初夏正坐在沙发上和他爸妈一起看电视。

顾妈妈笑道：“予川回来啦。”

“嗯。”他轻轻应了一声。

林初夏嗑着瓜子，摇了摇头，对顾妈妈说：“顾予川今天一副失恋脸。”

顾妈妈面带担忧：“难得回家吃个饭，怎么这副表情？发生什么事啦？”

“没事，我上楼歇会儿。”他揉了揉眉心。

林初夏凑过去：“蹲点了这么多场，到决赛也没碰到？她没去吗？”

“去了。”

她有些疑惑：“那你怎么这副表情？我还没出手呢，你就被拒绝了？”

顾予川的脸都青了：“谁喊你过来吃饭的今天？”

“阿姨喊我的啊。”林初夏笑眯眯地说，“主要是我也想知道今天你在赛场的故事后续。”

顾予川没说话，转而走上了二楼。推开卧室的门，他躺倒在床上。

——有时候自以为是的帮助不是善意，而是二次伤害，顾总监。

——顾总监对她的过去一无所知，很多事情还是不要强求的好。

他坐起身，正对墙壁上挂着的照片。

高清相机拍摄的特写画面，就连脸部的每一个毛孔都清晰可见。

照片上的人是姜梨，握住枪，目光直视靶心。

很久很久之前，他坐在观众席上，按下快门，定格了这一瞬间。他把照片发给了各大媒体，很快，这张照片就成了当初转载率、曝光率最高的一张。

冯曼曼投稿的原画就是以此为样本画的。

那双眼睛，在他的脑海中印象太深刻了。

他清楚地记得比赛那天是夏季，烈日高照，阳光刺眼又灼热。可是在那天的赛场上，却有比太阳更耀眼的存在。

是她眼底的那道光。

他拿出手机，拨通电话："你帮我查一件事。"

04

姜梨很快就被乔亦通知去电视台了。在此之前，她已经训练了好几天，每一天，她都在想顾予川。

她原本以为强迫自己在其他方面花时间、费心思，就没有精力再去想顾予川了，可是……不行。

她做不到不想他。

无数次点开顾予川的微信窗口，打了一长串，添添补补又全部删掉，连发句问候的勇气都没有，她真的觉得自己㞞死了。

唯一可以了解到关于顾予川蛛丝马迹的方法，就是偷窥朱南的朋友圈。

这段时间朱南很少发有关工作的状态，难得有一次，去N市参加游戏展会，她在朱南拍摄的照片里看到了顾予川的背影。

他穿着剪裁得体的黑色西装，背影清冷又孤傲。

她看着照片愣了很久。

顾予川……好像瘦了。他以前穿过这件西装，那时候穿上去的感觉似乎要比现在更壮一些。

她有点难过。

快到年底，《拯救者》即将迎来周年庆，光与这段时间应该很忙，不知道顾予川有没有好好吃饭。

他工作的时候很拼命，经常通宵达旦，每天就是上班、加班，可怜兮兮地睡不到五个小时，还经常饮食不规律……

她真怕有一天顾予川会累出病来。

一直到去电视台的路上，姜梨还在闷闷不乐。下了车，她大老远就看见乔亦站在电视台大楼的门口等她。

姜梨一路小跑赶了过去，这才发现乔亦身边还站了个人。

乔亦介绍道："这是我同事，也是体育台的，叫方子卓。我之前跟你提过的，他是游戏发烧友，是你的'粉丝'。"

方子卓难为情地推了推眼镜，笑道："那个……栗子酱你好，我是你的忠实'粉丝'……你本人真的比照片上好看太多了！"

来自腼腆"粉丝"的夸奖，姜梨的阴郁心情瞬间好转了大半。

她微微一笑："你好呀，你的网名用的是自己的原名吧？我直播的时候，经常有看到你的留言。"

"真的？"方子卓简直不敢相信自己的耳朵，"我居然被女神记住了？"

乔亦拍了拍方子卓的肩膀，笑道："好了，带你女神参观一下电视台吧。"说完，他和姜梨打了个招呼，"我手头还有一点事，过会儿来找你。"

姜梨点点头，转身跟着方子卓进了电视台大楼。

文娱业发展的城市，电视台也是相当气派。

姜梨在一楼大厅晃了一圈，前台的小妹一眼就认出了她是之前网上和顾予川传绯闻传得沸沸扬扬的人气主播，凑过来叽叽喳喳和她说了好半天。得知她是乔亦邀请来的，前台小妹夸张地捂住嘴："不是吧？你该不会就是乔导演心里的'白月光'吧！"

姜梨："啊？"

"乔导演在我们台，可是出了名的——出水芙蓉呢！"前台小妹笑眯眯地说。

方子卓干咳了一声，道："你这样我得告诉乔哥，你们在背后是这么说他的。"

小妹吐了吐舌头："本来就是嘛，谁都知道乔导演虽然对人很温柔，但内心其实孤傲得厉害，我反正是从来没有见过乔导演和哪个女人走得近的，我们都知道，乔导演心中有一个‘白月光’！”

“白月光”就“白月光”吧，怎么还能联系到她身上来？

姜梨尴尬地扯了扯嘴角：“我和乔亦是朋友，而且我们之前都好多年没见了……哈哈，我还是第一次知道乔亦心里有个‘白月光’呢。”

“不是你啊……”小妹有些失望地摆摆手，“我太伤心了。我刚才看你，真觉得你和我们乔导演很配！”

前台小妹热情又八卦，她实在是招架不住，方子卓应该也是搞不懂这些稀奇古怪的女孩子，他赶忙刷自己的工作卡上电梯。

体育台在九楼，电梯门打开，就看见一群人围在电梯口。

“哇哦！贵宾，里面请！”

姜梨：“……”

她一脸茫然地转过脸问方子卓：“我怎么觉得我像是动物园的大猩猩……”

“大家都很好奇，你可是乔亦三邀四请的嘉宾啊。当初他做现在这档节目策划的时候，我们提出了N多方案，都被他毙了，给他推过很多选手作为嘉宾，他都不要，就坚持要找他想找的人……所以这个项目才搁置了这么久。所以，大家才觉得你就是他心中的‘白月光’。”

姜梨汗颜：“乔亦没跟我说过这些啊。”

方子卓小声道：“男人的心里话，怎么能随随便便地告诉女人呢。”

照这么看来，她发现其实自己一点都不了解乔亦。

乔亦是一张单独的工位，上面很干净，只有一台电脑和一沓文件。

方子卓的工位在乔亦前面，他转过头来对姜梨说：“女神，

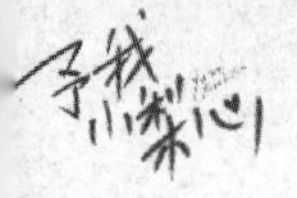

你先坐。你想喝啥，我给你倒。”

“白开水就可以。”

方子卓去茶水间的空隙，体育台的其他同事纷纷过来和她打招呼。

其中有个细眉细眼的小女生笑眯眯地问：“嘿，你是乔导演的女朋友吗？”

“不是啊。”姜梨摇头。

“上次乔导演不是在微博上帮你说话的嘛，”小女生有些惊讶，“我还以为你就是传说中乔亦心尖尖儿上的人呢。”

为什么整个电视台的人都觉得她和乔亦关系匪浅？姜梨直冒冷汗，于是又耐心解释了一遍：“我和乔亦是多年的朋友。”

没有得到想要的八卦内容，小女生有些遗憾地溜了，跑过去告诉其他同事：“不是。”

另外一个女生笑了笑说：“你瞎说什么呢，人家可是顾神的绯闻女友！上次方子卓看她直播，是顾神播的。”

“啊？那她把我们乔导演当什么啊……”

“谁知道呢，说不定是个看上去乖，实际上心机深的呢？”

几个人你一言我一语，姜梨虽然在一边，但多少也听到了些。

方子卓小声说：“几个女生比较八卦，你别放在心上。”

姜梨摇了摇头，示意没事。

“现在什么时间？都不用去工作？”乔亦不知什么时候站在了一群人的身后。

听见他说话，几个女生悻悻地跑开了。

乔亦拿着资料册交给姜梨，吩咐一边的编导带她去熟悉场地。

虽然今天不是正式拍摄，但前期熟悉流程和台本相当花时间，结束的时候天已经黑了。

十二月，天黑得格外早，姜梨出了门，被扑面而来的冷空气冻蒙了。她缩了缩脖子，突然听到身后乔亦喊她的名字。

她转过身，看见乔亦拿来一条围巾要给她裹上。

她下意识地往后退了退，乔亦的手有些尴尬地僵住。

姜梨连忙颔首道：“谢谢。”

乔亦收回手，目光望向不远处的车水马龙，他轻声道：“姜梨，你是不是故意在疏远我？”

她沉默了片刻，道：“不是。你们台里的人好像误会了，所以我不想让你困扰。”

“那没关系的。”乔亦说，“这些都不重要。”

他望着来来往往的车辆，突然有什么话卡在了嗓子眼。明明下一秒就可以顺势说出来了，可他一想到那天在体育馆的某个瞬间，还是选择把想说的话咽了下去。

“他们说你心中有个‘白月光’。”姜梨歪着头，问，“真的吗？”

“嗯。”他轻轻地回应。

姜梨没有去追问关于这个“白月光”的事情，只是问道：“她知道自己在你心里的位置吗？”

乔亦摇头：“大概是不知道吧。”

和她一样。

顾予川也不会知道他在自己心中到底有多么重要。人总喜欢和能与自己感同身受的人分享自己内心的脆弱，姜梨继续问：“你为什么不告诉她呢？”

她迫切地想给自己也找一个理由。

乔亦望了姜梨一眼，目光柔柔，却让人觉得疏远：“因为她心里有喜欢的人，而我知道，她喜欢的人不是我。”

“我和你不一样。”姜梨道。

“什么不一样？”

“我没有告诉那个人，是因为我害怕。”

乔亦顿了顿，问：“害怕什么？”

“害怕他对我有所期待，我却不是他记忆中最好的样子。”

姜梨垂下眼眸。

这些日子她的心一直都很乱，她不知道自己应该拿顾予川怎么办才好……害怕他的期待，害怕他的善意，害怕他可能有的好感。

她有些无力地说：“我到底该怎么办……”

“顾予川的生意破产了，他打游戏变菜了，他的脸被划伤留疤了，你会因此就不喜欢他吗？”

姜梨猛地怔住，乔亦知道她喜欢的是顾予川。

“你知道……”

“我比你想象中的要了解你的心。”乔亦轻笑了一声，“你会因为喜欢的人变老变丑，就不再喜欢他吗？”

“不会。”姜梨答得很快。

乔亦深深地舒了一口气：“所以，即便你现在不是你认为的他记忆中最好的样子，但其实你的每个样子，对他来说都是最好的。”

她登时如遭雷劈。

“姜梨，你问我这些问题，对我来说有些残忍了。”乔亦的笑容有些苦涩。

他想，面前的这个女孩儿也许永远不会知道，当年初出茅庐作为实习记者的他在一群射击选手中看到她时的兴奋。

乔亦到现在都记得初次见她的那天她的样子。高高的马尾，酷酷的表情，还有那一发子弹射出时的精准与魄力。这么多年过去了，再没有哪个选手能让他重现当日的心情。所以乔亦知道，见到过世界上最耀眼的星，其他就都黯然失色，无一例外。

很多时候，不说出口的喜欢是一个人的喜欢，说出口的，就成了两个人的负担。

他不想她有负担。

以前是，现在是，以后也是。

05

第一次拍摄在三天后。

除了姜梨，还有几个素人嘉宾。大家虽然都是业余的运动爱好者，但都有过硬的技术和很高的专业素养，因此第一次的拍摄过程非常顺利，氛围也相当不错。

结束拍摄之后，方子卓提议大家一起聚餐，于是一行人驱车到了市中心的一家餐厅，席间大家谈论最近的一些八卦新闻，还有之前刚刚落幕的省射击比赛。

“姜梨是搞射击的，应该看了之前的比赛吧？”其中一个胖胖的男举重选手问。

姜梨点点头：“看了。申冬俱乐部的林奇相当不错。”

“我其实对射击也挺感兴趣的。”说话的是旁边的女跳远选手，“我偶像是狄琳，她超厉害。姜梨，你了解她吗？”

闻言，姜梨的手不自觉地握紧筷子。

没等姜梨回答，乔亦很快就岔开了话题。

姜梨一直在看自己的手机，刷微信朋友圈，看朱南的动态，发现顾予川又出差去了。他好忙，忙到她都不知道自己该不该去找他。

《拯救者》的新角色定在1月1日上线，原画海报和她的写真都在微博上曝光过了，反响不错。每一次看到《拯救者》的官方微博@她，她都会在转发列表里找到顾予川。

她好想他，想到快要发疯了，想到那些所谓的内心隔阂她都已经不在乎了，她就是想见他。

叮咚——是微博提示音。

她点开一看，就在刚刚，顾予川转发了最新的宣传微博，同样@了她。

顾予川在线……姜梨连忙点开顾予川的微信。

要不要说点什么？说点工作上的事，是不是会显得比较顺理成章？

她想来想去没有想出一个合适的开场白，手指无意识地在屏幕上搓了搓，突然，手机振动了一下。

【你拍了拍顾予川。】

空气突然沉默了，姜梨的脸瞬间涨得通红。她想着该说点什么防止尴尬，可是转头方子卓就给她倒茶要敬她，她放下手机就把这茬给忘了。

方子卓脸有点红，大概是喝得有些多，他难为情地对姜梨说："女神，其实我还挺喜欢你的……你要是没有男朋友的话，你可以考虑一下我。虽然我在电视台工作赚不了多少钱，但我家底还是可以的，你跟着我不会受苦的。"

姜梨一口茶差点喷出来。

大家都知道方子卓喝多了，自然是没有把他的话放在心上，但这并不妨碍他们顺着他的话起哄。

旁边方子卓的同事揶揄她说："我们小梨子这么受欢迎，哪里轮得到你啊？"

"就是。"还有看热闹不嫌事儿大的摄像大哥说，"再不济咱乔哥还坐在这儿呢，你这当众挖墙脚，有点过分了吧？"

方子卓憨憨地笑。

乔亦伸手拿过他手中的酒杯，道："喜欢姜梨的人挺多，你不能插队哦。"

方子卓叹了口气，有些沮丧地说："知道了，我不跟您抢人还不行嘛……"

他委屈得都快哭了，旁边的人却笑惨了。

姜梨站起身说："你们吃，我去趟洗手间。"

包厢的空调温度调得太高，闷得厉害，她出来喘口气。天冷，姜梨把半个脑袋缩在围巾里，眼睛一直盯着手机屏幕看。她的手被冻得通红，可她不死心，还在等。

这么久了，顾予川压根儿就没回复。姜梨叹了口气，刚准备把手机收起来，蓦地发现了不远处的路灯下站着一个人。

“朱南？”走近后，她这才确定是朱南，她四下看了眼，问，“你怎么……”

“梨妹子？”朱南也是一脸惊讶，指了指她身后的餐厅，“这么巧？你也在这儿吃饭的吗？”

“对。”她顿了顿，问，“你是和……顾予川一起来的吗？”

“总监在二楼谈项目，我在这边等他。”朱南看了眼手表，自言自语道，“这都三个小时了，怎么还没好……”

她的心咯噔咯噔狂跳不止。

看一眼就好了，哪怕远远的，姜梨对自己说。

“我先进去了，朱南！”说完，她转身就往餐厅里跑。

她在二楼晃了一圈，没有发现顾予川的身影。

二楼有十几个包厢，她总不能一个个在门口蹲点吧……

姜梨有些失望地在走廊徘徊。

她走到水池前洗了洗手，突然听到男洗手间里传来异常的声响，像是什么滑倒的声音。

“你没事吧？”有人询问。

接着就是呕吐的声音。

“大哥，你怎么样？”

在外面她都能听出里面那人吐得多么惊心动魄。

“没事。”男洗手间里的人答。

声音很沙哑，但她一瞬间就听出了那是顾予川的声音。

而后，顾予川东倒西歪地扶着墙走了出来。

刘海遮住了大半个眼睛，顾予川低着头走到水池前，打开水龙头洗了把脸，这才清醒了不少。

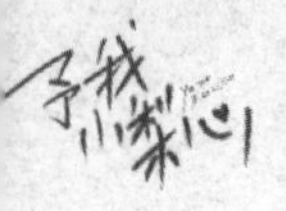

抬头看向镜子时，顾予川才看到了旁边站着的人，他的嘴唇微微动了动，却没有说话。

倒是姜梨先开口了："你喝了多少？吐得这么厉害？"

顾予川脸上冷冷的，让人看不出什么情绪来。他漱了漱口，关上水龙头，道："没有很多。"

"你……谈项目都要这样吗？"姜梨小声地问。

顾予川静静地解释："酒桌上谈生意，更加容易一些。"

她的心微微一沉："你转发的微博我看到了，新角色的预告很好看……我很期待。"

"建模在丁尧那儿。"他道，"我忘记让他给你发了。"

"没事。"姜梨摇摇头，"我直接等上线就好了。"

顾予川有气无力地笑了一声："本来以为自己会很期待这个角色上线的。"

本来……他现在不期待了吗？

姜梨的情绪如坠谷底，她想起那天在体育馆他离开时的神情，只觉自己的呼吸都变得困难了起来。她垂下头，问："现在已经不期待了吗？"

顾予川沉默了很久："现在觉得，已经没有什么特别的意义了。"

姜梨望向他，恰好与他的视线对上。他的眼睛里通红的一片，都是血丝。

她有很多话想说，话到嘴边，又都说不出口了。最后，她只能压低声音问："真的没有意义了吗？"

"嗯。"他没有任何迟疑，"已经没有了。"

姜梨的心在这一刻被撕得粉碎。

"顾总监。"有人叫他。

顾予川不动声色地整理好自己的状态，他又换上了那副刀枪不入的假面："沈总，怎么出来了？"

“看你离席的时间有点长，不放心，出来看看。”

顾予川抿唇道：“谢谢沈总挂怀，我还好。”

是个油腻的中年男人。

沈总看了姜梨一眼，眼里划过一抹让人厌恶的调戏：“原来顾总监是有事在身，那我就先不打扰。大家都在等顾总监开新的酒，顾总监可不要太慢。”

“好。”顾予川礼貌地回道。

生意场上的事情姜梨不懂，也许他们之间的交易总要带着酒精，但她不关心，她只知道顾予川现在的状态已经不能再喝了。

顾予川侧过脸来，对她说：“角色上线后的收益，后续《拯救者》会与你联系分成。”

“我……”

他打断她：“我还有事，先走了。”

她几乎是没有考虑后果就拉住了他的手，手指碰到他掌心的刹那，触电般酥麻的感觉迅速从指尖传递到她身体的每一处神经末梢。

顾予川停下脚步，却没有回头。

“你不要喝酒了……”她的声音轻得就快要听不见。

走廊里突然就安静了下来，他的每一下呼吸声都顺着空气灌进了她的耳朵里。

她的手很凉，他的掌心却是滚烫的。

良久，他用几不可闻的声音问她：“你是在关心我吗？”

姜梨没答。

顾予川背对着她，她看不见他脸上的表情，但他说话的声音却让她感觉到淡然与疏离。

“你不可以同时周旋在两个男人中间。”顾予川说完，轻轻挣开了姜梨的手。

“姜梨。”他一字一顿地说，“我想，乔亦说得对。我对你过去的经历一无所知,也无法感同身受,从一开始就是我的问题。”

是他自作多情,是他一味付出,却只是感动自己。

“我没有。”姜梨有些急了,她走到顾予川面前,抬起头,很认真地说,“顾予川,我没有周旋……”

“姜梨!”乔亦的出现打断了她的话。

他走过来:“我看你出去很久了一直都没有回来,有点担心。”看到了一边的顾予川,他问姜梨,“怎么了?你没事吧?”

姜梨摇了摇头:“你放心吧,我没事。”

顾予川嘴角微微动了一下。他收回视线,感觉心像是被人重重地敲打,他也说不清楚自己为什么会忽然间这么难受。

“顾予川……”

“我还有事。”他径直离开,“多余的话就不用再说了。”

这一次,他迈开步子,头也不回地往前走。

姜梨望着他离去的背影,下意识地伸手捂住了自己的胸口。

好疼,她真的好疼。

YUWOXIAOLIXIN

第六章

情因她而起，《拯救者》因她而生

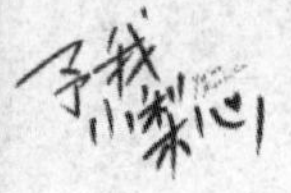

01

姜梨神情恍惚地回到了包厢。

又过了一个小时，大家吃得差不多了，准备回家。

方子卓和另外一个嘉宾喝得有点多，在其他人的搀扶下踉踉跄跄地走，方子卓一个没站稳，差点摔了个狗啃泥。

乔亦要把方子卓的车开回去，于是给姜梨叫了辆出租车。他敲了敲她的车窗玻璃，说："车牌号我记下了，回家给我发信息，不然我会急得报警。"

司机大哥手一抖，连忙道："小姑娘，下车就发信息，我提醒你。"

姜梨点点头，和乔亦挥别。

车子刚起步，她就收到了丁尧的信息。

丁尧：我这几天都忙忘了，建模都忘记发给你了，文件我整理好了，你邮箱地址给我，我发给你看。

邮箱……她都好几年没用邮箱了。

她想了想，依稀回忆起了自己之前的邮箱地址。

她登录手机网页进了自己的邮箱，一顿验证之后终于登录了进去。丁尧的邮件已经发来了，她点开解压文件，发现丁尧把之前的几稿都发给她了。

最后的成品可以说是诚意满满，造型上和冯曼曼画的原画几乎一模一样，并没有因为是建模就和原画海报相差十万八千里。

丁尧的技术确实相当不错。

她把建模三百六十度放大，每个细节都看了一遍，她惊讶地发现，建模人物的后背上，有一道浅浅的疤。

是她身上的那道疤。

这是只有顾予川才知道的彩蛋……

她返回收件箱，发现邮箱里静静地躺着几十封未读邮件，最近的一封邮件还是两个月前。

这个邮件地址……姜梨盯着那上面的一长串电子邮件地址看了好一会儿，而后她赶忙定位到四年之前的收件箱，果然，这个地址和四年前给她发邮件的陌生地址一模一样！

一定是真爱粉了。姜梨感动不已。

她点开最早的一封未读邮件，是她刚离开日星的时候发来的。发件人应该是她的一个老粉，邮件内容也是询问她为什么离开日星诸如此类的话。

她又点开了第二封。

随后，她仿佛被人狠狠地敲醒了。她挺直身子，不可置信地看着那封邮件上的一行字。

“我为你开发的游戏公测了，我给它取名叫《拯救者》。”

她来来回回确认邮件上的内容。她舔了舔自己的嘴唇，迫不及待地点开接下来的邮件。

“《拯救者》上线了，反响很不错。”

“你最近还在射击吗？”

“姜梨，你以后再也不打比赛了吗？如果你看到这封邮件，可不可以告诉我你在哪里。”

“如果你有什么需要帮助的，告诉我，我来帮你。”

“我相信你退赛是有苦衷，我也相信你一定不会放弃射击。我等你回来。”

……

明明都是再熟悉不过的汉字，在她看来，却有种恍如隔世的

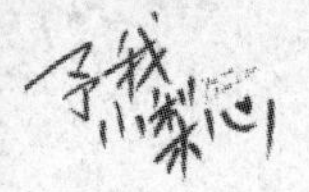

陌生感。她颤抖着手，点开了最长的一封邮件。

姜梨：

展信悦。

很久没有给你写邮件了，是因为最近公司的事务繁多，很忙，一直在出差，刚下飞机回到家，打开电脑给你写这封邮件。

之前给你发的邮件都显示未读，这个邮箱你是不用了吗？也许这一封信你也不会看到，但我还是想和你说一说话。

已经两年没有听到过关于你的消息了，不知道你是否安好，是否有了新的生活。

我来说说自己的近况好了。公司现在的一切都步入了正轨，《拯救者》也成了炙手可热的手机游戏，我很开心。

虽然给你写过这么多邮件，却还没有正式地做过自我介绍。你好，姜梨，我叫顾予川。我曾经是一名职业电竞选手，退役之后开了一家游戏公司，开发了一款游戏，叫《拯救者》，是以你为创作灵感的。

很高兴在赛场上见过你，很期待你能回来。

不论发生什么，我会一直在你身后。

顾予川

9 月 13 日

看到最后，姜梨已是泪流满面。

几十封邮件，她每一封都点进去看了一遍，最后一封，和倒数第二封相差半年之久。

内容只有一句话。

“姜梨，你是不是太迟钝了点？”

——姜梨，你是不是太迟钝了点？

那天在顾予川的公寓里，他也是这样说的。

她看了一眼时间，就是那天。

她突然“哇”的一声哭了出来。

司机大哥说：“小姑娘，你怎么了……你别啊，你哭着回去，指不定别人还以为我欺负你了呢，到时候刚才那小伙子要报警抓我了！”

“师傅，我……我忍不住。”她艰难地吸了吸鼻子，眼泪大颗大颗地往下掉。

她满脑子都是顾予川发来的邮件，每一封，在每一个不同的时间点，都代表着他不同的心情。

从最初的关怀和期待，到后来的失望却依旧在等，再到最后的心灰意冷，这四年来，他的情绪在这些邮件里都表露无遗。

她居然……还在埋怨他的一无所知，还曾怀疑过他目的不纯。

姜梨恨不得扇自己两个耳光。她仿佛看到顾予川捧着一整颗心来，结果被她伤得鲜血淋漓。她一直都在纠结自己配不上他的期待，却从来都没有正视过他对她的感情，也不敢去告诉他，她内心最真实的想法。

她打开手机，想给顾予川发点什么，没想到林初夏的电话正巧打了过来。

“喂，林初夏，”姜梨问，“你找我什么事吗？”

林初夏问：“你在哪儿？”

“我在车上，我马上到家。”

“顾予川要走了你知不知道？”电话那端，林初夏的声音有些失控，“姜梨，虽然我很喜欢你，但是有的时候你这种不清不楚的性格我真的不能忍受。光与要给别人了，你知不知道？”

“什么？”她愣住。

光与给别人……是什么意思？

“光与啊！《拯救者》啊！顾予川的心血啊！”林初夏道，“顾予川家是做海外生意的你知道吧？他家有个分公司在国外，那边出了点问题，他要去接手国外的分公司，明天就走。”

“什么？这么突然？”

林初夏说：“你不是今晚碰到他了吗？他在跟接手光与的人谈啊！姜梨，我告诉你，顾予川要是去了国外，以后你俩能不能见到还是未知数。朱南这会儿已经送他到家了，你有什么要说的，趁今天了断吧。”

说完，林初夏就挂了电话，季苏白在一边看得一愣一愣的。

林初夏勾起唇，露出胜利的笑容。

“你干吗帮顾神？你不是说从小被欺负惯了嘛……不是说不想让他和小梨子这么容易就在一起吗，怎么改变主意了？”

“本来以为顾予川出手没什么问题的，谁知道那家伙这么让我失望。”林初夏翻了个白眼，“我这连续剧都追了这么多年了，再看不到结局，急死我算了！”

她从第一眼就知道这两人你情我愿，没想到还能搞出这么多奇奇怪怪的事出来，气得她肺都炸了。

“要是今天还不成，我以后就再也不管顾予川和姜梨那点破事了。”她暗暗发誓。

姜梨几乎是大着舌头跟司机说话的：“师傅……换换……换地方！”

“哈？”司机大窘，“那你跟你朋友说一下啊。”

“行！司机师傅您快点，我有急事！”

光与要易主这么大的事他都能憋着不说吗？他要去国外接手自家分公司也不说吗？以后还能不能见到他也都不管了吗？

姜梨一边催司机，一边哇哇大哭。

一下车，姜梨就冲进电梯。

她已经连开场的语言都不想组织了，她甚至连见到顾予川要和他说什么都不知道，她唯一知道的是，如果今天不见他一面，她一定会后悔死！

电梯好慢，她急得直咬嘴唇。

好不容易到了顾予川家门口，姜梨伸手重重地按门铃，也不管三七二十一，没有人开门她就一直按。

她就这么按了好几分钟，顾予川一直都没有来开门。

不在家吗？可是林初夏刚才说朱南已经把他送到家了啊。

姜梨赶忙拿出手机找朱南的微信，另一只手不忘继续按门铃。

还没等她编辑好信息，门开了。

她慌忙抬起头，只见顾予川身上裹着一条乳白色的浴巾，身上湿漉漉的，头发上的水珠顺着颈脖往下滑。

顾予川看到姜梨满脸都是泪的样子，有些错愕。

姜梨也顾不上那么多了，她从门缝里挤了进去，不给顾予川反应的空隙，一头扎进他的怀里。

他的胸膛滚烫，姜梨的脑袋贴在他的胸口，听见了他剧烈的心跳声。

“我看到了，顾予川……我都看到了！”她哭着说，“对不起，是我的错，都是我的错！我不该说那些话让你伤心，怪我，都怪我……”眼泪大颗大颗地往下滚落，姜梨紧紧地抱着顾予川，生怕自己一松手，他就会溜走。

她抬起头，小脸哭得通红，一双泪汪汪的眼睛委屈不已地看着他。她用近乎哀求的语气对他说：“都是我的错，可是，你能不能别就这么走了……”

“去哪儿？”

“不管去哪儿，你都别不理我……好不好？”

顾予川低下头，他的心突然间就软得不成样子。

他喉头微微滚动了一下，良久，道：“你不是不要我了吗？”

02

听语气，顾予川好像是在埋怨她。

“我没有！”姜梨哭着摇头，“我没有不要你！”

顾予川没说话。

姜梨急得跺脚：“而且我也没有在你和乔亦之间纠缠，我和他之间什么都没有的。再说了，他有喜欢的人，他也知道我喜欢你……所以你是误会我了！”

顾予川怔住：“你刚才说什么？”

“我说你误会我了！”

顾予川一把抓住姜梨的手臂，着急地寻求答案：“不对，上一句。”

“上一句？”姜梨回忆了一遍，呜咽道，“我说，乔亦知道我喜欢你……”

顾予川觉得不可思议。他伸手在姜梨的脸上蹭了一下：“你是不是喝多了？你知不知道自己在说什么？”

“我没有喝多！我现在很清醒，完全知道自己在说什么！”姜梨用力地摇头。

他漆黑的眼睛紧紧地盯着她：“你说……你喜欢我？”

顾予川的声音微微有些颤抖，他想确认。

姜梨哭得通红发肿的眼睛也紧紧地盯着他。

“是。”她咽了咽口水，道，“喜欢，就喜欢啊，又没什么丢人不好意思承认的！喜欢就喜欢了啊！”

顾予川的脸忽然间就漾开了笑意。

姜梨捏住他的下巴，赌气地不让他笑。

“你呢！你还没说你自己呢！”她脸红得像是煮熟的虾子。

顾予川用指腹擦去她的眼泪：“我喜欢你，不是全世界都知道的事吗？”

他擦得越勤，姜梨的眼泪流得更凶。

她闭着眼哭道：“可是你不是要走了吗？你不是要去国外了吗？光与和《拯救者》不是要给那个中年油腻大叔了吗？呜呜呜……”

顾予川被她问蒙了，一脸茫然地望着她：“去国外？谁说我要去国外了？还有光与和《拯救者》要给谁？我怎么不知道？”

姜梨的眼泪瞬间卡壳。

“你……你不走？”她半信半疑地问，“你不是要去国外接管你家的子公司吗？不是要把光与交给别人来管吗……”

“谁告诉你的？”

“林初夏说的啊……”姜梨突然反应过来了。

草率了！

姜梨往后缩了缩，难为情地开口道：“那个……我好像被骗了。”

“看来是的。”顾予川点头。

她胡乱地抹了抹脸上的泪，有些尴尬。

“我还以为你要走了，再也不回来了。”她低着头，小声说，“而且你也不理我……”

“是你把我推开的。”顾予川道，“姜梨，你不能倒打一耙吧。”

是她倒打一耙没错……关键，她现在找不到台阶下了啊。

一想到自己刚才哭成那种丑样子，姜梨就恨不得从门缝里钻出去。

她的脑袋突然被一只大掌按住，没等她说话，她就被顾予川揽进了怀里。

顾予川问：“说喜欢我是认真的吗？”

姜梨闷声答：“认真的，我发誓。比珍珠还真。”

她伸手搂住了顾予川的腰，他刚洗完澡，身上热乎乎的，手感极佳，外加他皮肤又滑又嫩，她忍不住趁机揩了把油。

顾予川的身子微微一僵。

“我今天登录了邮箱，你给我发的邮件我都看到了。”姜梨开口道。

思绪被拉回到很久之前，顾予川“嗯”了一声。

“原来你关注我这么久了……”她有些不好意思，“顾予川，之前是我没有想通，我那时候觉得现在的自己配不上你的期待，毕竟，我已经回不去日星了。”

“在不在日星又如何呢。这些都不重要。”

“我只是害怕自己给不了你最好的……”

“有的时候真的不知道你的脑袋里究竟在想些什么。”顾予川有些无奈，“说你迟钝，可你想的又那么多。”

“不想了。”姜梨摇了摇头，“我再也不胡思乱想、庸人自扰了。”

“这样最好。”

还有一件事，她还没想明白。

她抱着他，仰起头，眼睛直勾勾地盯着他：“那……我们这样，就算是谈恋爱了吗？”

顾予川哭笑不得：“这取决于你想不想和我在一起了。”

“想！”她答得飞快，就怕他后悔。

顾予川在笑，她歪着脑袋问：“那你呢？你都不说想不想和我在一起……”

“做梦都想。”他的声音温温柔柔。

那一瞬间，姜梨感觉自己的心怦怦狂跳。

姜梨的目光不自觉地开始在他的嘴唇上游离，好听的声音是从这个地方传出来的。

像是察觉到她不怀好意的眼神，顾予川了然于心地托住她的后脑勺，另一只手捧住她的脸，嘴唇相碰的那一刻，她感觉自己身体里的水分都快被蒸发干了。

她的手抓紧他的后背，一下都不敢动。

湿热的触感在她的嘴唇上漾开，心口像是被海浪覆过，一只白色的小船在她的心口漂呀漂，酥酥痒痒，没有方向。

顾予川的睫毛又长又密，闭起眼睛上下睫毛重叠在一起，轻轻颤，像是扑棱着翅膀的小蝴蝶。

“拿出你射击十分之一的专注。”顾予川道。

“哦……”

她闭上眼，手抓得更紧了。

好像是做了一场梦，缠绵悱恻的美梦，梦醒的时候，姜梨看见顾予川一脸幽怨地望着她。

他转过身，后背上几条清晰可见的红印。

是她刚才抓的。

姜梨收起自己不安分的“小爪子”，一脸抱歉地看着他背后的红印，有两道被她抓破皮了，不知道疼不疼……

姜梨呜咽道：“疼吗？”

“不疼。”顾予川摇头。

她这才把注意力放在他后背的线条上……

姜梨咽了咽口水，道：“我可以喝杯水吗？有点口渴。”

“你坐沙发上等我。”顾予川走进厨房。

姜梨换上拖鞋，跑到客厅。等顾予川拿着温水走过来的时候，她有些惊讶地问：“你现在开始喝热水了？自己烧的吗？”

“买了个恒温饮水机，总觉得以后用得上。”

姜梨接过水杯，咕嘟咕嘟全部喝了下去，擦擦嘴，发现顾予川正坐在一边安静地看着她。

她眼巴巴地问：“你真的不去国外吗？”

“不去。”顾予川扶额道，“光与是我的心血，我怎么可能就这么放弃了。”

“那就好。”姜梨笑起来。

顾予川：“我给你发的邮件你全都看了？”

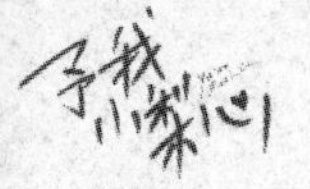

“嗯，每一封我都看了。”

顾予川的脸颊飞上一抹可疑的绯红：“我还以为这个邮箱你以后都不会再用了。”

姜梨狐疑地问：“所以你就把我的邮箱当成树洞了吗？”

“我不知道你的联系方式。”

“真神奇啊。”姜梨道，“我离开日星这么久了，居然还有人记得我。”

顾予川陷入了短暂的沉默。良久，他问：“不是已经决定重新开始了吗？”

姜梨点头：“是啊，要我彻底放弃射击其实挺难的。”

顾予川的语气有些不快：“结果是因为别的男人重新开始。”

他这是吃醋了吗？姜梨眨巴眨巴眼睛，一动不动地看着顾予川，随后伸出手一把捧住了他的脸：“不是因为他啊！只是有一个很好的机会摆在面前，不想放弃。我也想知道，能不能重回赛场，站在山顶，能不能……配得上你的喜欢。”

顾予川漆黑的眸子微微闪了一下。

姜梨叹了口气，道：“不想在喜欢的人面前丢脸，虽然我的想法有点傻，但我当时真的是这么想的。我不想让你看到我惨兮兮的样子。”

她现在也不知道自己能不能重新回到赛场，她只是尽自己的努力尝试着去做一些改变，万一没成功……要是当着顾予川的面惨遭失败，她会格外颓废。

不想在自己在乎的人面前暴露自己有多么失败。

顾予川轻轻地弹了一下她的脑门儿。

“你啊。”他无奈地笑了笑，“真拿你没办法。”

已经是晚上十点多了，姜梨有些不舍：“时间不早了，我要先回去了，曼曼应该等急了。”

“我送你。”

回去的路上，她一直执着于副驾驶座的车窗。开窗太冷，可不开窗，她和顾予川共处在这么狭小的空间里，她就忍不住心跳加速。

车程并不短，但漫长的时间她只做了一件事，就是捋清楚今天发生的每一件事。那些丢脸的片段在她脑海里放大、重复，她就像是一只泄了气的皮球，整个人都蔫了。

她已经不记得自己是怎么到家的了。一路上顾予川也没有和她说什么话，她缩在副驾驶座上，感觉今晚发生的一切都过于梦幻。

很多年前，她把自己最初的喜欢给了邵晚风，可是换来的却是沉痛的伤害。后续的阴影让她四年多以来都没办法真真正正地投入一段感情，很难去开始，不敢去迈出这勇敢的第一步。

可是顾予川让她破例了。

她也没想那么多，也不管会不会受伤，只知道有些话当下不说出来，以后大概会后悔一辈子。

她静静地看着顾予川棱角分明的侧脸。她第一次见他的时候，看到的也是他这样好看的侧脸。有些事兴许是命中注定，故事发展的细节脉络，并不那么重要。

她只想珍惜现在。

顾予川挂了空挡，转过脸来看她："到了。"

姜梨如梦初醒。

"啊……好！"她松开安全带，拉开车门匆忙走了出去。

还没走两步，手腕就被他拉住了。

姜梨转过身，看见顾予川那张又帅又臭的脸。

"不和你的男朋友说再见吗？"

男朋友……男朋友！听到这个称呼，让姜梨汗毛都竖了起来。

顾予川现在居然是她的男朋友了！

她迟疑着伸出另一只手挥了挥："那……再见！"

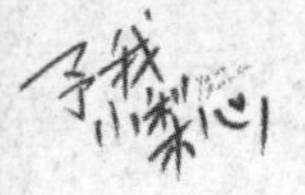

顾予川的脸更黑了。

“你是射击天赋加满，恋爱负分？”顾予川头疼。

“那……”她把手从顾予川的掌心里挪出来，两只小手躲在袖子里，只露出了两根食指，她拿两根食指在他的脸颊两边点了一下，然后踮起脚，以迅雷不及掩耳之势亲向他的脸。

然而……他有点高，还穿了马丁靴，她够不着。

顾予川垂眸看着满脸都写着努力的姜梨。他本想俯下身，却没料想她居然一把按住了他的肩膀，飞快地跳了起来，嘴唇在他的脸颊上蜻蜓点水地啄了一下。

温温软软。

他的心像雪花似的化开了。

姜梨撒丫子就往楼上跑，像极了个偷吃糖被发现的小孩子。

顾予川的人生中鲜有这样的悸动，单这一次，就足以让他的整颗心都地动山摇了。

03

回到家的时候，冯曼曼还在画画。

姜梨蹑手蹑脚地跑回自己的房间，企图不被发现。冷不丁，冯曼曼抱胸走过来，冷哼了一声。

“这都几点了？你去电视台拍到现在？”

“那当然不是的……”

“老实交代。”

“我是去拍摄来着，顺带……谈了个恋爱。”

冯曼曼大惊失色：“我的天？你没疯吧？你就算和顾予川掰了，也不至于这么快就投入新恋情吧？去电视台才几天，你就锁定目标还下手了？”

姜梨白了她一眼：“别瞎说。”

“那是怎样？”

“我先洗澡，洗完再跟你说。”

冯曼曼自然是不放过她，在浴室门口站了二十分钟，每一分每一秒都在抱怨她找下家的速度太快。

“我知道了，一定是乔亦。”冯曼曼叹了口气，“我就觉得乔亦这小子对你动机不纯，你果然……真是可怜了我们小顾，哎，小顾实惨。”

姜梨推开浴室的门，黑着脸说：“就是小顾。”

“什么？”

“我说，我在和顾予川谈恋爱！”

话音刚落，姜梨的手机就响了。

冯曼曼眼尖地瞥见了跳出来的微信提示框。

顾予川：我到家了。

冯曼曼沉默了。

“你干吗不说话？”

冯曼曼又是一阵沉默。

过了很久，她突然索然无味地摆了摆手，往房间走：“故事从顾予川瞎眼的那一刻起，我就已经决定弃文了。”

“闭嘴。”姜梨衣服也顾不上穿好，拿着手机就蹦回了床上。

她回：要睡觉吗？

顾予川秒回：大概是睡不着的。

姜梨：这么巧，我也是。

顾予川：视频吗？

姜梨：好。

视频弹过来，她秒接，然后就看到了屏幕中的自己，衣衫不整，邋里邋遢。

顾予川移开视线，问：“你是在勾引我？”

姜梨赶忙把被子盖好，把自己裹得严严实实之后，这才放心地说：“你现在可以看了，我躺好了。”

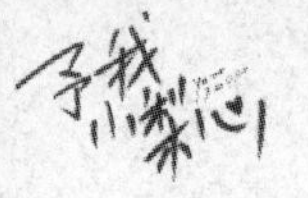

他那双漆黑的眼睛重又看向了屏幕。

“我第一次谈恋爱。”姜梨说，“你赚大发了，顾总监。”

“你不亏，我也是第一次。”

“你第一次谈恋爱吗？”姜梨不可置信。

“难道我长着一张对恋爱很有经验的脸吗？”

“看来你对自己脸的定位很精准啊！”

他就是长着一张祸国殃民的脸，就是那种放在人群中，女人都会回头的那种。

顾予川道：“姜梨，你上次问我相不相信一见钟情，你是对我一见钟情了？”

这个问题，怪不好意思回答的。姜梨点了点头。

顾予川勾起唇，漫不经心地答：“虽然我这张脸给我带来不少困扰，但好在对于你，这是个加分项，还不算坏。”

姜梨的脸瞬间就垮了。

“你这样讲话容易被打。”她哼道。

顾予川笑得更灿烂了：“是真的，没骗你。”

长得帅的烦恼她不懂，她只知道，接下来她会因为“男朋友长得太帅怎么办”这个问题非常苦恼。

姜梨和顾予川恋爱这件事在朋友圈飞速传开了。

八卦源头冯曼曼一脸冷漠，浑身上下都散发着“单身狗”的高贵气息。

隔天一早，姜梨收到了林初夏和季苏白的双重问候。

林初夏：要是这一次还成不了，我只能说顾予川真的太菜了。

季苏白：吃瓜一线热心市民白阿白发来贺电！！！！！！

说起林初夏，她这才想起来，她火急火燎跑去找顾予川表明心意，林初夏占了大半功劳。虽然是骗她的，但莫名想请林初夏吃饭是怎么回事？

然而，已有人率先一步，约好了饭局。

她刚一下播，顾予川的电话就打了过来。

“我在楼下，走吧，一起吃饭。”顾予川补充道，“我还约了林初夏和季苏白。如果可以的话，你把冯曼曼也带上。”

冯曼曼身上笼罩的气息在餐桌上尤为刺鼻。她左右打量了四个人一眼，问：“所以你们喊我来的目的就是伤害我这个‘单身狗’吗？”

“打住。”季苏白道，“我目前还是单身。”

冯曼曼无情地乜斜了他一眼：“你好菜，季苏白，你追到现在还没成功。”

季苏白欲哭无泪，她这是不知道林大小姐多么难追好吗！

林初夏优雅地拿着筷子夹了一块山药放在顾予川的碗里，掀眸道：“怎么，顾总监没点表示？”

“你想要什么？”顾予川问。

林初夏说：“我可是牺牲了我诚实的品格帮你牵了红线，不然你们这种大型连续剧还不知道要演多久。”

姜梨假装听不懂，埋头吃饭。

顾予川倒了一杯酒，一饮而尽，放下杯子，又倒了一杯，一口闷，再放下，第三杯，直接干了。他拿着空杯子，望着林初夏，没说话。

林初夏扫了他一眼，道：“电竞酒店的项目，你们光与包了，好吗？”

“没问题。”顾予川想都没想就答应了。

季苏白悻悻地拉了拉姜梨的衣角，小声道：“小梨子，要不，你也帮帮我呗？我觉得我这连续剧也上演得挺久了，再演下去，我都要歇菜了。”

“怎么帮？”

“你也刺激一下林大小姐。”

“你之前不是在游戏论坛写爱情故事嘛，我觉得你写得挺好的，怎么轮到自己就不行啦？”

季苏白气得直翻白眼：“哼，过河拆桥！”

冯曼曼在进餐过程中被网站的漫画编辑催稿，正好趁着这机会离开了满是恋爱酸臭味的地方。

吃完饭，季苏白送林初夏回家，姜梨很是自觉地上了顾予川的车。

“明天一起跨年吧。”姜梨提议道。

“去哪儿跨年？”

“后天零点《拯救者》的新角色不是要上线嘛，我想明晚我们连线直播，正好给新角色造势，你觉得怎么样？”

多好的点子啊，顾予川没理由拒绝的。他有些失望地说：“你所谓的一起跨年，就是连线直播？”

姜梨点点头：“我这不是为了光与着想嘛。”

“那我呢？”顾予川的声音闷闷的。

他问得理直气壮，又像是有些小脾气。

姜梨伸手揉了揉顾予川的头发：“我们一起玩《拯救者》跨年，等新角色上线呀。”

顾予川侧过脸来，一脸严肃地问：“那我想见你，怎么办？”

还能怎么办？当然是见啊，毕竟谁又能拒绝得了顾予川呢。

姜梨终于想出了一个万全之策：“那明天我们见面一起打《拯救者》。”

顾予川：“……”

满脑子都是《拯救者》。

他还不如一个游戏。

哦，他还不如自己做的游戏。

跨年夜当天，姜梨早早地就预购了《拯救者》的新角色。

看着她满身干劲的模样，小脸上洋溢着灿烂的笑容，他不想煞风景地开口扰了她的兴致。

察觉到顾予川温柔的目光，姜梨眨巴眨巴眼睛，道："不知道你喜欢吃什么，所以就都买了一点。你可以告诉我你喜欢吃什么，不喜欢吃什么，我下次就知道买什么了……"

她一边碎碎念，一边忙着手上的活儿。

"我不挑食。"顾予川说。

"那有没有特别喜欢吃的？"

他低着头看她一张一合的小嘴巴，他移开视线，舔了舔嘴唇，道："有。"

"是什么？"

"以后你会知道，现在还不能告诉你。"

没有得到想要的答案，她也不气馁，很快就把他的桌子收拾干净，电煮锅和菜品摆得整整齐齐。

"你确定这是我们两个人的量？"顾予川看着满满一桌。

姜梨像是突然想到什么似的，说："哦，对！还有朱南！朱南人呢？"

"朱南？"顾予川愣了愣，"他不跟我们一起。"

"啊？我还以为他也一起吃呢，我还特地买多了一点。"

顾予川头上瞬间布满黑线，他突然拉住了姜梨的手，顺势揽过她纤细的腰肢。

姜梨一个没站稳，惊呼一声，跌入了他的怀里，一抬眸，正对上他的眼睛。

"你是不是还不习惯我女朋友这个身份？"

"怎么了？"

"我想和你在一起，两个人。"

"啊？"

"又是想开直播，又要喊朱南一起来吃饭。"顾予川用食指

狠狠戳了一下她的脑门，“你的脑袋里到底在想些什么？”

“在想你啊。”她一双眼睛水灵灵。

这下顾予川愣住了。

她也用手指点他的脑门：“在想……怎么就把你骗到手了。”

“骗到手？”

“是啊，用真心骗到手了。”

顾予川想到了正事：“送你一样东西。”

颈脖处传来凉凉的触感，姜梨低下头，看见了胸口多出来的项链。

是一条银色的项链，吊坠是一把小手枪。

姜梨惊喜地问：“新年礼物吗？”

顾予川微微颔首：“嗯。”

姜梨笑得眼睛眯成好看的弧线：“我超喜欢。”

“喜欢就好。”

姜梨搂住他的脖子，在他的鼻尖上轻轻蹭了一下：“我是说，你。”

超喜欢你。

04

吃火锅这件事，姜梨从来都没有含糊过。牛肉酱、辣椒酱一点都不能少，碗里的酱料厚厚一层红油，姜梨满足地等毛肚烫熟。

“你这么喜欢吃辣吗？”顾予川蹙了蹙眉头。

“当然了，吃火锅不吃辣那是没有灵魂的。”

顾予川严肃地说：“可是你这样吃，第二天上厕所会受不了。”

毛肚瞬间就不香了，姜梨悻悻地放下筷子：“顾予川，今天这么多菜要是吃不下……就怪你。”

顾予川不动声色地把她面前的辣酱拿到自己跟前来，再把自己的牛肉酱换给了她。

“你吃我这个。”

姜梨说：“算了，你别吃辣了，万一明天你上厕所受不了……”

“你放心，我很能吃辣。”

事实上，顾予川是真的很能吃辣，而且吃辣的时候脸不红心不跳，连水都不需要喝。

吃完火锅，顾予川里里外外都收拾了一遍，打开窗通风，过了好久，火锅味儿才消散。顾予川的办公室有两扇大大的落地窗，推开落地窗走出去，是十二楼的大平台。从这个角度看，可以看到这座城市绚丽的夜景。

“要玩《拯救者》吗？”顾予川问。

“好！”姜梨盘腿坐在沙发上，兴冲冲地拿出手机，“我已经预约了‘女枪手’的新角色，零点之后我就可以拥有啦！”

顾予川把自己的手机递给她：“你现在就可以拥有。”

“不开直播吗？”顾予川问。

“还是不要开了，万一被顾神的‘粉丝’活捉，我又要在微博上被大卸八块了……”

顾予川问：“不想公开吗？”

他的语气有些闷。

姜梨这才意识到他可能是误会了。她抬眸，道：“想啊，但现在……还不是时机。”

“为什么？”

这才恋爱几天就要全网公开，顾予川的心也太大了吧？与其说他心大，倒不如说他黏人。

姜梨做梦也没想到顾予川谈恋爱是这种状态，和以前判若两人，什么游戏公司总监、什么电竞冠军顾神，都是假象。

恋爱的时候，他就像是一只小猫，渴望宠爱、渴望关怀。

姜梨叹了口气，道：“我还没跟我爸妈说，我怕我突然官宣，

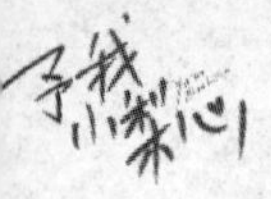

他们会受不了。”

顾予川陷入了沉思。他好像也没跟家里说过自己在谈恋爱，看样子是得挑个好日子把她带回家才行。他在心里盘算着，回过神来的时候，姜梨已经拿着他的手机玩得不亦乐乎了。

“我觉得这个角色出来之后肯定会被玩家鄙视。”一局结束，姜梨做总结陈词。

顾予川看了眼屏幕，数据非常漂亮。他不解地问：“为什么？这个角色我们试过很多次，体验感很好。”

姜梨放下手机，认真地说：“就是因为体验感太好了！顾予川，这个角色太强了！我个人认为有点失去平衡……我觉得后续会被声讨，要求削弱。”

顾予川轻轻笑了一声：“你放心吧，不会。”

“怎么可能？女枪手太强了，真的是《拯救者》上线以来最强的一个角色！”

“强是因为操作她的人强，不是这个角色本身强。”顾予川分析道，“女枪手本来就是一个很看重操作的角色，她的一切加成属性只会在娱乐赛存在，排位赛里没有属性加成的，所以你不要担心，不会破坏游戏平衡。后续玩家如果有什么建议，光与也会进行更改。”

“还是觉得《拯救者》对这个角色偏心……”

顾予川并不否认：“嗯，谁说不是呢。”

毕竟，他对她才是真的偏心。

姜梨默默地看着手机屏幕上的人物角色，她仔仔细细地把人物的脸观察了一遍：“其实还是挺像我的，哈哈！”

“丁尧前后改了无数稿，当然像了。”

姜梨吐了吐舌头，道：“丁尧跟我抱怨过了，说你要求太高。”

顾予川慢悠悠地开口：“拿工资的时候他从来没抱怨过奖金高。”

她好喜欢这个角色。不对，她好喜欢《拯救者》。

“我做梦都没想到，你开发《拯救者》的初衷，居然是我。”

“不只是《拯救者》。”顾予川淡淡地开口，“我入电竞，也是因为你。”

姜梨瞠目结舌：“你去打电竞也是因为我？”

“你忘了吗？我跟你说过。”

——很久之前，我认识了一个人。她让我意识到射击是一件很酷的事。一次偶然的机会，我接触了一款射击游戏，《末日行动》，所以后来，我进了电竞圈。

她想起那天早上在星巴克吃早餐的时候，他说起关于《拯救者》这个名字的由来，是很久很久之前有一个人拯救了他的理想。

她从来都没有想到，那个人竟然会是她自己。

姜梨愣愣地看着顾予川，眼圈红了：“你为什么不早点告诉我？”

“在确定你的心意之前，说出来，不像是表白，更像是你的负担。”

她的眼泪蓦地往下掉。

她耷拉着脑袋，自言自语道：“你怎么这么好……”

顾予川伸手揉了揉她的头发：“那是因为，你还不知道自己有多好。”

她就想啊，自己何德何能，可以得到顾予川这么久、这么浓的爱意。不在她高峰时慕名而来，也不在她低谷时舍她而去。

全世界最好的顾予川。

“你是不是很想知道我当年为什么会离开日星？”过了很久，她问。

顾予川摇了摇头：“不重要了。如果想起过去让你不快乐，那我们就不去想。”

以前他的确很想知道，想知道他缺失的那段关于她的故事里到底发生了什么，可他也知道，那段故事并不快乐。既然她已经决定重新开始，再去追究过去的一切就没有意义了。

“谢谢你给我勇气。”姜梨轻声道。

她不再畏惧出现在人群中了，她也不再逃避那些可能让她重回赛场的机会。

顾予川看了眼墙上的时钟，快到时间了。他从沙发上站起身，拉住了她的手：“来。”

姜梨跟上去，只见他推开落地窗，带她走到了大大的平台上。

夜幕中坠着零零散散的几颗星，不远处霓虹闪耀，这个城市的夜景喧闹又浮华，但在这一片浮躁中，还有她心口固守的宁静。

顾予川转过身，把她的外套拉链拉好。

姜梨的半个脑袋都缩在了羽绒服里面。她喘着气，道：“有一种冷，叫男朋友觉得你冷。”

她的小脸红扑扑的，像个甜甜的红苹果，让人真想咬一口。

“看。”顾予川搂住她的肩膀。

在漆黑的夜幕中，突然划过一道亮眼的痕迹，在那抹痕迹的最尾端，硕大的礼花绽放开来，照亮了大半个城市。

她兴奋地指着不远处的烟火，道：“顾予川，你快看！好美！”

姹紫嫣红的烟花竞相开放，即便短暂也想完全燃烧自己。

在遥远夺目的五彩斑斓中，倒计时的钟声响起。

站在这里，能将对面偌大的商场尽收眼底，商场巨大的 LED 屏幕下面的广场上站着一群人，大家欢呼着，迎接着即将到来的新年。

姜梨双手覆在胸口的项链上，她有愿望，她要偷偷地告诉今晚的夜色。

希望新的一年，身边的所有人都能幸福安康；希望，她能有机会和赛场上那些优秀的射击选手竞技；更希望，未来的每一年，她都能和顾予川一起期待。

他之于她的意义太多，也太深刻。

那些意义，是《拯救者》，是梦想，是她从来都没有经历过的爱与温柔，是她苦尽甘来的救赎。

在新年钟声敲响的瞬间，对面的 LED 大屏上突然出现了《拯救者》的英文字样。短暂的几秒钟片头过后，是“女枪手”的游戏原画和建模。

“这是……”她惊讶得说不出话来。

作为城市里最大的 LED 屏幕，广告费可不是一般的高，顾予川为了宣发《拯救者》的新角色，居然霸屏了这么长时间……

姜梨看着宣传片的文案发呆。

——于黑暗中救赎，于光明中臣服。在碎片中重生，踏破灰烬出征。

“我来迟了。”女枪手站在悬崖处睁开眼道。

走向黑暗尽头，是黎明和阳光。

眼前万千人朝着女枪手的方向跪下：“为时不晚，现在是最好的时机。”

女枪手的双枪射出子弹，眼眸漆黑沉静：“向光明出发。”

悬崖下的人们谦卑道：“誓死追随。”

光与的动画做得简直绝了……而且在这么短的时间内，能做出这么好的效果，顾予川可真是个平平无奇的小天才呢。

姜梨赞叹道：“这个文案太棒了，你们策划部好强。”

“文案是我写的。”顾予川漫不经心地开口。

“你写的？”

“还有一句，你认真看完。”

姜梨重又把关注点放在了大屏幕上。

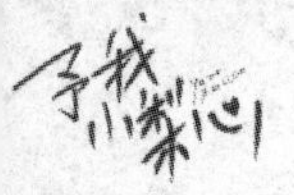

在宣传片的末尾是加粗的字体——《拯救者》四周年角色“女枪手”震撼上线，以《拯救者》知名主播栗子酱为原型，引爆你的一切热爱。

这有啥好看的……姜梨疑惑。结果下一秒，她的下巴惊得都快掉到地上去了。

宣传片黑幕之后，是顾予川的真声录音：

“从过去到现在，很久的时光我都爱你，姜梨。”

05

世界仿佛都静止了。

姜梨错愕地望着顾予川，舌头都打结了：“你……”她已经连手都不知道往哪里放了。

顾予川有些挫败地说：“你这样，我不知道你是高兴还是不高兴。”

“怎么可能会不高兴！”哪个女孩子能抵挡住这样的表白？更何况对象还是顾予川！

“那就好。”顾予川喜上眉梢。

姜梨把羽绒服的拉链拉下来，心满意足地喘了口气：“顾予川，我很高兴，我从来都没有被哪个男生这么在乎过。”说着说着，她往前挪了一步，拉开了他的外套，整个人都埋在了他的外套里面。

“也许以前遇到了不好的人，但现在不会了。”顾予川轻轻地拍了拍她的后背。

姜梨抬起头，一双水灵灵的眼睛直勾勾地望着他。

“嗯？”

姜梨戳戳手指：“我可以……亲你一下吗？”说完，她脸唰地就红了。

顾予川俯下身：“要亲哪里？”

姜梨小声道："嘴巴。"

于是，他的唇就落了下来。

对面的大屏上还在循环播放《拯救者》四周年的宣传片，光影落在他和她的身上，温柔又细腻。空气中无数光点在飞舞。

"我欠你一场盛大的告白。"顾予川轻笑，"但愿现在还不算太迟。"

虽然等得久了一点，好在他终于说出口了那句喜欢。

姜梨摇了摇头："不迟。"

是他，怎么都不算迟。

跨年夜就这么轰轰烈烈过去了。

隔天刷爆了微博的话题是顾予川的那句——从过去到现在，很久的时光都爱你。不少微博大V纷纷以此为文案发了很多段子，一时间把顾予川和姜梨又推到了风口浪尖。

相比前几次上热搜，这一次姜梨已经淡定多了，不但不紧张，甚至还有点想笑。

吃瓜群众在微博上乱成了一锅粥。

网友A：虽然新角色体验感很好，但是每次玩这个角色都会吃狗粮，我就突然觉得这个角色没那么香了。

网友B：居然为了追老婆开发游戏角色，这是什么神仙爱情，羡慕了！

网友C：呜呜呜，吃瓜吃到自己家房子塌了！

网友D：我表弟前两天说果子酱和顾神在一起了，我还不相信……

网友E：要是哪个男人愿意为了我这样，我立刻马上跟他原地结婚！

网友F：所以……他们到底在一起没？

任凭网上波涛汹涌，两位当事人的微博却是干干净净，半点动静都没有。

冯曼曼吃着早饭、刷着微博，面无表情地把咬了一口的油条扔给了还在一边慢悠悠喝粥的姜梨。

“没眼看。”冯曼曼酸溜溜地说，“真是没想到，顾予川居然还是个情圣。”

姜梨嫌恶地看着她丢过来的油条。

冯曼曼啧啧两声：“你们这才恋爱多少天，就搞得尽人皆知了？可以啊小梨子，你这次终于硬气了一回。”

硬气……倒也不至于。毕竟她还没跟她家里说这事儿，要真是跟她爸妈坦白这件事，她还不知道该从何说起。

“但我和顾予川的微博都装死了。”

“为啥？”冯曼曼不解。

“怕我的玻璃心男‘粉丝’哭啊。”姜梨笑了笑，满脸无赖。

冯曼曼白了她一眼：“算了，我去画画，早饭都吃不下了。”

姜梨看着手机屏幕，有些无奈地叹了口气。顾予川一定是考虑到她的意思，所以没有转发也没有表态，即便是评论区一群人带节奏说他“自我陶醉，感动了自己却没能感动女主角”，顾予川也愣是一个字都没回。

姜梨想了想，点开了转发键。

还没两分钟，顾予川的电话就打了过来。

“你想好了？”他的声音都在抖。

“我都转发了……”姜梨挠了挠鼻子。

“现在删还来得及。”

“来不及了……我爹妈电话已经打过来了。”

她预想到她爸妈会来兴师问罪了，但是她没想到会来得这么早。

姜爸爸在电话那头喊："你表哥刚在我们家吃早饭，说你谈恋爱了？说你发微博了？怎么回事？"

"就是……谈恋爱了啊。"

"你现在谈恋爱不跟你爸我说，直接跟网上的人说？"

"不是的爸，你听我解释……"

"别解释了，你妈现在被你气得不行，说女儿就是老大不中留。"

她就知道，她爸妈就是这么喜欢借题发挥。

姜梨赶忙缴械投降："我下次把他带回来给你们瞧瞧。"

"这还差不多。"

顾予川等这通电话打完等得是心力交瘁，好不容易姜梨的信息发过来，他很快又给她回了电话。

"你爸妈怎么说？同意了吗？"顾予川急。

"不知道……"姜梨顿了顿，"他们就是有点气我先斩后奏。"

顾予川沉默了片刻："你爸喜欢喝什么酒？抽烟吗？你妈喜欢什么牌子的衣服和首饰？我现在就去买。"

"也不用这么着急吧？"

怎么能不急？他可不想好不容易追到手的姑娘，最后死在了老丈人这一关。

顾予川一字一顿地说："急，很急。"

"马上就过年了，那就过年的时候你来一趟我家？"姜梨提议。

"好。"

接下来的一段时间，她和顾予川每天都在微博的话题中心。然而有一天，她单独上热搜了，热搜话题是 # 女枪手姜梨 #。

前段时间参与拍摄的节目《与我竞技》播出了，虽然只是地

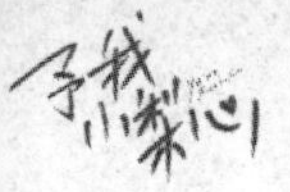

方体育电视台的节目，但在网上的反响还是相当不错的，新人嘉宾的表现都很亮眼，当然，引爆话题的还是姜梨。

前有以她为原型的《拯救者》四周年女枪手的人物角色上线，后有游戏里的第一狙击手走到了现实生活中，表现丝毫不比《拯救者》里的逊色。

更重要的是，话题中心的女主角前几天跨年夜被顾神疯狂示爱。

网友们一致表示：事业、爱情双丰收，人生巅峰了！

“游戏里的狙击之神，射击场上的女枪手。”姜梨念了一遍标题，实在是觉得拗口。

尽管如此，她还是沉迷自己的盛世美颜不可自拔。不得不说，她化了妆之后还挺上镜的，尤其是扎马尾辫的时候，英姿飒爽。很多人就是因为姜梨射击的截图被圈粉的，其中女“粉丝”占了一大半。

连带着深海射击俱乐部也火了一把。

季苏白坐在俱乐部里直发愁：“最近来俱乐部的人太多，最近几天的流水抵得过以前半年的，我好烦啊！”

前台小妹悻悻地问：“为什么生意好还烦啊？”

“我成立俱乐部完全就是为爱发电，没想到一不小心暴露了我是个商界奇才的真相，我感觉距离我回家继承家业又近了一步。”

姜梨洗完脸出来，听到季苏白这番言论，白眼恨不得翻到天上去：“我差点都信了。你是因为生意太好了，没有时间去找林初夏约会烦吧？”

被戳中心思，季苏白满脸都写着委屈：“你知道还说！”

姜梨笑起来：“你是商业奇才啊，你越忙，俱乐部生意越好，林初夏不就越对你刮目相看嘛。”

季苏白哼道：“有些人事业、爱情双丰收，就不管不顾自己榜一的死活咯！”

姜梨懒得理他，戴上护目镜，准备训练。

季苏白撞了撞前台小妹的肩膀，小声道：“你看这个女人，一拿枪就开始六亲不认。”他的目光落在不远处的姜梨身上，口是心非地笑了起来。

只要和射击有关，她就半点不含糊，为了射击连张城都敢怼，真是神奇。马尾辫一扎，谁都不爱。

季苏白正想着，俱乐部的门被人从外面推开。看到来的人，他的眉头止不住蹙了起来。

“今天满客。”季苏白立马换了张没什么好脾气的脸。

“我不来射击，我来找人。”

季苏白：“没有你要找的人哦。”

“我看到她了，她就在那儿。”

季苏白伸手拦住邵晚风：“现在找姜梨的‘粉丝’太多了，你有什么事可以跟我说，我可以代为转告，你不要打扰别人训练！”

邵晚风侧过脸来，望着季苏白。

季苏白又道:“不要打扰别人的训练,更不要打扰别人的生活，行不行啊邵教练？”

“我找姜梨有事。”邵晚风说。

“什么事？很重要的事？据我所知，你和她也不熟啊，都这么多年没联系了，能有什么重要的事要说？”季苏白就差赶人走了。

门口的动静不小，姜梨很快就注意到了。她一眼就看到了望向自己的邵晚风。

“姜梨！”邵晚风喊她的名字。

她没动，也没说话。

邵晚风：“我想跟你说点事。”

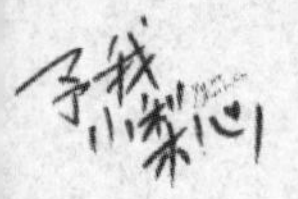

季苏白说：“姜梨你要是没空的话，就算了，毕竟你现在也是现象级网红，你也是很忙的，见你也是需要预约的！”

该来的始终会来，当初没有讲完的故事，也终究要有一个像样的结局。

姜梨想了想，道：“我们楼下咖啡厅说吧。”

“好，我在楼下等你。”

YUWOXIAOLIXIN

第七章

真正的勇士，得用实力让人闭嘴

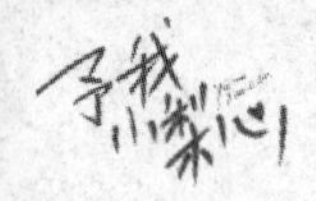

01

山岛咖啡。

姜梨坐在靠窗的位置，拿勺子搅拌着面前的卡布奇诺，邵晚风坐在她的对面。两个人只是这样安静地坐着，很久都没有说话。

她其实并不惊讶邵晚风会来找她。

上一次他吃了闭门羹，他不是轻易放弃的人，她早料到他们总会有面对面的一天。甚至，按照她对他的了解，她知道他想说什么。

“姜梨。”过了很久，邵晚风还是开口了，“我在网上看到了你的消息，听说你和光与公司的顾予川在一起了，我替你高兴。”

她握住杯子的手僵了一下。

“是吗，那我感谢你。”她的语气淡然又疏离。

“这么多年……你还好吧？”

姜梨抬起头，漂亮的眼睛盯着他的脸，目光清冷，面色冷漠：“你觉得呢？”

邵晚风沉默了。

姜梨抿了一口咖啡，并不苦，她却没来由地皱了皱眉头。

邵晚风道：“对不起。我早该向你道歉的……”

姜梨打断了他的自说自话：“不必了，邵晚风。如果你是为了当初的所作所为来祈求我的宽恕，大可不用。四年多的时间这样过去了，我原不原谅你早就没有什么意义了。”

她想走，邵晚风挽留道：“其实这么多年，我一直都很自责。

姜梨，我来找你不是为了求你的原谅，我只是觉得自己欠你一句抱歉。”

姜梨问：“你真的对我觉得很抱歉吗？”

“是。”

“那就去公开。”姜梨抬眸，冷冷的目光与他对上。

邵晚风很快就移开了视线。

她知道他心虚，她偏要让他忐忑。

姜梨坐下来，沉声道：“你不做任何努力，凭什么要求我抹掉你那些恶臭的过去？”

她言辞尖锐，丝毫没有平时的温软。

“我不可能去做伤害狄琳的事，我和她下个月就要结婚了。”

邵晚风低着头，刘海遮住了他的表情。姜梨看不见他的脸，却从他的声音里听出了些许煎熬。

姜梨笑了起来，她看着面前的男人，明明是曾经朝夕相处、再熟悉不过的人，此刻她觉得他那么遥远，又那么虚幻。

“你想清楚来找我的原因了吗？”

“我很清楚，我是来找你道歉的。”

“苍白无力的口头道歉，有意义吗？”姜梨觉得好笑，“你和我说一句抱歉，从前的事情就能一笔勾销吗？”

“对不起，阿梨……”

“别叫我阿梨。”她握紧手。

他叫她阿梨，她就不得不回忆起之前在日星的点点滴滴，她的青春破碎之前全部的快乐与美好，都在日星。

但也是日星，斩断了她灿烂的未来。

“我已经不打比赛了。”他声音哑了，“你离开日星之后，我就没有再打比赛了，你应该很清楚的。我知道我没有脸再去打比赛、拿奖杯……”

“你的愧疚用错了地方，我也不会因为你离开射击赛场就认

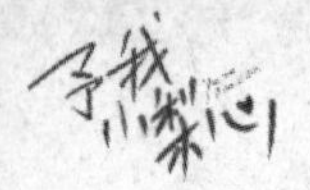

为这是你对我的忏悔。”

邵晚风捂住脸：“姜梨，我要怎么做你才能彻底原谅我和狄琳……”

姜梨冷笑了起来：“你来找我，无非是怕我现在的影响力，你怕我重回赛场，你怕我旧事重提，你怕我把当初你和狄琳对我做的一切公布于众。你不是来道歉的，邵晚风，你是来和我谈交易的。”

邵晚风愣住了，有些错愕地望着姜梨，眼中是被拆穿的惶恐。

“但是你高估自己了。你以为我曾经赤忱地喜欢过你，你就会是我心里永远的‘白月光’吗？”姜梨站起身，语气决然，“我现在看到你已经没有半点情绪了。我以前以为自己会很恨你和狄琳的，但是真的见了面，发现四年后我不至于再次一败涂地。邵晚风，我已经决定重新开始了，我会重新回到射击圈，多余的道歉就不需要再说了。下次再见，我希望是在赛场上。”

“姜梨！”情急之中，邵晚风抓住了他的手。

她用力地甩开他的手。

“我不会用狄琳那种卑劣的手段报复你们，你大可放心。”

邵晚风的手停在半空中，一时也不知道该往哪里放，他的脸由白转红：“你很难重回赛场了姜梨……”他愧疚地说，“按照狄琳现在的影响力，你不可能再在国际赛事上崭露头角了，我希望你不要再让自己受伤……”

听到最后，她终于明白了邵晚风的意思。

“不是我没有机会，是你畏惧我。”姜梨忍不住笑了起来，她转过身，紧紧地盯着邵晚风，“过了这么久，没想到狄琳还是这么怕我。”

“算是我求你，你想要什么我都可以……”

“闭嘴吧。”她终于不耐烦地拒绝了他所有的赘述。

她突然洒脱了起来。她原本还带着些许遗憾的心在一瞬间就明朗了。原来和糟糕的人待久了，自己也被同化了。

“邵晚风，我本以为虽然你为了自己的前途选择了狄琳，但你始终是个挺干净的人，你只是喜欢错了人。”

她静静地看着邵晚风的眼睛：“我原本对你还有一丝出于同门的尊敬，可是现在，一点都没了。”

她转过身，头也不回地往前走，留邵晚风一个人站在原地。

她所有错付的青春，都在这一刻彻底消散。有些人配不上她的喜欢，从一开始，她迷路的青春就找错了方向。

好在她绕了一个大弯，即便艰难，总算回到了正确的地方。

《与我竞技》播出后，姜梨亮眼的表现给节目加分不少，观众们高呼要让姜梨成为常驻嘉宾。

乔亦来找她，也正是和她说常驻嘉宾的事。

“因为播出的反响很好，所以台里很重视《与我竞技》这档节目，台长点名让我邀请你作为常驻嘉宾，不知道你是什么想法？”

说实话，在节目播出之前，姜梨也从来没想到会有这么多人关注她、关注射击运动，这的确是她收获的意外之喜。

可真要做常驻嘉宾的话，她还是有些顾虑的。

“如果作为常驻嘉宾，是不是每周都要参与拍摄？”姜梨问。

乔亦摇头：“也不是每一期都要参与，总参与率要达到百分之八十，这些合约上都会提到。”

“我有点担心节目的效果太重了，毕竟这档节目还是偏真人秀一些的。”姜梨想了想，说，“我自己是没什么关系，但我考虑看节目的人会不会因为节目呈现出来轻松搞笑的状态，曲解了体育竞技？”

乔亦道：“当然，我明白你的意思。毕竟节目和比赛还是有很大不一样的，不过我策划这档节目的初衷，是为了让大众更多

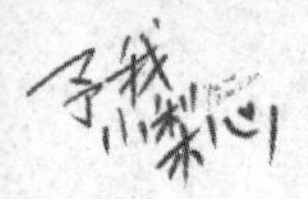

地去了解体育竞技，如果只是干瘪地说一些技巧或是直播比赛，可能不会有那么好的效果。”

姜梨点头。

“不是所有人都能像你这么厉害，能有机会真正走到赛场上去和别人真正地竞技，但对体育的热爱是不分界线的。如果因为这档节目，更多的人愿意了解射击，甚至有人会因为你的出现，选择成为一名射击运动员，岂不是一件很有意义的事？我们做这档节目的初衷，就是为了让更多人了解体育竞技。当然，我也考虑到你的情况，所以我已经跟台里说了，如果你来的话，不会给你台本，你不需要去根据节目效果立人设，不会花费你很多时间去拍摄，我也不想影响你训练。”

姜梨的眼睛微微一亮。

“而且，我们体育台和很多赛事是有合作的，你在我们台里的表现，一定会被很多专业的人看到，姜梨，相信我，你一定会有机会的。”乔亦把合约递给她，“合约上有一条，是会推荐你去参加比赛，你可以看一下。”

翻开合约的第三页，她确实找到了乔亦刚才提到的那一条。

很多人都在默默地帮她，在她不知道的时候。她还有什么理由不去努力呢？

合约的事情说完，乔亦开始问起她的私生活。

“我之前看微博，看到你和顾予川官宣了？”

“对。”姜梨有些不好意思地开口，“我还应该要感谢你，如果不是你跟我说那些话，我可能一直都要自己钻牛角尖出不来了。”

乔亦微微一笑。他看向不远处的风景，目光还是一如既往的温柔。

“本来是不打算说的，不过既然我的故事已经结束了，也想给自己一个交代。”

“什么？”

“这么多年了，我没有再遇到比你更特别的射击选手。”乔亦想了想，完善自己的措辞，“大概以后也不会遇到。”

姜梨托着头，没有说话。

“顾予川爱了你很久，我可能是输在没有那么久，又或者，还算不上是爱吧。”

闻言，姜梨彻底怔住。

乔亦嘴角依旧带着淡淡的微笑：“本来想藏在心里永远不说的，不想让这件事成为你的负担，不过我偶尔也想自私一回，对自己好一点。”

窗外阳光明媚，晴空万里。多好的天气，他却特别想哭。他低下头：“好了，说出来，输得还有点底气，不至于以后想起来，连遗憾的权利都没有。”

02

乔亦自始至终没有说出一句喜欢。

姜梨也不傻，她想了想，还是把这件事告诉了顾予川。

彼时，他看完了手上的报表，语气有些得意：“我早看出来他对你不一样。”

“你看出来了？”姜梨不可置信。

“所以我说，你的天赋技能都被你加在射击点上了。”

电话那端的姜梨还是有些气不过，她哼了一声，道：“我也有别的技能点，比如说我《拯救者》打得好，比如我长得可爱，再比如……我男朋友长得帅。”

顾予川放下手上的工作：“只有长得帅吗？”

“当然还有别的。”

“你说说。”

姜梨满头黑线，道：“哪有人明知故问的……明明就知道自己这么多优点，还要让我说出来，羞不羞？”

“很累，没有加班的动力。要是女朋友夸两句，也许就能干通宵了。”

姜梨喊道：“不许通宵！不可以——”

“我知道。”顾予川揉了揉眉心，“我看完策划案就睡。”

“看完就睡？你不回家了？你要睡公司吗？”

“嗯。”

“朱南说你以前总是睡公司。”

顾予川的眼睛瞥向了一边正在打瞌睡加班的朱南。

明显感觉到不远处投来的杀人目光，朱南一个激灵从椅子上站了起来：“总监，你渴了吗？饿了吗？要我给你弄点吃的还是喝的？”

顾予川看他这副惨兮兮的样子，难得大发慈悲：“你回去吧。”

“真的？我可以走了？”

“趁我没后悔。”

然后就是朱南连滚带爬的场景。

电话那头的姜梨道：“做你的助理也是需要点功夫在身上的。”

“做我女朋友呢？需要点什么？”

这个问题，姜梨眼巴巴地想了很久：“需要承担你时刻被人觊觎的风险。”

顾予川伸了个懒腰，长长地呼了口气：“那倒不用，别人觊觎不来。我心有所属，一属就是很多年。”

情话信手拈来。姜梨愤愤地问：“你这些说浪漫话的本事是哪儿来的？”

“遇到对的人就无师自通了。”

喜欢和爱，是世界上最不需要学习的情感，这是人类与生俱来的超能力。大多数情况下，他为人冷漠，说话刻薄，也没什么耐心。可面对她，天大的负面情绪他都能抛到脑后。他只想给她全部的温柔。

一分钟后，他的手机响了，微博特别关注发了消息。

栗子酱V：男朋友太会撩了怎么办？急，在线等。

顾予川拿着手机，不自觉地笑了起来。工作一天的疲惫忽然就烟消云散了。和她在一起，每一天都值得期待。

一周后，姜梨去电视台参与新一期节目的录制。

方子卓老早就等在门口，见她来了，一路小跑过去迎接。

姜梨笑道："你不用来接我啦，我知道录影棚怎么走啦。"

"你现在是我们台的台柱子，我们台长都发话了，我们哪里敢含糊。不过女神啊，你是真的厉害，阿乔本来是打算为爱发电的，没想到居然被你带火了，现在市里的射击馆周末都爆满，尤其是你在的那个深海射击俱乐部。"

"那很好啊，全民运动健身。"姜梨甜甜地笑了起来。

她一路和方子卓说笑，等到了录影棚，两人才发现气氛有些诡异。

方子卓走到一边，小声问化妆师晴晴："怎么回事啊？大家怎么脸色不太好看。"

"来了个贵宾，我们招待不周，在那边发火呢。"晴晴没好气地说。话虽如此，还是碍于面子，不敢明目张胆地发火。

"谁啊？"方子卓问。

晴晴指了指旁边的化妆间："你自己去看，我一点都不想跟她打交道。"

话音刚落，录影棚的大门被人从外面推开。

邵晚风拿着两大袋奶茶和咖啡走了进来，躬身道："各位辛苦了，我去楼下给大家买了些喝的。"说完，他连忙把手上的纸杯分给在场的工作人员。

大多数工作人员面无表情地接过了他带来的奶茶和咖啡，个别几个仍有情绪地说：“还是不用麻烦邵教练给我们买东西了，以免狄小姐对我们又有意见。”

“不会的，狄琳她今天状态不太好，你们不要放在心上。”

化妆间的门打开，浓妆艳抹的狄琳走出来，双手抱胸，道：“还不开始吗？你们这么没有时间观念？”

说完，狄琳的眼睛看了过来，恰好与姜梨的目光对上。

狄琳踩着高跟鞋，慢悠悠地走过来。她勾起唇，居高临下道：“我们又见面了，姜梨。”

声音不高，却足以引起周遭所有人的注意。

姜梨礼貌地回敬了一个微笑，余光瞥见了不远处的邵晚风，他拿着奶茶的手尴尬地僵着。

看来这么多年，狄琳傲慢的性子没少得罪人，邵晚风也没少帮她擦屁股。

方子卓小声地问晴晴：“怎么回事啊？我没听说请了狄琳过来？”

晴晴说：“人家空降了呗。按照人家的名气和影响力，想来我们节目组参与拍摄，那还不是轻飘飘的一句话？”

方子卓嘀咕：“我记得我们之前邀请狄琳参与我们节目的时候她拒绝了啊。别说参与节目拍摄了，就连之前我们参访她，她都懒得搭理一下的。”

晴晴哼笑：“谁知道啊。我看到她摆架子，就完全不想搭理她……”

方子卓猜测：“万一她来是有什么特别的原因？”

晴晴说：“你别想着她来这里是有什么原因，还是祈祷她在这边，拍摄能够顺利进行吧。”

姜梨预料到狄琳的出现多少会让自己有些不太愉快，但她心下只想顺利地完成今天的拍摄，不招惹是非。

忙完手头的事情赶来的乔亦也没想到狄琳会不请自来，他下意识地看了眼姜梨，见她没什么表情，也没再多话。

狄琳却主动迎了上来：“乔制作这次策划的节目真是受到了网上的一致好评，我呢，恰好看到节目里有一位射击选手，本着切磋交流的初衷，就来参加了这次拍摄，希望能合作愉快。”说着，她伸出手。

“希望如此。”乔亦礼貌性地用手碰了一下狄琳的手。

狄琳转向姜梨：“那等会儿我就给姜选手指导一下专业射击吧。”

姜梨眸光微微一沉，冷声道：“你认真的？”

狄琳的手搭在了姜梨的肩膀上，她凑近姜梨，用只有两个人才能听到的声音问道：“你该不会以为，现在的你还有力量和我抗衡吧？”

姜梨讥诮道：“要我给你留点面子吗？”

狄琳脸色一变：“你以为自己还是五年前的水准？”

“在我眼里，你的射击漏洞百出。”

姜梨拉开跟狄琳之间的距离，她抬起头，目光又冷又亮：“就算你用卑鄙的手段走到了现在的位置，我看着你，还是像看着多年前天资平庸的狄琳一样。”

“你现在很嚣张。”狄琳青着脸，咬牙道，“果然，背后有男人做靠山，你现在说话的样子都越发恶心了。”

“有男人心甘情愿给我做靠山，难道不香吗？不像狄小姐，只能给男人做靠山，以此为手段来留住男人。这就是我们之间最大的差距。”

狄琳再也绷不住，指着姜梨的脸怒道：“姜梨，你有什么资格站在这里和我说话！你配吗？”

“什么情况？”方子卓都蒙了。

旁边的工作人员一脸茫然。狄琳骄纵的性格大家是知道的，不过看样子，她好像和姜梨不对付……

乔亦站在姜梨的身前，道：“是我们节目组邀请她来的，你觉得她有没有资格？”

狄琳讥笑道：“以前的乔导演把最好的采访版面留给她，现在，还和当年一样巴巴地迎合她吗？可惜人家不稀罕你这个靠山。”

姜梨“哦”了一声：“赶紧拍摄吧。”说罢，她头也不回地走到拍摄区。

邵晚风走过来，将手中的咖啡递给狄琳，安抚道：“琳琳，你没必要……”

“你就在一旁看着日星的叛徒欺负到你未婚妻头上来？”狄琳的眼中划过一抹厉色，低声道，“邵晚风，你可真不愧是姜梨当初最喜欢的人呢。”

“琳琳，我们说好不提以前的事……”

“你但凡有出息一点，我也不想提。”狄琳冷冷地把喝了一口的咖啡丢给他。

邵晚风没接住，咖啡洒了一身。

狄琳也并不关心，甩了甩头发，道：“回去换身衣服再来吧，你在这里也没什么用。”

邵晚风躬身捡起杯子，手被自己捏得发白：“好，那你结束了告诉我，我来接你。”

走出电视台大厦的门，外面阳光明媚，邵晚风抬起头，被刺目的阳光灼伤。他的眼睛突然很疼，疼得他想要流眼泪。

他记得很多年前，他和那个才十六七岁的小姑娘聊过命运的问题，那时候姜梨说，命运其实是一种选择。

只要是选择，就会有概率犯错。人这一生有千万次的选择都是细节性选择，唯独有那么几次，是框架性选择。很多人穷其一生都在修正自己因为错误的框架性选择而带来的后果。

可是，真正可以修正的，其实只有细节性选择。

框架性选择一旦出现了偏差，人就会步入截然不同的境地，余下的所有时间，他都不得不去弥补那个错误。

他为了留在日星，错了第一次，正是因为那至关重要的第一次错误，才会有后来的第二次错误，第三次错误……

乃至无数次错误。

03

录影棚。

今天的嘉宾除了姜梨和狄琳，还有两位，一位是拳击运动员，一位是短跑运动员。在开始录制之前，这两位嘉宾礼貌地和姜梨打了招呼，并表示之前播出的节目中她的表现非常亮眼，然后闲聊说到了她最近闹得满城风雨的爱情故事。

对象是顾予川，所以满城风雨大概是注定的。

来之前方子卓已经和她大概讲了一下今天的流程，后面是有一场射击对弈的。一开始的时候方子卓也不知道她今天的对手是狄琳，导致现在，方子卓有些自责。

“狄琳……那可是拿了无数个国内冠军和国际冠军的，所以如果输了也不要气馁，毕竟和狄琳比，国内哪有几个能赢的……”

姜梨也很好奇现在的狄琳成长到什么程度了，是不是有资格和她一较高下了，她很兴奋，也很期待。

“没关系。”姜梨微微一笑，“输也没关系，再赢回来就好了。”

方子卓被她的洒脱自信彻底征服：“不愧是我女神！”

轮到射击对弈的环节，录制之前，乔亦把姜梨拉到了一边:“如果你拒绝也可以，我们可以改别的方案。”

姜梨摇摇头：“算了，她就是冲我来的，要是改了别的方案，多扫兴。”

“可是你……”

“怕什么，大不了就是输嘛。我从来没输给过狄琳，也想体验一下。”

乔亦道：“你这四年都是野蛮生长，没有系统训练，所以你和她比挺吃亏的。你想好了，如果比了，我这里是可以把那一段内容剪掉，但狄琳那边会不会善罢甘休，我就不知道了。”

“你把我想得太脆弱了。现在的我本来就是以新人身份来参加节目录制的，就算是真输给了狄琳，也不丢人。况且还没比，谁输谁赢，谁知道呢。”

在射击方面，她不想退缩，面对狄琳更是如此。她始终记得顾予川的那句话——不论在人生的哪一个时刻，都不要失去从头再来的勇气。

很久以后姜梨才知道，其实这句话，是顾予川退役之后得不到她的消息，生怕她已经放弃射击时写的，这是他写给她的话。

既然她已经决定要重新开始，就不会把一次两次的输赢当作人生的里程碑。

“哟哟哟——看看是谁来了！今天稀客可真多呢！”录制快开始了，周围的人突然开始起哄。

姜梨循声望去，发现录影棚的门口站着一个人。

剪裁得体的黑色西装，还有她买的墨蓝色领带，是顾予川。

他友好地和在场的所有人打招呼，而后目光锁定姜梨，径自走向她。

“啊？你怎么来了？”姜梨蒙了。

方子卓差点笑喷，前一秒还英姿飒爽，说要和国际冠军狄琳一较高下；下一秒看到男朋友来了，瞬间变成了又软又甜的小白兔。女孩子这种神奇的物种，实在是太可爱了吧。

顾予川道：“我来电视台做嘉宾录节目，刚结束。”

“哦对，你上次跟我说过！”为了《拯救者》四周年庆，顾予川在宣传上真是煞费苦心，还联系了电视台打广告。

“准备拍了吗？”

“嗯，马上开始。”

顾予川看了眼乔亦。

乔亦注意到，微微一笑。

“那等你拍摄结束，我送你回家。”

“好。”

姜梨浑身都散发着恋爱中的女人特有的甜蜜香气，旁若无人地秀恩爱。方子卓的牙都要酸掉了，周围的工作人员也是一阵起哄。

“她这男朋友太帅了吧！”晴晴拉着方子卓，感慨道，“我什么时候才能有这种又帅又多金的男朋友啊？”

方子卓说：“睡醒了吗？睡醒就干活了。”

“哦。”

顾予川在观众席找了个位置坐下来，靠在椅背上，眉眼间的温柔轻轻漾开。他喜欢的女孩子就站在不远处。让他觉得很神奇的是，射击之于她，就像是菠菜之于大力水手，她的所有勇气与正义，都因为她热衷的这项运动而生动艳烈了起来。

顾予川说不出自己心口蓦地滚动的是什么样的感觉。

时间像是回到了很久之前，某个既定的地点，他也是用如此爱慕的目光望着她，曾经很遥远的距离渐渐地缩短，到现在，他可以光明正大地站在她的面前，成为她坚实可靠的臂膀。

像是意识到了顾予川的目光，姜梨回过头，看见顾予川坐在观众席上对她微笑。她伸出手，做了一个“加油”的手势。

录制开始。

工作人员紧锣密鼓地做完了所有准备工作，狄琳的助理给她递来了日星专属的训练手套。

姜梨也拿出了自己的手套。

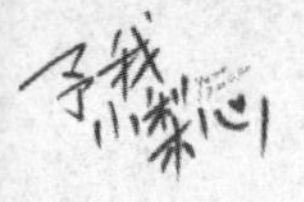

狄琳侧眸扫了一眼，嗤之以鼻：“这么多年了，还舍不得丢？”

“用得久了习惯了，而且它很有纪念意义。”

“哦？是吗？”

“嗯。”姜梨挑了挑眉，“毕竟我用这双手套赢了你太多次。”

狄琳的脸瞬间就青了。

对于激怒狄琳这件事，姜梨并不生疏，而且现在是最好的机会。

她曾经是多么狼狈地倒下，现在她就要多么骄傲地站起来，用最公正光明的方式，把狄琳踩在脚下。

狄琳讥讽道：“四年没上场了，你拿什么赢我？”

“试试呗。”姜梨甜甜一笑，“反正我输了又不丢人。”

说完，她转身走到另外一个射击位。

“那我们准备开始。”乔亦道。

一旁的方子卓悄悄地走到了姜梨的旁边，小声地说：“你放心，咱们这个可以后期，到时候你要是不满意拍摄效果，可以剪掉的，这个包在我身上。”

大家关心她的方式就是——后期剪辑。

这也太惨了吧。姜梨沉默了。

拿起枪的那一瞬间，她马上进入状态。

虽然只是录节目，但是节目组是花了心思的，道具和设备一应俱全，之前网上要看姜梨射击的呼声很高，这一次她和狄琳竞技，得多有噱头啊。

她和狄琳同时开始。

10 米气手枪 60 发，是姜梨和狄琳的主训练项目。虽然之前康复了半年，但加入深海射击俱乐部之后，她几乎每天都在训练，风雨无阻。

扣动扳机的瞬间，子弹飞了出去，冲破气流，抵达靶心。

她和狄琳的速度几乎一样。

两个人的节奏都很稳，不论是在气势上，还是在技术上，不分伯仲。

狄琳的余光瞥到了身侧的姜梨，她的思绪被猛地拉回到过去的某个时间段，在那段时间里，她的生活是没有色彩的，因为姜梨太耀眼，让其他所有人，都成了光源下的阴影。

想起这些事情，狄琳下意识地握紧了手，射击的角度发生了偏差，这一枪的成绩糟糕得厉害。

姜梨明明已经不在射击场了！不论如何，姜梨都没有资格去争抢那些荣誉了！可她还是怕。姜梨说得没错，那是一种植根于内心深处的恐惧。

她害怕姜梨，一如多年之前。

不远处的顾予川投来目光，姜梨的余光与他的视线在空气中短暂交汇，她嘴角不自觉地扬起。

结束之后，姜梨放下枪，侧过脸来，问道："要重新再来吗？"

狄琳道："你什么意思？"

"我和你不太一样，我不喜欢乘人之危。"姜梨的眸光敛了回来。

成绩还没有计算，但自己打偏的那一枪实在是有些离谱，不用细看，胜负明显。姜梨太准了，她的每一枪，都精准得不像是四年多没有打过比赛的人。

狄琳错愕地看着她的成绩，嘴唇抿得发白。

为什么……

为什么时间过去这么久了，姜梨的枪法还是一如既往？她早就已经离开日星，退出射击的大舞台了，为什么她还是赢了……

狄琳握紧双手，指甲捏进肉里。

这个结果让在场的其他人大跌眼镜。

方子卓咽了咽口水，小声和身边的同事说："我没看错吧？这个分数……是我女神赢了吧？她赢了狄琳？"

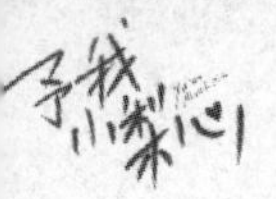

是的，姜梨赢了狄琳。令人震惊，却又在预料之内。

乔亦淡淡地开口：“我们进行下面的拍摄吧。”

狄琳脸色苍白，她的所有高傲在没办法作假的数字面前，显得尤为可怜可笑。她“啪”的一声把枪丢在地上。

闻声，姜梨抬起头，看见狄琳正紧紧地盯着自己。

“你以为你赢了就很了不起吗？姜梨，你问问自己，你有什么资格射击？”狄琳目光灼灼。

姜梨心想，你从哪里看出来我很了不起了？

方子卓干咳了一声，尴尬地说：“输就输了，怎么还带急眼的。”

沉寂在记忆里的画面骤然苏醒。

“你因为喝酒错过比赛而退赛，丝毫没有体育竞技精神，你这样的人，凭什么站在射击场上？有你存在，射击简直就是个笑话！”

乔亦冲上去，拦在姜梨的前面：“狄小姐说这种话恐怕有点不太合适吧？”

与此同时，顾予川三步并作两步上了台，他想说话，却被姜梨拉住了手。

“要不要我把这个故事的来龙去脉说给所有人听？”姜梨转向狄琳，声音冷至冰点。

狄琳眯着眼，道：“那你就看看，有多少人会信你。”

04

录制结束的时候，大家的脸色都不好看。

姜梨礼貌地和所有的工作人员挥了挥手，走上前去挽住了顾予川的手臂。肚子咕噜咕噜叫个不停，她低头，捂住自己的肚子，听见顾予川问：“想吃什么？”

“肉。”姜梨想了想，补充道，“吃大块的。”

顾予川不负她的期望，带她去吃酱大骨。

姜梨啃完第三块骨头，满嘴油光地说："还想吃。"

顾予川无奈地说："不可以吃这么多……"

"你是在嫌我胖吗？"姜梨委屈巴巴。

"晚上不能吃这么多肉，对身体不好。"

"行。"姜梨的目光在他的脸上来回打转，看得他一阵心慌。

姜梨拿来纸巾擦干净嘴巴，问："看到我比狄琳厉害，有没有大吃一惊？"

"并不。"顾予川摇摇头，"你在我心里一直都是最厉害的。"

顾予川脸不红心不跳。

姜梨笑起来："偷偷告诉你，狄琳没有赢过我。"

不论是在日星，还是阔别四年之后再见，狄琳都没有赢过她。人和人，天资不同，努力多少，都会决定彼此之间的差距。狄琳天资不弱，脾气却盛，心思分出了一半给她的嫉妒。

吃完饭，两人手拉手去消食。一路上，姜梨一直在打饱嗝。

顾予川道："胃里难受吗？要不要去买点消食片？"

姜梨摇摇头："我只是想到了一件事情。"

"什么事？"

"关于邵晚风的。"

"嗯？"

"我怕你担心，所以没跟你说，之前邵晚风来找过我一次。"

顾予川眉头微微一蹙："他来找你干什么？"

"来找我道歉。"姜梨顿了顿，"表面上是道歉，实际上，是怕我对付狄琳吧。不过他也想得太多，以狄琳现在的影响力，哪是我一张嘴就可以对付得了的。"

顾予川沉默了。良久之后，他问："不想平反吗？"

"当然想。"

事情最开始爆出来的时候，铺天盖地的都是对她的恶意，她

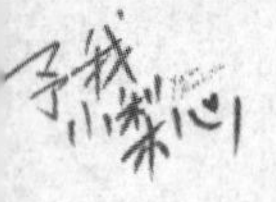

不敢看。再加上后来又受了伤，她根本就没有心力去处理这些事。

过去的几年时间里，她千百次想要平反，可离开日星之后，她人微言轻，没有机会，也没有平台，她更不敢想，又有多少人会相信她的空口之辞……

越拖，就越不敢。越不敢，就越没机会。

“我还没跟你说过当年究竟发生了什么吧。”姜梨道。

顾予川“嗯”了一声，声音很淡，并不像很好奇的样子。

他说过，她不愿意说，那就不说，不愿意想，那就不想，他不强迫她。之前的求证，是他一时的冲动，事后，他后悔了很久。

“我以前……喜欢过邵晚风。”姜梨的声音闷闷的。

虽然已经过去了很久，虽然她现在和邵晚风已经没有半点关系，甚至他们之间还有点梁子，但亲耳听到她说喜欢过邵晚风，顾予川还是在心里暗暗不爽了一下。

“但是，他喜欢狄琳。”她想了想，觉得自己的表述不太准确，更正道，“不对，我也不能确定他到底是不是喜欢狄琳。虽然他们俩现在订婚了，我甚至还想不明白狄琳当初那么做，究竟是和邵晚风真心相爱，还是因为当初的我喜欢邵晚风。”

做个不恰当的比较，她觉得比起邵晚风，狄琳更感兴趣的，是她。

“你以前看过我打比赛，你应该知道的，我那时候是日星青少年组的扛把子。”

“我知道，我女朋友一直都是这么优秀。”

被顾予川这么一夸，她有些不好意思地红了脸：“狄琳的爸爸接手日星之后，我就惨了。狄琳仗着自己的身份，在俱乐部里拉帮结派，所以我就被孤立了。”

孤立她倒是不怕，毕竟大多数时候，她都是一个人在靶场训练，也没有那么多闲情逸致和队里的其他人搞好人际关系。

但狄琳发现了她喜欢邵晚风，找到了她的软肋。

“那时候邵晚风也是日星的扛把子，他荣誉满身，按理说，应该是日星最想要留住的人才，但他已经二十多岁了，一直没有被国家队选上，所以他很心急。运动员最好的职业生涯就那么几年，错过就没了。”

如果邵晚风没有顺从狄琳，离开了日星，那他是绝对没有可能进入国家队的。

“所以他们对你做了什么？”

顾予川试图让自己的语气听上去波澜不惊，但事实上，他做不到。他一想到接下来要听到的内容事关她这几年的所有苦痛，他就分毫都轻松不起来。

“我本来是要进国家队的，就是那场国际射击比赛，那是国家队招入队选手的平台。只要我在那场比赛中正常发挥，我就可以进国家队。”

“你后来退赛了。”

“是。”姜梨道，“我退赛了，因为我喝酒错过了。”

顾予川有些不可置信：“你喝醉了？”

“他们在我的酒里下了安眠药。”

“比赛期间，你去喝酒了？”

“嗯。因为邵晚风约我。”

顾予川再一次沉默了，他的手不自觉地握紧。

“那天晚上，我接到了他的电话，他说有很重要的事情要对我说，是关于我们两个人的，关于我们的未来。”姜梨的声音哑了下来，“我那时候满脑子都是他说的‘我们的未来’，发昏了。我第二天有比赛，我晚上十点多在接了邵晚风的电话之后，居然偷偷溜了出去……”

顾予川拉住了她的手。

姜梨抬起头：“后来我才知道，他口中的‘我们的未来’是他一个人的未来，和我没有关系。我是他留在日星的筹码，是他进入国家队的垫脚石。狄琳说，只要我第二天没能参加比赛，她就保证邵晚风在日星拿最好的比赛资源，他就一定能进国家队。”

顾予川道：“可是最后邵晚风也没能进得了国家队。”

“我退赛之后，邵晚风可能是良心发现，他没有再参加射击比赛了。”姜梨道，“其实邵晚风人不坏，他大概也只是一时糊涂……但他多蠢，如果我那场比赛顺利进入国家队，我是有机会向队里推荐他的，他明明有大把的机会，可他做错了至关重要的选择，所以啊，他现在做的一切努力，都是在修正他曾经的错误。”

顾予川问：“那天晚上，邵晚风和你说了什么？”

“他说谢谢我的喜欢，说我们两个人的年龄差太大了，他说我还没长大，说我这个年纪还不明白真正的爱是什么。就是托词，就是那些听着就让人抑郁、想喝酒的话。”

“他给你递酒了？”

“嗯。他和我干杯，让我喝完这杯酒，就忘记对他所有的感情，好好比赛。”

顾予川忍不住骂了一句脏话。

姜梨歪着脑袋，看他：“原来顾大总监也会爆粗口啊？”

顾予川伸手在她的额头上轻轻点了一下：“我上学那会儿还会打架，你怕不怕？”

“哈哈，原来顾总监以前还是个校霸。”

“是披着校霸人设的天才电竞选手。”顾予川纠正她。

“好想知道专业打电竞是什么感觉哦，听上去很有意思的样子。”

顾予川回忆了一下自己那几年的电竞生涯，最后用一句话概括：“我没近视是个奇迹。”

每天超强度训练，尤其是训练打狙的时候，眼睛看屏幕看得都糊了，他打电竞的时候，眼药水随身带，枸杞菊花茶就在电脑旁边，队里的人都笑他是最会养生的电竞选手。

姜梨点点头，道：“射击也超级费眼睛。”

“忍不住想夸你。”顾予川漂亮的眼睛望着她，盈盈满是笑意。

“夸我什么？”

“夸你眼光好，有这么优秀的男朋友。”

姜梨：“……”

“姜梨，我现在心情有些复杂。”顾予川说。

“为什么？”

“四年多，一直想知道你为什么离开日星，今天终于知道答案了，有种欣慰和坦然。可知道你经历了这样的事，我并不开心。”

姜梨缓缓道：“其实，我退赛之后，并没想离开日星。”

顾予川愣了愣。

“你还记得我之前跟你说过吗？我受过伤，伤了几根骨头，是因为我从楼梯上摔了下来。”她的眼里闪过一丝苦楚，“我是被推的。”

“什么？被谁推的？”

“狄琳。”

顾予川的脸色瞬间就沉了下去。

“她没想到我会摔得这么严重。”姜梨垂下眼睛，“她是失手的，但她没有道歉。在日星没有人会和她作对，她说什么就是什么，我翻不了案。”

“翻得了的。”顾予川咬牙道。

他不知道当初她受伤之后究竟经历了多少黑暗的事情，过去的种种他无法感同身受，只是他一想起她现在还在承受当年的事带来的后遗症，他就心疼得无以复加。于是，他转过身，双手按住姜梨的肩膀，说：“相信我，一定会真相大白。”

一字一顿，掷地有声。

她看着顾予川，心中有个莫名的声音让她坚定。

“我相信。”姜梨说。

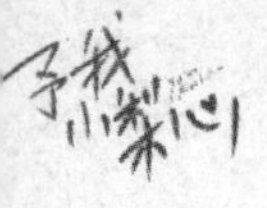

05

拍完年前的最后一期节目，姜梨接到了自家亲爹的电话。

“喂，爸？”

“丫头，你是过几天回家对吧？”

“对。”

“好的，你把你那个男朋友带过来给我和你妈看一下。”

“爸，我们这才刚在一起没多久就带回家，好像有点不太好吧？”

“什么好不好！丑女婿总要带上门的！”

姜梨小声嘀咕：“人家不仅不丑，还长得挺帅……”

“你去过他家没啊丫头？”

“还没。”

姜爸爸沉思了片刻，随后道：“他为什么不带你去？是不是想骗你？丫头，爸爸不反对你谈恋爱，但是你不要被骗了，现在很多男人都坏得很，就专找你这种纯情的小姑娘骗！一骗一个准。”

姜梨快被自己的亲爹弄疯了。她恹恹道：“爸，他没骗我……”

“那为什么不带你回家？他还没有跟他爸妈说这件事吧？你看看，谈恋爱都不肯让自己的父母知道，肯定有猫腻。”

接着，姜爸爸又说了一大堆过来人的指南。

姜梨头痛不已：“爸，那我就不带他回来了……”

“别带了，也不像是个什么正经人。”

姜爸爸又添了一句：“你赶紧回家，我和你妈好好给你上一课！准备分手！”

姜梨：“……”

来自老爸的一通电话直接让她把网上的那些事抛到九霄云外去了。

晚些时候，姜梨给顾予川发微信，刷了几十个哭泣的表情。

顾予川：怎么了？

姜梨：怎么办？我爸说你是渣男。

顾予川：……

姜梨：他让我准备跟你分手……我好心累。

顾予川一个小时没回。

就在姜梨想着顾予川究竟是在忙，还是在考虑她刚才这句话的分量时，门铃响了，她拉开门一看，居然是顾予川。

他风尘仆仆地赶过来，手上拎着一堆礼品，脚边还堆了三四个礼盒。

姜梨被这阵仗吓到了："你……干吗？"

"你家在哪儿？我现在就跟你回家见一下你爸妈，让你爸妈放心。"

"你这是……"

"我急了。"顾予川舔了舔嘴唇，"姜梨，我好不容易把你追到手，不能在老丈人这关被否。"

"我爸也没说否，就是……他可能对你有些误解，他觉得你是个骗小姑娘感情的老男人。"

"他为什么会有这种错觉？"

姜梨老实巴交："因为你没带我回家。"

说完，她脸一红，连忙摆手道："我不是说要跟你回家啊，你别误会我的意思。就是我爸说，你谈恋爱没有跟家里人说，没带我见你家里人，他觉得你只是想跟我玩玩，不是认真的，所以……"

顾予川打断她的话："谁说我谈恋爱没有和家里人说？"

姜梨一愣。

"也不用说。"顾予川顿了顿，道，"我爸妈很久之前就知道我喜欢你。"

“哈？”

“我以前去看你比赛，都是我妈帮我买的票。”

姜梨哽住：“你妈还帮你一起追星呢……”

想不到啊想不到，原来她这么早就被顾予川家熟知了。

顾予川的眼睛微微亮了一下：“我知道你，还是因为我妈。”

顾予川把买的东西拎了进来，午觉刚睡醒的冯曼曼推开卧室门一看，被满地的东西吓了个激灵。

顾予川礼貌地打了个招呼，继续刚才的话题：“我那时候浑浑噩噩，对什么都提不起兴趣来，我妈就想各种办法去挖掘我的潜力和爱好。有一次她朋友给了她两张青少年射击比赛的门票，非把我拉过去看，那场比赛，你得了冠军。”

那时候的他坐在观众席上，不可置信地看着赛场上的她，心脏像是被什么狠狠击中。

怎么会有这么耀眼的女孩子？年少的顾予川想。

好酷，她手里的枪也好酷。后来他试着练习射击，找了一个教练，可惜没什么天赋，练了一段时间就放弃了。

“儿子，别气馁。”顾妈妈安慰他，“既然你喜欢打枪，就去找一找有没有什么和它有关的事可以做。”

然后，他就找到了《末日行动》这款射击类生存游戏，他就这样进入了电竞圈。

姜梨听完之后，道：“没想到你妈这么开明，要是我去打电竞，我爹妈肯定要说我不学无术。”

冯曼曼也听完了，啧啧两声，道：“可以啊顾大总监，没想到你还挺有故事呢。”

从顾予川的叙述角度来说，他妈从一开始就知道自己的存在，不仅知道，还知道自己对他的意义绝非一般。姜梨随即小声地问：“那……你妈知道你是在和我恋爱吗？”

顾予川饶有兴味地看着她紧张的样子，可爱得不行。

“知道我在恋爱，但目前还不知道我的恋爱对象是你。”顾予川道。

冯曼曼说：“要是你妈知道你追到了你多年来的女神，不知道会怎么想哦。”

顾予川说：“当务之急，是你爸的意思。”

姜梨叹了口气：“我在想我怎么跟他解释，你并不是个坏男人……”

冯曼曼的白眼都快翻到天上去了：“如果顾予川算坏男人，那么这样的坏男人请给我来一打，姜叔叔是不知道，有多少妹子等着被他骗……”

“你好夸张。”姜梨看着冯曼曼。

冯曼曼摇摇头：“这是单身狗的酸臭味，你不懂。”

想了好几天，姜梨还是没有带顾予川回家。

“我先回家探探口风。”姜梨说，“你贸然去的话，我爸指不定拿拖鞋板追着你揍一顿。”

关于挨揍这件事，顾予川倒不是很害怕，只是自家女朋友没有把自己带回家，他心里反而失落了好一会儿。

以往每年姜梨都是自己坐车回家，今年顾予川不辞辛苦非要把她送到家才行。

姜梨家住在 C 市管辖的小县城，姜爸爸开了一家小皮革厂，姜妈妈经营着一家小超市。

车子稳稳地停在她家门口。

顾予川看了眼她家的房子，道：“没想到你深藏不露啊。”

“我们这里的小别墅，和你们那边的别墅完全不是一个概念啊。”姜梨家住在镇上的别墅区里，说起这套房产，还是当初她爸生意做得最好的那几年，力排众议买下来的。

那时候这片还没发展起来，荒得厉害，谁能想到十多年后这

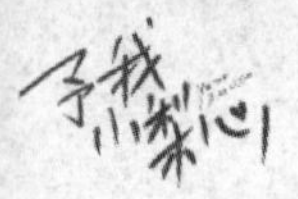

边的房价翻了好几番。只能说，她爸的生意头脑是真不错，高瞻远瞩，有先见之明。不过和顾予川住的豪宅比起来，那就差得远了。

说起来，她还没见过顾予川家的豪宅，只是听林初夏提过好几次，于是她手痒去网上查了一下顾予川家别墅区的房价，惊得手机都掉了下来。

顾予川靠在驾驶座上，半转过身来，问：“真的不要我一起去吗？”

姜梨摆摆手：“我怕你俩打起来，我拦都拦不住。”

“那好，到时候记得给我发微信。”顾予川有些无奈地叹了口气。

姜梨是硬着头皮回家的。

打开门，灯火通明，她爸妈坐在一楼客厅沙发上。

姜梨缩了缩脖子，道：“爸妈，我回来了……”

“先吃饭。”姜妈妈站起来说。

“等等。”姜爸爸不动声色地朝她身后看了看，“你男朋友呢？”

“哈？”姜梨一愣，“不是说不带他回来了嘛……”

姜爸爸脸色一沉：“别人都把你送到家门口了，你还不让他进来，说出去像怎么回事！”

姜梨面露难色，眼巴巴地看着一旁的亲妈求救。

“年轻人的事你就不要过问那么多了，老姜。”姜妈妈看了姜爸爸一眼，“还有，别那么口是心非，明明就很想见女儿的男朋友，干吗一副嫌弃的样子？你不是天天念叨梨梨没谈恋爱，生怕她嫁不出去吗？”

姜爸爸在心里叹了无数口气，枕边人有的时候最擅长当叛徒啊……

姜梨出去的时候，顾予川还没走。

他的车就停在她家门口不远处。

姜梨蹑手蹑脚地走到他的车旁边。

透过车窗玻璃，她看见顾予川正低着头看手机。她敲了敲窗玻璃。

车窗摇下来，姜梨有些惊讶地问："你怎么还不走？"

"在等你的微信。"顾予川道，"没收到你的消息，我不放心。"

姜梨瞠目结舌。她要是迟迟不发信息，他准备在这里等多久？

而且……

她小声地问："要是我探了口风不太行，你准备怎么办？"

"不知道。"顾予川有些茫然地摇摇头，"老实说，我没想到自己会让老丈人不满意。"

哪能不满意啊，是她那个别扭的爹，说出口的话和心里想的那套完全不一样，还偏偏嘴硬得厉害。姜梨道："我爸喊你回家吃饭。"

"嗯？"他一愣。

"我爸说，你都送到家门口了，就进来啊……"

话音未落，顾予川就拉开车门走了出来。他打开车后备厢，从里面拿出了他白天让朱南去超市买来的礼盒。

顾予川数了一遍又一遍："八样，初次登门应该够了。"

姜梨咽了咽口水，道："还有一件事，我提前跟你说了吧。"

"什么事？"

"我爸巨能喝。"

顾予川："……"

YUWOXIAOLIXIN

第八章

为了射击，为了更遥远的明天

01

姜梨做梦都没有想到，生意场上如鱼得水的顾大总监在面对自家老丈人的时候，紧张得连握着筷子的手都在抖。他乖得不像话，双手拿着碗接过姜妈妈夹来的菜，余光小心翼翼地观察着姜爸爸的神色。

“听说，你是做游戏生意的？”姜爸爸问。

顾予川点点头：“是的，我经营了一家游戏公司。”

姜爸爸眉头蹙了起来，道：“搞游戏的，多少有点不务正业。”

姜妈妈不动声色地在桌子下面踢了老公一脚，脸上却还是挂着无懈可击的微笑，道：“你姜叔叔比较传统，不太了解你们这种新兴行业。”

顾予川道：“没关系，有时间的话我可以和叔叔一起聊一聊游戏行业。”

姜梨：“……”

她就纳闷了，顾予川也不是情商低的啊，怎么见了她爸，就感觉他的智商一直都被摁在地板上摩擦呢？

姜爸爸看他的目光并不算特别友善，但姜梨从中还是捕捉到了中年男人特有的温柔。

“游戏行业，应该挺挣钱的吧？”姜爸爸抬头看了眼顾予川，问。

顾予川乖乖点头：“我们公司的运营情况还不错，之前做出了一款爆款游戏。”

其实姜爸爸也不懂这些，但是听说公司的运营情况不错，钱不少，他才算是放了心。他又开口说道：“姜梨没谈过恋爱，我本意是不希望她和生意场上的男孩子多来往的。”

姜爸爸欲言又止，他想说出自己的顾虑，可是看到女儿幸福的表情，他又不敢说了。

姜梨从爸爸的话中听出了不舍和担心，是来自爸爸如山一般的爱。她不知怎的，鼻头有些酸。

“叔叔您放心，我的银行卡全部上交。”顾予川顿了顿，又说，“但因为公司需要，资金流动比较频繁，不可能每一笔收入都及时地上交。所以年后，我先把房子过户给姜梨。”

姜梨瞪大眼睛，不可置信地望着顾予川。

姜爸爸脸色有些凝重：“小顾，我的意思，不是说我们姜家贪你的钱。”

“我知道，姜梨自己也有不错的生活条件。我愿意给，是我对她的感情，也是对叔叔阿姨的交代。”顾予川站起身来，躬身道，“从一开始，我就是奔着结婚去的，我会尽我所能给她一切我能给的，不管是物质上的，还是情感上的。”

姜梨惊得筷子都掉在了桌上，她从来没见过顾予川说这种话，掏心掏肺像是要把自己彻底奉献了似的。然后她看见自己爸爸的五官都舒展了开来。

“来，吃菜。”姜爸爸给他夹了一筷子肉。

顾予川也不含糊，不管是瘦肉还是肥肉，都很认真地吃完了。

也不知道是高兴还是什么，姜爸爸喝得特别多。在她的印象中，爸爸是个不易醉的人，今天却意外地喝得脸通红。顾予川也喝了不少，除了耳根有点红之外，基本没什么变化。

酒坛遇上了酒缸，没想到还有比她爸更能喝的人。

“我就这么一个女儿。”喝到情绪上来的时候，姜爸爸站起身，拿着酒杯硬往顾予川的酒杯上碰，“叔叔不反对你们俩谈恋爱，你们好好处……”

说着说着，姜爸爸的眼眶都红了：“但你要是欺负我女儿，我不管你有多少钱，我一定跟你拼命……”

姜梨低着头，猛地扒了好几口饭，这才把差点夺眶而出的眼泪给憋了回去。

吃完饭，姜爸爸醉得东倒西歪，硬是拉着顾予川聊自己年轻时候的事，顾予川想去厨房帮忙，被姜妈妈拦了下来。

“你陪陪她爸爸吧，他好久都没有这么开心了。”

姜妈妈围着围裙，从厨房里探出头来：“梨梨，你过来下。”

“来了。”姜梨从客厅赶过去。

一进门，姜妈妈就问：“你实话告诉妈，你和小顾是不是谈恋爱谈很久了？”

“没有啊，我们才在一起两个月吧。”

姜妈妈放下碗筷，道：“和你恋爱两个月的男孩子，就决定把房子写你名儿了？我怎么觉得这么不敢相信呢。”

“别说你了，我都不敢相信……”姜梨小声说。

“你们怎么认识的？”

“说出来你可能都不信……”接下来，姜梨试着把她和顾予川之间的故事精简之后讲述给她妈听。

姜妈妈听完之后，嘴都合不拢了：“梨梨，你瞎编的？”

“啥瞎编的，真的啊！”

姜妈妈沉思了许久：“小说都不带你这样写的。”

按照小说里的剧情，她怎么着也得是误打误撞拿了女主角的剧本啊。

“梨梨，小顾的条件比我跟你爸之前预想的好太多了，妈妈还是有点担心。”姜妈妈转过脸来，“我们家虽然也做点小生意，有点小钱，但是和小顾家比还是差太多了。你要是真的和小顾修成正果了，嫁入豪门了，妈妈怕你受欺负。”

“谁敢欺负您女儿呀。”姜梨笑了笑，“妈，您别太操心了。以后有什么事儿我都会跟您还有我爸商量的，您女儿还算有点智商的，绝对不是‘恋爱脑’。”

前一秒还说自己绝不是“恋爱脑”，后一秒就被客厅里坐着和自家老爸聊天的顾予川给帅到了。

男人喝了些酒，带着微醺的状态，说起话来都格外温柔。这谁扛得住啊。姜梨突然想起和顾予川的第一次见面，她虽然不是“恋爱脑”，可她是“颜控”啊。

男朋友秀色可餐，她还拒绝了他一次就多多少少觉得自己有点不知好歹。

战斗力归零的姜爸爸很快就靠在沙发上睡着了。

顾予川和姜梨把姜爸爸扛上了楼，安置好姜爸爸，姜梨和顾予川手拉手去外面散步。

晚上还是挺冷的，姜梨吸了吸鼻子，打了个喷嚏。随后，顾予川的大掌裹着她的手，塞进了他的外套口袋里。

好暖。

姜梨笑眯眯地侧过脸来，望着他，说：“我今天被你说的话吓了一跳。”

“什么话？”顾予川想了想，问，“银行卡上交，房子给你的话？”

“嗯。”姜梨停下脚步，问，“你是为了让我爸妈安心临时起意的吗？”

“不是。”顾予川道，“从小的时候我妈就跟我说，以后结了婚，钱和不动产都要给老婆管。”

这是什么神仙家教啊！

“你妈妈真好。”姜梨由衷感慨。

“她也会对你好的。”顾予川道。

她有些没底气。

顾予川转过身来，把她搂进怀里：“毕竟你是我费了好大劲才追来的，她唯一的儿媳妇。”

姜梨窝在他的怀里，咯咯咯地笑。

说了一会儿腻歪话，顾予川想到了之前在电视台拍摄的时候发生的事。他有些不放心，问：“狄琳后来有找你麻烦吗？”

“没有。”姜梨摇摇头，“她年后没多久要结婚，没有时间搭理我吧。”

“乔亦跟你说过之前拍摄的片段怎么处理吗？”

“他问我要不要删掉。”

“你呢？你怎么想？”

“我跟乔亦说，随便。”

顾予川“嗯”了一声，没说话。

“我吧，自己心里有点矛盾。”姜梨垂下头，看着自己的双脚，“一方面，我挺期待那个片段播出来的，毕竟是赢了狄琳，爽的呀。可是另一方面，我又觉得那天狄琳分神了，我赢得有点……”姜梨找了好半天，没找到一个合适的形容词。

“胜之不武？”

“有点这个意思，但是又不能这么说。毕竟在比赛的时候，心理素质和专注程度也是必备的嘛。倒也不是胜之不武，就是很想看看，假如我和狄琳都尽了全力，会是什么样的结果。”

顾予川的心里其实已经想好了两个选择带来的不同结果。

有好有坏，忧喜参半。所以他并不打算干涉她的选择。他能做的，无非就是给每一种结果都提前制订好预备方案。

生意场上的合作伙伴也好，竞争对手也罢，说起他总用“胜券在握”来形容，可哪有什么胜券在握，他只是比一般的人想得多了一些，也多了一手准备。

唯独在喜欢她这件事上，没有预备方案。

真心喜欢，没有预备方案。

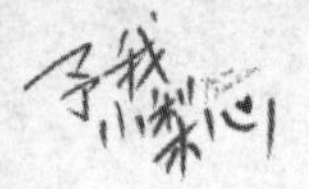

好在他成功了，结果不坏。

过年这几天，姜梨感受到了来自食物最大的恶意，再上秤的时候，她差点崩溃。

顾予川走完亲戚回家，姜梨的视频电话弹了过来，点开一看，她捂住脸，不想让他看到自己最近暴增的肥肉。

所以刚过大年初三，姜梨就决定离家。毕竟过年在视频里看到的冯曼曼也胖了不少，既然都是胖，她可不能一个人暗自神伤。

后来姜梨才知道，冯曼曼是“幸福肥”。

回老家那几天，冯曼曼遵从家里的意思，和镇上的一位“男嘉宾”相亲，本来她对相亲这种事是最不来电的，可是……抵不住她对“男嘉宾”来电啊。干柴烈火，大年三十的晚上，冯曼曼暗戳戳地脱单了。

姜梨和季苏白骂冯曼曼脱单都不知会一声，冯曼曼不怀好意地问季苏白：“咋样啊，你的林家千金不会还没到手吧？”

季苏白嘿嘿笑道：“让你失望了小冯。”

姜梨和冯曼曼两人面面相觑，随后二人惊呼：“你追到林初夏了？”

季苏白露出了胜利的微笑：“虽然还没，但我感觉不是很遥远了。”

冯曼曼朝着天花板翻了个白眼：“你表白了没？你是不是表白被拒了？你要是表白被拒了就别死缠烂打了。”

“表白？还没。”

姜梨大惊：“你还没表白？”

“表白要是被拒了怎么办啊。”季苏白有些无奈地叹气，“万一她不喜欢我，那得多尴尬啊……”

冯曼曼说：“咋的你现在就不尴尬了？”

季苏白：“只要我不尴尬，尴尬的就是你们。”

冯曼曼：“哦。我发现你这人真是人间绝品。”

季苏白：“哪有你绝啊，你相亲还能遇到真爱，你说这世上还有谁能比你更绝？”

冯曼曼：“当然还是我们季公子比较绝了，喜欢人家女生这么久了，居然连开口表白都不敢，咋的，你还指望林初夏跟你表白啊？！”

季苏白：“倒也不是不行！”

冯曼曼：“你快滚吧，就现在。”

姜梨：“……”

02

年后的日子就在季苏白和冯曼曼的互怼中拉开了序幕。

电视台提前复工，体育组投入了紧张的剪辑工作中。乔亦斟酌了很久，还是决定保留姜梨和狄琳的PK片段。

他其实不是没有想过放出这个片段可能会带来什么样的后果，他也许会被狄琳那边找麻烦，但，他就是想给姜梨出口气。

这口气憋得太久了。

憋了四年，就算不能加倍奉还，最起码，也要让其他人看到姜梨优于狄琳的光才对。

果然，节目一出，网络上的讨论十分激烈，不少狄琳的“粉丝”表示不可置信，当然，姜梨的“粉丝”更是惊呆。业余选手打败职业选手，而且还是国内顶尖的职业选手……这得有多强啊。

很快，就有人找到了姜梨以前的资料。

吃瓜群众炸了。

网友A：我的天！栗子酱以前居然真的是职业射击手！

网友B：她以前居然是日星的！就是狄琳所在的那个日星啊！

网友C：原来游戏里的女枪手现实生活中就是牛哄哄的女枪

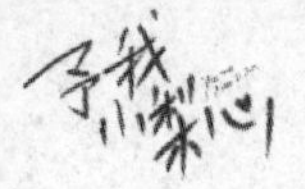

手啊！

网友D：我已经惊呆了……

话题中心的女主角还在悠闲地训练，冷不丁季苏白从她后面窜出来。

“梨子，你又上热搜了！你最近上热搜略微有些频繁啊。”

姜梨扫了他一眼，道：“好事坏事？”

季苏白思索了好半天：“你以前在日星的事被挖出来了，还有你没成年时候的比赛视频……”

满脸的胶原蛋白，明明是个花季少女，偏偏眼神里全是杀气。

季苏白又补充了一句：“他们都在夸你以前的颜。”

“我现在的颜退化了吗？”

“那倒没有，就是没那么凶了。”

原来女人凶一点才讨人喜欢的吗？

新年伊始，吃瓜群众还沉浸在懒散的春节假期中，一个个都八卦得不得了，大家都在求证网上流传的那些视频是不是姜梨本人。

姜梨蔫蔫地看着手机，还在思考本尊要不要大方承认。过去的很长一段时间，她都不希望曾经的事情被人重新提起。在日星的这段历史，虽然成就了她最辉煌的时代，但她退出比赛、离开日星太过狼狈，以至于她都没有办法把过去的骄傲和后来的失败分割开来。

可是，打败狄琳这种大快人心的事，怎么能不出来说两句，发表一下获奖感言呢？

她蠢蠢欲动的手指在“转发”的按键上逗留了好几分钟，然后一通电话打了过来。

是乔亦的电话。

《与我竞技》节目组有一个采访会，邀请她参加。

自从上次拍摄把狄琳气得满鼻子灰之后，之后的两次拍摄，狄琳都没有露面。直到上次的节目播出，狄琳都异常安静。

这一次，不知道要不要和狄琳碰面。

“你当心点啊小梨子，我感觉这女人肯定是在酝酿什么大坏事。”季苏白这样跟她说。

“是吗？”

季苏白对邵晚风没什么好感，多多少少也知道姜梨和狄琳不对头，于是对狄琳也喜欢不起来了。

“反正你当点心，狄琳要真想搞你，你跟我说，跟顾予川说，跟林初夏说，咱们三家用钱也能给你全部摆平咯！”

姜梨又想起了很久之前被直播间大佬宠爱的日常。虽然俱乐部老板是不靠谱了点，讲义气倒是一点儿都不含糊的。

她知道狄琳不是那种善罢甘休的性格，这一次也不会吃哑巴亏，一定会有所行动，狄琳会不会使出和以前一样卑劣的伎俩？

不知道。

姜梨心事重重。

两天后，姜梨应邀参加采访。

她到了电视台，电梯门刚一打开，她就听见了乔亦的声音。

“台长，这事没有事先和姜梨说过，恐怕……”

姜梨听到了自己的名字。她循声望去，发现乔亦站在转角处，正面红耳赤地和面前的中年男人争执着什么。

台长道：“怎么了？狄琳选手都不介意，她一个没什么名气的射击选手有什么不愿意的？参加记者采访，这么好的机会，她应该珍惜才对！”

“台长！”乔亦提高了声音，“我们不能为了节目效果，为了收视热度，连当事人的意愿都不管不顾了吧？何况还要让她说这种话……”

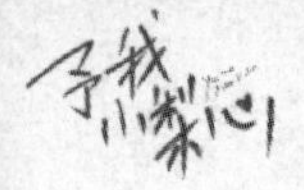

“哼，你当时把狄琳输了的片段放出去的时候，就应该想到会有多么严重的后果！”

“我不明白节目片段和现在的记者采访有什么关系。”

“你说有什么关系？”台长吹胡子瞪眼，“你倒好，把人得罪得干干净净拍拍屁股就走了，剩下的烂摊子我给你收拾！我已经安排好了，等会儿记者采访的时候会提到上一次狄琳输给她的事，就让姜梨说那天狄琳身体不舒服，故意让她的，是为了鼓励晚辈，听到没？”

“台长，我觉得这样不妥。”乔亦的语气很是强硬，“体育竞技，本来就是公平公正地比输赢，输了就是输了，没有任何借口。”

“你！”台长气得直咳嗽，“乔亦，你不是个不懂事的，怎么这次做事做得这么草率？”

“对即为对，错即为错，这和处世圆滑没有关系。姜梨没有错，没必要去捧狄琳的臭脚。”

和乔亦共事这么多年，台长鲜见他这样的态度。

台长沉默了一阵子，说：“我也知道，这件事姜梨是无辜的，但是事情的发展你也看到了，狄琳那边的工作人员打电话来发了好几次火了。你也清楚狄琳那边的资源，大家都不想得罪她，而且狄琳的性格圈子里的人也都知道，所以……我也不是要为难姜梨，采访对她来说也是个不错的曝光机会，只是提起这件事的时候，让她委婉地说两句就可以了，明白吗？”

“这不还是要让姜梨承认自己技不如人，是狄琳放水？”乔亦的语气很不好，“这已经失去了体育竞技的意义，台长。”

“那我们台要怎么和狄琳那边交代？”

“我去处理就是了。”

“你怎么处理？”

“我去和狄琳那边沟通，作假我不同意。”

“乔亦啊，你怎么这么拗……”

“我配合就是了。”姜梨走过去，“我也不太会说假话，但那天确实是狄琳失误，我可以期待更公正的比赛。”

她不想让乔亦左右为难，也不想捧狄琳的臭脚。但那场比赛，她赢得轻松有大半原因是狄琳走神，反正到时候她就说那天狄琳有些走神，状态不好，记者要是问起她和狄琳到底谁实力强，她就笑笑好了。

做人可真是太难了，姜梨在心里默默叹气。

“你不用勉强自己。”两个人的时候，乔亦说。

姜梨摇摇头：“无所谓的，她一次不服气，那就继续。多打几次她就服气了。”

乔亦忍不住笑起来：“也行，那就下次再把她打得满地找牙吧。”

采访过程中会出现的几个问题，乔亦提前给了她一份资料，上面提供了比较合适的回答方案。

这是《与我竞技》开播以来，节目组第一次接受采访。

姜梨跟着工作人员到了演播厅，门口，她猝不及防和狄琳打了个照面。

狄琳上一秒还在和助理说话，语气表情看上去并不好，余光瞥见姜梨，狄琳停下了动作，她抱胸，睨了姜梨一眼，道：“又见面了。”

姜梨没说话，神情淡漠地从狄琳身边走过，一个字都不需要多说，她很清楚怎样做会让狄琳不爽。

狄琳的脸色沉了下来，她讨厌透了被无视。

狄琳习惯了高高在上，也一直享受着所有人的顶礼膜拜，她接受不了任何人的轻视，尤其是当初那个被她硬生生从日星赶走的人。

“你以为我今天是来干什么的？”狄琳声音很冷。

姜梨停下脚步。

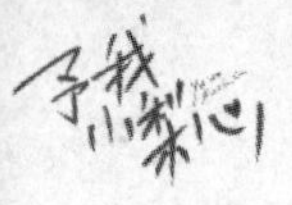

“今天，从这个演播厅走出去，你就会成为人人喊打的过街老鼠。”狄琳走到她面前，居高临下地望着她，“你以为凭借一个节目就能爬到我的头上来吗？姜梨，我告诉你，你想都别想！”

“话越多越害怕，你大可不必如此。”姜梨静静地望着她，“我一定会回到赛场上，光明正大地把你踩在脚下。不过现在，我还可以再忍一忍。”

狄琳冷笑了一声，说：“这是我要召开的记者采访会，姜梨，你没机会了。”

说完，她转过身，高跟鞋踩在地上发出嗒嗒的声音。

突然，狄琳又折了回来，她看着姜梨，脸上瞬间摆出了一副很受伤的模样，变脸速度之快，让人瞠目结舌。

“你离开日星的这么多年，我一直都很担心你。虽然我们在日星相处的时间不长，但我一直都把你当作最好的朋友，也是最强的对手。姜梨，如果当时你坚持走下去，一定会成为比我更加优秀的射击选手。”

话音刚落，姜梨看到从身后走上前的一行记者。

“这不是狄琳选手吗？”戴眼镜的中年男记者拿起相机就是一顿拍。

狄琳礼貌地朝记者笑了笑，眼角竟还有些真假难辨的泪。

“……”

世界欠狄琳一个奥斯卡。

“原来狄琳和姜梨以前是朋友啊！”记者们捕捉到了关键信息，一拥而上，全然顾不上事先商榷好的流程，纷纷赶来挖一手情报。

狄琳的眼底闪过一抹凌厉：“但是出于某些原因，我的好朋友退出了一场国际比赛，也退出了日星。”

“那是因为什么原因呢？”记者们穷追不舍。

狄琳意味深长地看了眼姜梨，用目光引导记者们转向姜梨。

话筒递到姜梨面前。

“姜梨，请问你为什么会离开日星呢？”

“你为什么要退赛？”

“你以前和狄琳关系这样好，看她有了现在的成就，你的内心是怎样的感受？”

“当年究竟发生了什么，会让你选择放弃日星，放弃射击呢？”

“姜梨选手，请你说一说……”

……

姜梨的世界，“轰”的一声倒塌。

03

光与游戏公司。

朱南在会议室门口徘徊了好几圈，急得直跺脚。

好不容易等会议结束，朱南一个箭步迎了上去。

“总监，出事了。”朱南抓住顾予川的手臂，“你赶紧去看看梨妹子吧！”

“出什么事了？”顾予川问。

“就在你开会的两个小时里，梨妹子上热搜了……”朱南拿出手机放在顾予川面前，小声道，“你看吧。”

实时热搜排行榜上，“姜梨”的名字高居不下。

顾予川拿着方案的右手瞬间僵住了，他赶忙给姜梨打电话。

关机。

他胡乱地把方案塞进了朱南的手里，转过身就往电梯口跑。

他不敢去想面对那些镜头和闪光灯的时候，她的心里在想什么，那是她脆弱的过去，是她只敢让亲近的人知道的秘密。

可是，这个秘密就这样公之于众了。

他的思绪很乱，脚踩着油门，止不住发抖。

“姜梨！”顾予川赶到她家敲门，大声叫着她的名字。

开门的是冯曼曼，她睡眼惺忪，满脸的起床气：“干吗？让不让人睡午觉了？”

“姜梨呢？”顾予川喘着气问。

冯曼曼揉了揉眼睛，道：“不知道啊，还没回来。”

“别睡了，找人。”顾予川拍了拍冯曼曼的肩膀，力度不小，两下就把冯曼曼拍醒了。

后知后觉地发现热搜的冯曼曼一个激灵，气得直爆粗口：“这些人，为了自己那点破报道连脸都不要了！你等着，我打个电话给季苏白，问问她在不在俱乐部。”

“不在。”顾予川道，“我已经问过了。季苏白现在也在找。”

“我的天，梨子不会想不开吧！”话音刚落，冯曼曼就后悔了。

她看了眼神色凝重的顾予川。

“咱们快去找吧！”说着，冯曼曼随手拿了一件外套就往外跑，“我去南大街方向，你去北大街那边，有消息互相通知啊！”

顾予川生平第一次那么害怕。

那种笼罩在心头的恐惧，让他每走一步都像是迈在刀尖上。北大街找了一圈没找到，他像是只无头苍蝇似的到处乱转。

“找到了吗？”冯曼曼打电话问他。

“没有。”顾予川刚开口，目光突然瞥见不远处一个羸弱的身影。

风吹得那个身影摇摇欲坠，姜梨蹲在人行道上，背对着他。

顾予川重重地舒了口气。

还好。

姜梨蹲在地上，双手抱住膝盖，把头埋在自己的臂弯里，像是只被人丢弃的小猫似的，耷拉着脑袋，整个人都蔫蔫的。

顾予川心头一紧，快步走上前去。

“姜梨！”

闻声，姜梨回过头来，眼睛红通通的，脸上还挂着泪痕，然后，又可怜兮兮地吸了吸鼻子。

他的心像是被人狠狠揉碎了。

“姜梨。”他又叫了一遍她的名字。

她“哎”了一声，又垂下头，看向下水道的位置，委屈巴巴地皱着眉头。

“我在。”顾予川蹲下来，轻轻地摸了摸她的头，道，“不要怕，我陪你。”

他会帮她抵挡所有的风雪，也会和她走过漫长的黑夜。

顾予川深深地吸了一口气，说：“怪我，是我没有及时在你身边。以后不论发生什么事，我都不会让你一个人……”

可是姜梨还是惨兮兮地看着下水道。

顾予川：“只是下次，你别再吓我了。”

“吓你啥？”姜梨蒙蒙地问。

“你手机关机，我以为你……”

“你以为我啥？”姜梨想了想，随后一拍后脑勺，“你该不会以为我关机是因为我心情不好，想不开吧？”

顾予川沉默了，事情好像……有点蹊跷。

姜梨呜咽了一声，伸手指着下水道，道：“我手机掉里面了，我弄了好半天都没弄出来。”

顾予川：“……”

姜梨咽了咽口水，歪着脑袋问：“你想什么呢你……”

“没什么。”顾予川很快就恢复了镇定。

“但是我心情确实不太好，我本来想着出来散散心，逛逛街，结果手机就掉下水道了。”她恨啊，本来心情就已经很不爽了，现在好了，手机也搭进去了。

不过也好，少了不少烦心事。眼不见，心不烦。

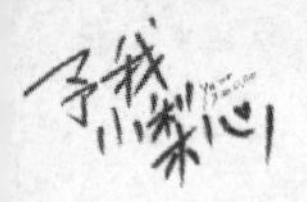

她原本是想安静地睡一觉自我消化的，可是打开手机就能看到自己的负面新闻，她翻来覆去睡不着，手机一直在振动，微博上不断有人给她评论、私信。

“背弃赛场？毫无竞技精神？狄琳的昔日同窗，如今湮灭大众！”

背弃赛场，毫无竞技精神，为了博眼球的媒体这样说她。

“虽然时间过去了几年，记者已经换了一批，但记者群体还是和以前一样，刁钻刻薄，添油加醋。”姜梨道。

顾予川张开嘴想说什么，但最后还是忍住了。

“我解释了的。”姜梨抬起头看向顾予川，“我告诉那些记者，我退赛的原因，也解释了是因为受伤所以离开了日星。”

但是没有人在乎。

没有人会在乎她经历过什么，他们在乎的只有结果。她以最狼狈的姿态离开了射击赛场，又怎么能奢望那些记者的笔墨有多么温柔。

顾予川的目光微微一动。

他在想，那时候的姜梨是用什么样的神色和语气去叙述多年前的事。她过去的那些比赛视频和报道被媒体挖了个遍，断章取义又重新组成了新的稿子，无一例外都是对她的抨击。

这是对她的二次伤害。

“姜……”

咕噜！

他的话被突如其来的声音打断了。

她的肚子响了。

姜梨低下头，有些难为情地伸手揉了揉肚子。

“饿了？”顾予川拉住了她的手。

“嗯。”姜梨站起身来，顺势把顾予川也拉了起来。

他问：“想吃什么？”

“都可以，填饱肚子就行。”

顾予川望着她，眉心舒展开来，还真的容易满足。

姜梨突然想到什么，撒开手，道：“我的手机还在下面……”

“走吧，去买新的。”

“现在看来，男朋友有钱，还挺不错的啊。”

姜梨吃饱喝足之后，逛了一趟商场，心满意足地领回来一部新手机。

当晚，姜梨拿着手机在冯曼曼面前炫耀，被冯曼曼张牙舞爪地按在床上收拾了一顿。

“你现在胆儿肥了，闹失踪了是不是？”

“我手机掉下水道里去了啊……”

“那你为什么不回家？”

“我难道要放着我的手机不管回家吗？”

“你以为你不回家就能从下水道里把你的手机掏出来吗？”

姜梨噤声，良久后，弱弱地说：“好像也是……”

冯曼曼松开手，坐在她床边，问：“你准备怎么办？”

闻言，姜梨沉默了片刻。

她想起吃饭的时候顾予川说的话——声明我已经找人帮你写好了。这一次，你不用再委屈，你可以说你想说的话，做你想做的事，不论是什么样的结果，我都会帮你善后。

“我和季苏白已经帮你准备好了。”说完，冯曼曼拿起手机，找到和季苏白的聊天记录，播放他发来的语音。

季苏白的声音激昂亢奋：“这个女人居然买通稿、买热搜？真是不把我季家放在眼里！你跟梨子说，让她别怕，我有的是钱，不就是买话题买热度吗，我买得她倾家荡产！”

末了，他又补充了一句：“叫她别怕，干就完事儿了！”

也是，怕什么呢，干就是了。

以前怂过一次，怂的下场就是受了四年多的委屈，这种委屈的滋味谁爱受谁受，姜梨是不愿意再经历第二回了。

她没有错，也没有做对不起射击和“粉丝”的事情，她不用逃避。

最重要的是，四年前她没有发声的机会，但现在，她有。她不仅有可以发声的机会，还有支持她、陪伴她的爱人和朋友。

姜梨打开手机，点开关于自己的话题。

当初她退赛的事还在持续性发酵，姜梨斟酌了很久，最终发布了一条微博。

栗子酱 V：多年前的事情本来不想再说的，既然被提起了，那就借此机会把之前发生的事情说清楚。退出比赛和离开日星都并非我所愿，如果大家好奇原因的话，可以问一问 @ 狄琳。同为当事人，肇事者讲述的视角也许更新颖一些。

发出还没两分钟，姜梨的评论区就炸了。

网友A：同志们，我脑补了一篇几万字的长文！我觉得这两人肯定有故事！

网友B：这是要掐起来了？前排搬好小板凳坐好！

网友C：你哪位？

网友D：栗子，别理那些人，我看你直播很久了，我相信你不是那种没有竞技精神的人。你大胆地说，我永远支持你！

网友E：热搜预定！栗子酱冲！

冯曼曼目瞪口呆：“你这就干起来了？”

“对啊，季苏白让我干的啊。你现在快让他给我买热搜……”

话刚说完，就提示有人给她买了热门。

与此同时，季苏白的信息发了过来：梨子，别怕！弄她！你的榜一给你兜底！

林初夏的信息紧随其后：要是季家给你兜底兜破产了，还有我们林氏给你撑腰。

姜梨："……"

04

姜梨睡得并不安稳。

隔天一大早，她醒来的时候，发现自己被无数个人@了。

她点开看，原来是狄琳回复了她的微博。

狄琳V：因为儿女私情放弃比赛的人，我真不知道她有什么资格在这里发表受害者演说。多年前就纠缠我未婚夫未果，因被我未婚夫拒绝，在比赛期间喝酒宿醉后退赛，这样的退赛理由难道不觉得羞耻吗？更可笑的是，在我与邵晚风订婚之后，还私自约他会面。临近我的婚期，突然把陈年旧事翻出来炒，我看有些人不仅有被害妄想症，还想红想疯了。

一石激起千层浪，狄琳发布的微博字字珠玑，并且配了录音和图片。

录音是当年比赛的前一天晚上，邵晚风把姜梨叫出来的时候他们两人之间的对话，图片则是之前邵晚风来找姜梨，姜梨和他在楼下咖啡厅碰面被偷拍的照片。

一如既往的卑劣手段，是狄琳一贯的作风。

狄琳的声明言之凿凿，霸气十足，再加上狄琳的"粉丝"群体本就不少，还有营销不停地带节奏，这下，风吹两边倒的网友们很快就往狄琳那边倒戈了。

网民的情绪其实是很容易被煽动的，尤其是愤怒。

在狄琳的影响力面前，姜梨想要借助网络的平台发声，要让大多数的人相信她，难度系数并不低。不过既然开战了，就没有退缩的道理。

她正想着怎么回，冷不丁微博特别关注发布了新动态。

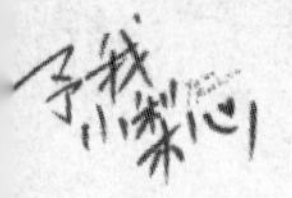

顾予川 V：有证据，你别急。@ 狄琳

“什么证据？”冯曼曼一脸疑惑地问姜梨，“过去这么多年的事了，还能找到证据吗？”

“不知道……”

姜梨飞快地给顾予川发了一条信息。

姜梨：小顾同学，你就这么在网上撕起来啦？

顾予川：我不可能再让她欺负你。

姜梨：那你准备怎么搞？

顾予川：弄死。

很快，狄琳也回复了顾予川的挑衅。

狄琳 V：顾总监应该没想到自己的女朋友有这样的一面吧？

很快，顾予川就放出了视频证据，是深海射击俱乐部的监控录像。视频内容是邵晚风来找姜梨私聊的那天，邵晚风独自一人来找姜梨的画面。

顾予川 V：邵教练把持不住，纯粹因为我女朋友太迷人。@狄琳

日星俱乐部。

狄琳恶狠狠地把手机摔在地上，旁边站着的助理瞬间就噤声了。

“没用的东西！”她指着助理的鼻子一顿臭骂，“砸钱给你们买热搜有什么用？你们连个证据都掌握不好，还让我发这种声明？”

助理往后退了一步，低头道：“我不知道邵教练是主动去找她的……”

“废物！”狄琳气得骂道，“日星养你们这些废物有什么用？连个公关文案都搞不定！你现在马上立刻去给我找公关团队！上次那个，速度快的那个。我不想任何事情影响我明天的婚礼！”

助理战战兢兢地说："上次的公关公司，您说不再跟他们合作，已经把他们得罪了……"

"啪"的一声，狄琳拿起玻璃杯往助理的脚边摔。

"滚出去，自己想办法！"

助理红着眼开门出去，和邵晚风撞了个正着。

狄琳抬眸看到邵晚风，她抱胸，冷笑一声，道："没想到啊邵晚风，你对姜梨还是念念不忘。"

邵晚风道："我找她是因为……"

狄琳打断了他，道："邵晚风，当条狗就当得彻底一点。"

邵晚风的脸瞬间变得苍白。

"当初你为了留在日星选择站在我这边，背叛姜梨，过了几年，良心发现了？晚了。"狄琳冷冷地看着他，"我告诉你邵晚风，我们现在是一根绳上的蚂蚱，你别想背叛我。"

邵晚风深吸了一口气，道："你为什么总觉得我会背叛你？"他顿了顿，说，"是因为从一开始，你得到我的手段就不够光彩吗？所以你才会害怕别人也用同样的手段让我背叛你，是吗？"

狄琳的脸色瞬间就变了："你什么意思？"

"当初的事情，你我都很清楚，我也是被你利用的一环。如果我知道姜梨会因此彻底离开日星、退出射击圈，我不会做那样的事。"

"做都做了，还想着要高风亮节吗？"狄琳走近他，居高临下道，"你要是真的忏悔，也不至于这么多年来都没有打听过姜梨的下落。邵晚风，你比自己想象中要自私得多。"

邵晚风试图让自己的声音听上去平静一些："狄琳，你现在已经站在她够不到的位置了，你又何必苦苦纠缠呢？"

"心疼了？"狄琳眯起眼睛，扯住邵晚风的衣领，"我告诉你，我必须要让姜梨离开射击圈，彻底地离开。"

"为什么？我真的不能理解你为什么偏偏要这么针对

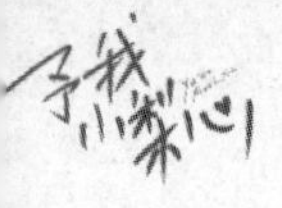

姜梨……”

“就是她。她必须要被我踩在脚下，一辈子都不得翻身！”

过了很久，邵晚风问：“所以当初选择我，并不是因为喜欢我，而是因为那时候姜梨喜欢我，是吗？”

他其实早就知道答案了。

“你的心里不是很清楚吗？”狄琳扬起下巴，“好了，姜梨的事情你不用管，你现在不用考虑别的事情，把婚礼的事情都准备好，我不希望我的婚礼上出现任何纰漏。”

邵晚风苦笑了一声，转身离开。

当天下午，狄琳那边的公关文就出来了。

毫不走心地避重就轻，一篇不过一百来字的微博，逻辑关系混乱，论据单薄模糊，看到最后，无非传递了三个字——搞不过。

林初夏在办公室忍不住笑出声来：“就这？”

顾予川看着电脑屏幕上的监控录像，眉头都蹙了起来。

“感谢我吧，四年多以前的监控视频还保存着。”林初夏乜斜了他一眼，“我们林氏集团的酒店，专业、高级。”

四年多前，姜梨参加的国际比赛安排选手住宿的酒店，就是林氏集团的产业。

林初夏一共找到了两段视频。一段是在酒店一楼的吧台，邵晚风和姜梨两个人单独坐着，邵晚风在姜梨暂时离开的时候，在她的酒里放了两颗白色的药丸。

粗略想来，大概是安眠药。

另一段视频中，昏迷不醒的姜梨被邵晚风和狄琳带回了酒店。

顾予川看视频的目光很冷，手不自觉地握紧，指关节被自己捏得发白。

他抿着唇，一言不发。

旁边的林初夏道：“你这视频都看了多少遍了，不至于每一次看都这么生气吧。”

“忍不住。”顾予川淡淡道。

之前他托朋友去查四年前姜梨参加国际比赛的行程，查到了姜梨所住的酒店恰好是林家的产业，省去了他很大的麻烦。他原本以为找证据要花很大工夫，没想到这么顺利。

林初夏啧啧两声，道：“顾予川，我发现你的嘴巴真严。背后帮她做了这么多事，居然一个字都没跟姜梨说。”

“和她之前承受的比起来，我做的这些又算得上什么。”

“可以啊顾予川，跟我这儿演深情人设呢。”林初夏笑道，“话说回来，你怎么对付狄琳？准备把这些视频发网上？”

顾予川摇了摇头，道：“你忘了吗，她明天在你们林氏的酒店结婚。”

林初夏愣了愣，随后有些惊讶地睁大眼睛：“顾予川，你玩大的啊？”

“嗯。”他沉声道，“我从来没有这么迫切地想要收拾一个女人。”

他是迫切地想要收拾狄琳，但更迫切地，是想要见到心爱的女孩儿。

顾予川把视频拷贝进U盘之后，拿起外套就准备走。

林初夏白了他一眼，没好气地说：“我辛辛苦苦地帮你找视频，找得眼睛都花了，你一句感谢都没有。”

“我们二十多年的革命友谊，大恩不言谢。”

“有女朋友的人就是不一样。”林初夏叹了口气。

“你呢？”顾予川走到门口，侧过脸来，问，“你和季苏白？”

“能怎样。”林初夏甩了甩头发，“连一句表白都没有。”

顾予川笑：“林千金这是急了？”

“你快滚。”

“生意场神挡杀神，感情路上一片坎坷。”

“我的桃花数都数不过来，你少挖苦我。”

“所以你对季苏白没感觉？”

林初夏没说话。

顾予川道：“我记得你不好这口。”

“是不喜欢这种不成熟的。”林初夏想了想，嘴角不自觉地往上扬，“但是，他挺可爱的。”

林初夏抬起头，望向顾予川：“招人喜欢，你懂的。”

“我不懂。我取向正常。”

“快滚去找你女朋友！”

“告辞。”

顾予川觉得，这个夜晚格外漫长。

姜梨在他下班前就到他的公寓来了，张罗了一桌子菜。

吃完饭，顾予川去刷碗，姜梨坐在沙发上看电视，看着看着就睡着了。

顾予川从卧室里拿来一条毛毯给她盖上。

她昨晚没睡好，整个人看上去特别没精神，睫毛轻颤颤。顾予川伸手摸了摸她的睫毛，指尖传来奇妙的触感，酥酥麻麻。从这个角度看她好可爱。

顾予川觉得自己撕开游戏公司总监的外衣，简直就是个迷恋偶像十年的小痴汉。但他意外中意自己这样的人设。

“别弄……”姜梨被他挠得烦了，睡梦中皱着小鼻子，无意识地抓住了顾予川的手。

她手指的温度与自己掌心的温度融在一起，顾予川坐在沙发上，心化成了一摊水。走不动道了，也不想走。

突然，姜梨的手机亮了。清脆的提示音响后，姜梨醒了，她揉了揉眼睛，打开手机，是一封电子邮件。

姜梨看到发件人地址，愣住了。

邮件的正文是空白的，最后附上了一个音频，她点开音频文件。

“姜梨，我是邵晚风。”

闻声，顾予川的目光不自觉地看了过去。

“我想了很久，还是决定最后和你说一些话。其实之前我就一直在想自己这些年做的事，后来我发现，如果错误从一开始就酿成了，不论之后我如何努力，都是徒劳。我已经在偏离轨道的路上走了太久太久，久到我已经没有办法回头了。对不起，姜梨，四年前我利用了你对我的感情，在你喝的酒里下了安眠药，让你错失比赛，让狄琳顶替了原本属于你的位置。我以为，凭借你的天赋和实力，进国家队的下一次机会迟早会来的，可是……是我错了。对不起，姜梨，这几年来，我没有奢望过你能原谅我，我为了自己的利益做了很多自私的事。我不够诚实，也缺乏勇气，甚至，我品行卑劣，我辜负了你曾经对我最单纯的崇拜和好感。姜梨，真的很抱歉……”

说到最后，邵晚风哽咽了。

姜梨重重地舒了口气，她本以为他会发表什么具有纪念意义的感慨，然而，她只是委屈巴巴地看了眼顾予川，说：“我困……”声音带着点撒娇的慵懒。

顾予川喉头上下滚动了一下，随即移开视线：“我送你回去吧。”

“好。”

姜梨站起身，突然说：“邵晚风挺惨的。”

“嗯？”顾予川的眉头动了一下。

“和狄琳结婚……”姜梨啧啧两声，“应该算是邵晚风悲惨人生的开始吧。”

沉默了几秒，顾予川开口：“也许不会这么顺利。”

“啊？”

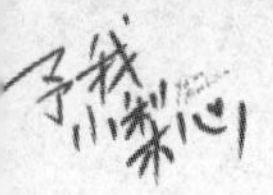

“我是说，邵晚风的悲惨人生。”

姜梨还是不明白：“哈？什么意思？”

顾予川握紧她的手：“这次我要帮你讨回所有公道。”

05

“同志们快看！顾神发直播预告了！”

暌违许久，顾神居然开播了！

网友们观看直播的兴致异常浓厚。令人意外的是，今天的顾神居然不是游戏直播！

姜梨是在换好衣服等顾予川的空隙里看到他的直播预告的。等他来了，她一脸蒙地问：“你不是说今晚要跟我约会吗？你要直播啥？直播你的恋爱小日常？”

顾予川忍俊不禁：“女朋友太迷人，舍不得直播给别人看。”

“那你直播什么？我看你预告的不是游戏直播啊。”

“嗯。”顾予川漂亮的手指在方向盘上轻轻敲了几下，“直播今天的大事。”

直到车平稳地停在酒店门口，姜梨看到大屏幕上滚动播放着狄琳和邵晚风的婚纱照，她这才后知后觉地问：“这是今天的大事？”

顾予川没否认。

姜梨：“狄琳请你了？”

“没有。”顾予川摇头。

“那我们来干吗？”

顾予川下了车，从车厢里拿出了一束花，颜色黯然，看上去惨兮兮的一束花，他的另一只手很自然地握住了姜梨的手。

“来砸场子。”

姜梨惊愕不已：“你……你怎么不提前跟我说？！”

“你不想吗？”

“你早跟我说啊，我得化个浓浓的妆，再穿身黑色的衣服，就跟电视剧里演的那样复仇！我今天穿得太朴素了，不够声势浩大。”

顾予川沉默了。

姜梨问：“你想好怎么撕了吗？让狄琳永生难忘的那种。”

“都准备好了。”顾予川道。

“你先开场，我酝酿一下。”姜梨想了想，又说，“我今天得立一个女王人设。”

顾予川哭笑不得：“嗯，遵命。”

姜梨所不知道的是，与此同时，朱南已经登录了顾予川的直播账号，悄悄地潜伏在酒店的二楼。

朱南躬身靠在栏杆上，小声给顾予川发语音：“总监，你到了没啊？”

顾予川回：“开播。”

“得嘞。”

酒店门口的广场上围满了鲜花，广场正中央是华丽的喷泉。

顾予川穿着得体的黑色西装，身形挺拔，腰背笔直，锃光瓦亮的黑色皮鞋踩在地上，发出噔噔的声响，在一片热闹里，显得格外冷淡和沉闷。

姜梨下意识地抓紧他的手。

邵晚风和狄琳正站在一楼的大厅迎宾，几个人的视线毫无预兆地碰撞在一起，狄琳一秒钟就变了脸。

没等狄琳说话，她的助理就率先走了过来，拦在了两个人面前，佯装礼貌地说：“不好意思，婚礼似乎没有邀请你们二位，现场也没有多余的位置留给你们了。”

顾予川摇了摇手中的花束。

“我是来送祝福的。”顾予川勾起唇，“一会儿就走。”

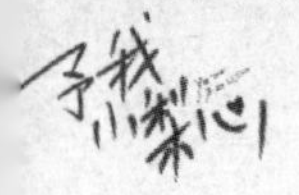

姜梨的目光落在了不远处的邵晚风身上，他今天很好看。

姜梨突然就想起了很久很久之前，邵晚风作为嘉宾参加电视台的一档节目，也是穿着类似的一套黑色西装，整个人看上去干净又清爽，是她记忆中邵晚风最好的样子。

只是她觉得可惜，这样英俊潇洒的男人，骨子里是个无路可走的可怜虫。

昨晚他发来的邮件，大概是为了完成他对自己内心的救赎吧。可是姜梨一直想不明白，既然错了，既然后悔，他为什么还是选择一错再错。所谓的“无法回头”，都是不愿舍弃现有一切的荒谬借口。

说白了，口是心非，扛不过内心的煎熬，又忘不掉现实的荣华。

姜梨扯了扯嘴角，露出了一个讥讽的笑。

申冬俱乐部的人都来了，姜梨一眼就看到了林奇，林奇也朝她点了点头。在网上和狄琳闹得沸沸扬扬，也落了邵晚风的面子，竞技选手之间的会面都显得格外尴尬。

见顾予川不走，纵使顶着再精致的妆容，狄琳的脸上也挂不住了。她冷着脸，对顾予川说：“我不需要顾总监的祝福，请你离开。”

顾予川拿着花，脸上是无懈可击的微笑：“离开是不可能的。”

见邵晚风一直没什么反应，狄琳从后面掐了他一下，低声道：“你去让他们走。”

邵晚风迈开步子，缓缓地走到了两个人的面前。他的目光落在姜梨和顾予川紧紧相握的手上，苦笑了一声，他转而看向姜梨，道：“我知道你很生气，姜梨，其实我没办法让你宽容大度，可……这是狄琳和我的婚礼，我希望你能看在我的面子上……”

“你有什么面子？”顾予川冷声打断了邵晚风的话，他抬眸，给予邵晚风一个讥诮的眼神，“要说话，跟我说。她不想听你说话，你也不配让他听。”

声音不大，但顾予川戴了蓝牙耳机。

此时的顾神直播间千万条弹幕齐飞，把朱南的手机炸得滚烫。朱南委屈巴巴地朝自己的手机吹气。

邵晚风道：“顾总监，我知道你对我、对狄琳都有很大的看法，但是……”

顾予川再一次打断了他的转折：“并没有。”

邵晚风愣了愣。

顾予川道：“并没有很大看法，纯粹就是想收拾你们。”

顾予川比邵晚风高，身高优势下，邵晚风显得有些无力。

没等邵晚风反应，顾予川把手中的花直接塞给了他，空出来的手抬高绕到他的后面，狠狠地按在了他的后脑勺上。

邵晚风猝不及防被顾予川的动作压弯了腰。

顾予川轻蔑地笑了一声：“昨晚不是发邮件哭着忏悔吗？现在人就在你面前，更方便你直抒胸臆。”

在场的所有人都惊呆了。

狄琳惊呼一声走过来，忍无可忍地扯开顾予川的手，一把将邵晚风拉了过来。她恶狠狠地瞪着顾予川：“你干什么？”

顾予川轻描淡写地理了理自己微微有些凌乱的西装，道：“满足邵教练想要道歉和忏悔的卑微愿望。”说完，他布满寒意的眸子看向狄琳，“我给你一个机会。”

狄琳的助理刚想说话，被顾予川的眼神直接劝退。

会场的大门敞开着，里面的宾客已经注意到了大厅的动静，不少人纷纷离席围了过来。狄琳的余光瞥到四周的宾客，她有些慌，道：“顾总监，我不知道你想要说什么。”

“听不懂？”顾予川的眼睛微微眯起，“你确定？”

狄琳的心咯噔一沉。

现场的人这么多，她不想再一次失了面子，于是她有些手足无措地说：“如果是很多年以前的事，我可以私下里和你当

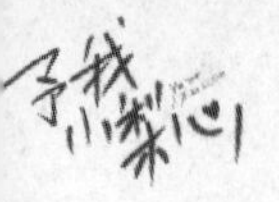

面说。”

“不用和我说，和她。”顾予川搂住了姜梨的肩膀，沉声道，“向她道歉。”

狄琳的脸青了一片：“顾予川，你今天但凡敢让我丢了面子，我告诉你，姜梨这辈子都别想在射击界出头。”狄琳用只有他们四个人能听到的声音说，“你要和我作对，就是要和国内的整个射击圈作对。还有，今天现场这么多媒体，你让我出丑，你和你的游戏公司都不会好过的。”

姜梨突然笑了一声。

狄琳怒道：“你笑什么？”

“我笑你还以为自己能只手遮天。”她道，“狄琳，你是不是不知道，有的时候不跟你作对不是怕你，只是不想跟你计较，是因为你为人卑鄙，像甩不掉的泥巴，没人想和你扯上关系。”

憋了这么久，姜梨在脑子里搜索了好久从前看的小说里女主和女配比拼的名场面，终于酝酿好了台词。

顾予川抿着唇，静静地看她表演。

姜梨说：“我就纳闷了，年纪一大把了，你怎么就没活明白呢。”

“有男人撑腰到底是不一样。”狄琳讥笑道，“你以为你和顾予川联合在网上说那么几句话，制造那么点舆论，就能打垮我了？姜梨，你别忘了，你是污点选手，没有哪个正规俱乐部会签你的，你根本就打不了比赛。”

姜梨的表情很快就沉了下来。

“污点？”顾予川按下手中的遥控器，“你是说这个？”

忽然，婚宴会场的大屏幕亮了起来，屏幕上出现了一段视频。

邵晚风看了眼视频右下角的时间，猛地僵在了原地。

屏幕上，邵晚风下安眠药的动作被慢放了好几倍，而且用红圈划了出来。再切换到另一个场景，不省人事的姜梨被狄琳和邵晚风两个人带走了。

现场一片哗然。

狄琳惊恐地推开邵晚风，提着婚纱就往会场的大屏幕走。

“不是的！不是这样的！”她走得飞快，一个踉跄，摔在地上。

狄琳赶忙站起身，试着用自己的身子挡住屏幕，在偌大的屏幕前，她小小的身子看上去格外可怜。

“停！给我停！”她声嘶力竭地喊着，“快！把这个停掉！”

她像是丧失了理智的跳梁小丑。

狄琳的父母也跑到了舞台上，道：“快来人！把这些莫名其妙的东西停掉！”

现场一片混乱。

邵晚风转过身想去帮狄琳，不知道为什么，走到门口，双腿像灌了铅似的，一动也动不了。

“姜梨，其实我喜欢过你的。”他的身影单薄不已。

顾予川关掉了蓝牙耳机。

邵晚风转过脸来，道：“如果当初我接受了你的表白，是不是一切都会是在正确的位置上？”

“不会。”姜梨微微颔首，“邵晚风，你配不上我曾经的喜欢。”

邵晚风的目光黯淡下去：“我知道，我配不上你。”

姜梨道：“人在最关键的时刻做出错误选择，就注定要用千百倍的努力去修正这个也许永远都无法逆转的残局。邵晚风，你其实有很多次机会可以回头的，可你没有。”

顾予川的嘴角微微向上扬，她冷冰冰说教的时候，酷得不行。

“再见，邵晚风。”姜梨转身，道，“这一次应该是再也不见了。”

离开大厅，姜梨忍不住又回头看了一眼。

狄琳崩溃地坐在舞台上哭。

看到这个情景，姜梨的心里爽翻天。

朱南不知道从哪个地方冒了出来，拿着手机，对着顾予川和姜梨就是一阵乱拍："兄弟们，看看！"

姜梨后知后觉地反应了过来，她伸手挡住手机的摄像头，小声对朱南说："你不会是在开直播吧？"

"是啊。"朱南点点头。

姜梨试探性地问："你应该没几个'粉丝'吧？"

朱南："我用的总监的号。"

姜梨："让我死！"

顾予川伸手把她拎了回来："不允许。"

她凑到手机屏幕面前："我看看有多少人。"

看到右上角的数字，她差点晕过去。

姜梨推开了顾予川："别拦我。"

早知道顾予川的直播预告是要播这个，怎么着她也得再霸气一点啊！她闷闷不乐地看着顾予川。

顾予川很识趣地关掉了直播。

她呜咽一声，道："本来大快人心，但我现在突然觉得我没发挥好。"

顾予川："没关系，我超常发挥。"

姜梨："带我吃顿好的，我还能抢救一下。"

顾予川的直播在热搜榜高居不下整整两天两夜。

狄琳最新的那条驴唇不对马嘴的微博被删了，于是吃瓜群众瞄准了她的置顶微博又是一阵地动山摇。

狄琳始终一个字都没敢说。

婚礼不了了之，多年前的事情又被扒了出来，这一次还有更劲爆的。

树倒猢狲散，墙倒众人推。多年前姜梨受伤的原因被日星以前的选手爆了出来。

“其实姜梨受伤是狄琳推的，我亲眼看见的。”

有人接话：“对，我们憋在心里四年多了，没敢说……对不起，姜梨。”

邵晚风退网之前，发了一条长微博交代了姜梨退赛的前因后果，最后，他把自己的其他微博全部清空，头像换成了黑色，并承诺永不活跃在公众视野。

姜梨其实以前幻想过无数次能沉冤昭雪。可这一天真正到来的时候，她却意外地平静。

大家都在为她鸣不平，她却在微博上安慰自己的“粉丝”。

所有的苦痛在熬过来之后，就都成了她负重前行的战利品。她无法对伤害过自己的人说“没关系”，但这并不妨碍她成长为更好的样子。

同样很平静的人，还有顾予川。他安静地坐在沙发上，看着季苏白和冯曼曼兴奋地尖叫。

季苏白手舞足蹈：“顾神，你说咱们要不要开个庆功派对啊？”

冯曼曼附议：“这不是必须的嘛！我们洗刷了冤屈！那个狄什么的终于没戏唱了，大快人心！”

季苏白大呼：“咱们去喝酒？”

门突然从外面被推开。

林初夏说：“听说有人要去喝酒？”

季苏白的脸一红，连忙说：“没有没有！我不喝酒，我贼听话！”

冯曼曼翻了个白眼。

林初夏朝顾予川和姜梨眨了眨眼：“请我喝酒吗？要不是我，狄琳婚宴上的视频可放不出来啊。”

顾予川笑了起来：“喝。”他站起身，道，“我请客。”

闻言，前面三个人跑得比谁都快。

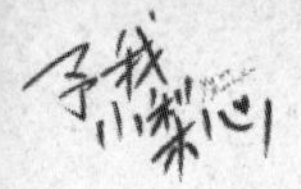

姜梨从背后搂住了顾予川的腰。她把头靠在他的背上，轻轻地蹭。

顾予川就这样，站着不动，任由她抱着。

“谢谢你。”她的声音闷闷的。

“我说过，你不用和我道谢。”

“我不是谢谢你帮我。”她说，“我是谢谢你来到我身边。”

谢谢你来到我身边。

成为我的铠甲。

成就我的无上荣光。

YUWOXIAOLIXIN

尾 声

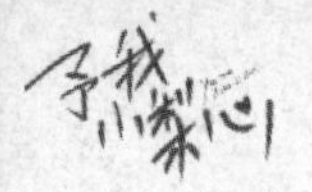

狄琳婚礼上的闹剧沸沸扬扬闹了好长一段时间才停息。

大仇已报,在轻松愉快的时间里,姜梨回归了老本行,回去《拯救者》大杀特杀,顺带开了几场游戏直播。有了狄琳事件的热度加持,姜梨的直播间瞬间被挤爆了。

好久没有静下心来玩《拯救者》了,最近一直忙着训练,姜梨玩游戏操作人物角色的手指都感觉僵化了不少,意识、技术什么的都明显退步。

她自嘲地在直播间说:“太惨了,菜得我自己都看不下去了。”

观众:我怀疑你在“凡尔赛”,且我有证据!

游戏打得不是很顺手,姜梨索性休息了一会儿调整状态,恰好和直播间的“粉丝”们聊聊天。

“咱们聊会儿天吧,我要找寻一下《拯救者》的手感。”然后,她成功地挖了个坑把自己埋了进去。

观众:光与的夫人不需要找手感!整个《拯救者》都是你的!

于是,大家的话题中心很快就到了顾予川的身上。

姜梨道:“拜托你们给我点面子……在我的直播间刷别的男人的名字,真的好嘛?”

她很快就收到了顾予川的消息。

顾予川:别的男人?

姜梨:好嘛,是自家男人。

姜梨想了想,反应了过来,问:你回国了?

顾予川:嗯。还给你带来了一个礼物。

去国外出差了一个多星期，顾予川终于回来了。不知道又给她带了什么礼物？

然而，姜梨做梦也没有想到，顾予川给她带的礼物，居然是亚欧射击友谊联赛的名额。

"其他一些专业的比赛，目前你还没办法参加，这是友谊赛。"顾予川解释，"但这场友谊赛邀请的选手都很不错，有一些在国际上也是相当有知名度的，对你来说，是一个交流切磋的好机会。"

姜梨看着手中的参赛表，一时间有些恍惚。她像是拿着一张通行证，通往的，是她很久都不敢梦想的远方。

姜梨的眼泪啪嗒啪嗒地掉下来。

顾予川手忙脚乱。

姜梨吸了吸鼻子，道："我要是输得好惨，你会不会很失望？"

"怎么会失望。"顾予川伸手揉了揉她的头发，轻声说，"我的姜梨怎么会输。"

我的姜梨……听到这句，她的脸不自觉地发烫。

姜梨仰起头，道："顾予川，我迟早被你撩得生活不能自理。"

"那就养着你。"顾予川勾起唇，脸上满是宠溺，"我养你一辈子。"

"偷偷告诉你，我已经比去年胖了五斤。"

顾予川上下打量了她一番，道："长在了该长的地方，也不算亏。"

"你以为你长得帅就可以耍流氓了吗？"姜梨一本正经地看着顾予川，表情非常严肃。

一双漆黑的眼睛静静地望着她，深不见底，温柔多情。姜梨呜咽了一声，差点瘫倒。

"行吧，长得帅真的可以随心所欲。"

顾予川在她的唇上蜻蜓点水："好好准备比赛。"说完，他转过身就要走。

姜梨朝着他的背影喊："你才刚回来就要走了？不休息一下吗？"

"嗯。"顾予川挥挥手，"赚钱，养你。"

接下来的一个月，顾予川是真的忙得晕头转向。《拯救者》的人气只增不减，光与的员工每天都在含泪加班。

但即便忙得难以抽身，顾予川还是想尽办法陪姜梨一起去国外参加比赛。

虽说比赛是友谊性质的，但整个赛程依旧是非常专业的，在比赛的前一天下午，所有的参赛选手在草坪参加沙龙。

英国的选手一眼就认出了姜梨，对她说："我认识你，姜梨，很多年前我去中国看过你的比赛！你是一位很优秀的射击选手，我一直都很期待能和你切磋。"

姜梨从来都没有想到，竟然还会有人记得她，尽管她们只有一面之缘。她终于明白了一件事，纵使时光过去很久，把你挂在心上的人也会永远记得你。

比赛的那天，顾予川送给她一副新的手套，上面印着她的名字。

"新的手套。"顾予川说，"新的开始。"

那天阳光正好，初春的风吹在脸上，温温柔柔，观众席早早地坐满了人。

"接下来出场的是来自中国的选手，姜梨——"

记忆中灰暗的画面顷刻间鲜活艳烈了起来。

顾予川拿起相机。几乎是在他按下快门的同一时间，姜梨偏过脸来，目光穿过人群，直直地望向他。

顾予川按下快门。

子弹"嗖"的一声飞向靶心。

在无数个日日夜夜里，她曾赤诚怀念一道炽热的光。

是子弹离膛，以最快的速度奔向靶心的路线。

是全场欢呼，她嘴角上扬时脸上迷人的神采。

是她和顾予川遥遥相望，彼此眼里的光。

是此刻。

她紧握的梦想。

是余生。

他全部的喜欢。

【正文完】

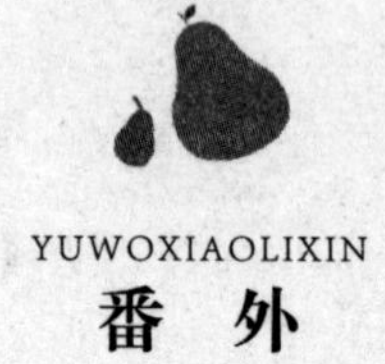

YUWOXIAOLIXIN

番 外

友谊赛结束的那天下午，姜梨和顾予川就坐上了回国的班机。

顾予川是被一通跨国电话叫回去的。

朱南在电话那端狂喊救命，为了把顾予川哄回去，不惜哭天抢地。

为了陪姜梨比赛，顾予川延后了很多工作。光与那边压了很多事，亟待顾予川解决。

“总监，你快点回来救救我，好多合同等着你签！”

顾予川道：“这么几年打太极的功夫还没学会？”

“总监！我已经跟他们打了好几天的太极了，再打下去，我就要被人家打了！”朱南只觉摊上这么个总监，人生真是苦不堪言。

但这个总监，在大多数情况下，还是挺迷人的。

至少朱南这么认为。

况且，他认为，就连作为同性的他都这么评价顾予川，更别说那些莺莺燕燕了。

更值得一提的是，总监的眼光是真不错。还以为他会和那些肤浅的有钱男人一样，找个商界名媛，没想到，他居然是这么专情的男人。

朱南也是偶然间听说自家总监很久以前就是姜梨的“粉丝”，没想到这一粉就粉了这么多年，还把自己粉成了偶像的男朋友。

羡慕啊！朱南叹气。

但更让朱南叹气的是，顾予川回来之后就火速处理出国之前

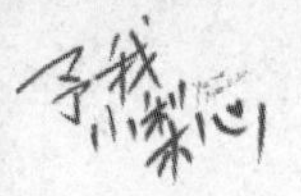

留下来的事务，自己变得比顾予川走之前还要忙。

但是，话说回来，谁能忙过他家总监啊。工作上的事情撇开不谈，总监还要忙着哄女朋友，最重要的是，总监又让他去跑腿买礼物了。

上一次让他跑腿买礼物，还是总监去梨妹子家见家长的时候，这一次，怎么着也轮到梨妹子去总监家了吧。

事实上，姜梨正在准备见家长的一切细节。

飞机上，顾予川说起让姜梨跟他回家见家长的事，姜梨一个激灵，顿时局促不安起来。

“我要买点什么？”她想了想，问，“你爸妈喜欢什么？”

“不用准备什么。”顾予川的手指把玩着她柔柔的发丝，语气温柔得要命。

说是不用准备什么，可哪有人上门见家长两手空空的说法？于是落地的当天晚上，姜梨就拉着冯曼曼去商场扫荡了一圈，最后权衡下来买了八样礼品。

第二天，姜梨看着顾予川车子的后备厢，又低头看了看自己脚边的礼品。

顾予川哭笑不得：“让你不要准备了，不听话。”

“你早说你买好了啊……”姜梨眼巴巴地说，“不管了，十六样厚礼，你爸妈应该得稍微假装喜欢我一下子吧？”

顾予川伸手刮了一下她的鼻子，语气里是忍不住的笑意：“说什么呢。”

她叹了口气：“我怕你爸妈不喜欢我……毕竟，我还没有做好进豪门的准备。”

顾予川扶额，道：“你的期待值不高啊。”

和林初夏家比起来，顾予川家真算不得什么豪门。林初夏家的连锁酒店开满国内外，一路势不可挡，倒和季家那些房地产生意不相上下。他嘛，就是个搞游戏的。

姜梨歪着头，软声道：“因为你已经满足我的所有期待值啦。”

他的心头霎时一暖。

“挺会撩啊小姑娘。”顾予川佯装镇定。

“见笑了，都是因为顾老师教得好。”

虽然早先就知道顾予川家是在富豪别墅区，但亲眼看到的时候，姜梨还是“哇”地感慨着。

“隔壁是林初夏家。”

于是，姜梨扭头看了眼隔壁，随后发现林初夏站在二楼的窗口，不怀好意地朝着两人笑。

“今天我就不来蹭饭了。”林初夏道，“不过你们吃完饭可以来玩。”

玩不玩什么的等下再说，现在姜梨满脑子都是能不能过顾家父母这一关。

事实上，见到顾妈妈的那一瞬间，姜梨就完全不紧张了，从面相上看就能看出顾妈妈是极好相处的人。

从顾予川的描述中就能得出结论，顾妈妈是很开明又很前卫的母亲。

顾妈妈看她的眼神简直比顾予川看她的时候还要温柔。

“阿姨好。”姜梨礼貌地打招呼。

顾妈妈微微一笑：“终于把你盼来了。”

除开略微有些尴尬的寒暄之外，就进入了见男方家长的经典环节——回忆往昔。

顾予川从前的那点事儿被顾妈妈笑呵呵地说出来，顾予川被安排到厨房帮忙洗碗，顾妈妈悄悄地对她说：“带你看个东西。”

姜梨跟着顾妈妈上了二楼。

顾妈妈推开房门，灯打开的瞬间，姜梨愣住了。

墙上挂着一张硕大的照片，是她多年前的照片，青涩稚嫩的脸庞上每一个毛孔都清晰可见，这是她印象中最深刻的照片。

那场比赛对她来说很重要，她拿了冠军，新闻上大肆宣传，大多媒体用的都是这张图，就连冯曼曼以她为原型画的游戏原画图，也是以这张为参照的。

姜梨道："居然有这么高清的照片，我自己都没有。"

"是予川拍的。"顾妈妈侧过脸来，轻声道，"是他拍完之后，提供给媒体的。"

姜梨登时愣住了，她傻傻地站在原地，目光落在面前的照片上，脸上是掩盖不住的百感交集。

她知道顾予川爱她，也知道顾予川爱了她很多年，可他对她的感情竟远远超过她的预期。

"真没想到我儿子真的追星成功了。"顾妈妈说，"看来念念不忘，是真的必有回响啊。"

"阿姨……"姜梨欲言又止。

顾妈妈伸手拍了拍她的后背："我的儿子，我很了解，他对你是认真且唯一的。不过他没有什么恋爱经验，如果以后他有什么做得不对的，让你不开心了，你可以告诉我，我帮你出气。"

姜梨摆摆手，道："没有没有，他对我很好。"

顾妈妈说："我知道。我只是想告诉你，除了顾予川，我们顾家所有的人都是你的依靠。"

姜梨鼻子一酸，差点掉眼泪。

顾予川洗完碗，在楼下等她，见她红着眼睛下来，多少也猜到了一些。

"妈，我们出去走走。"他很自然地拉住了姜梨的手。

走到院子外，姜梨道："我看到你卧室的那张照片了。"

"嗯。"顾予川并不惊讶，"拍照技术还可以吧。"

姜梨停下脚步，转过身来，很认真地看着他。

“顾予川，万一不是我呢？”

“嗯？”

“我是说万一，最后和你在一起的人不是我呢？”

“没有万一。”

姜梨道：“如果冯曼曼没有参加光与的活动，如果你没有看到我的画像，如果我们没有遇到……那又会是什么样子？”

“我都已经等了这么多年了。”顾予川轻描淡写道，“即便没有冯曼曼的阴错阳差，我也不会在乎再等等了。”

姜梨仰起头：“等不到呢？”

“会等到的。”他道，“注定要相见的人，多晚都会遇见。”

“要是等你七老八十再遇见呢？”

“我倒也不反感黄昏恋。”

“那你这赌得有些大了。”姜梨道，“幸好你二十多岁就碰到我了。”

顾予川笑：“虽然赌得大了点，好在我赌赢了。”

他伸手把她揽在怀里。

月光温温柔柔，他的怀抱也是。

好在他们相爱，不负所有情深。

图书在版编目（C I P）数据

予我小梨心 / 又欠著. -- 天津 : 天津人民出版社, 2021.8
ISBN 978-7-201-17497-6

Ⅰ. ①予… Ⅱ. ①又… Ⅲ. ①中篇小说－中国－当代 Ⅳ. ①I247.5

中国版本图书馆CIP数据核字(2021)第138260号

予我小梨心
YU WO XIAO LI XIN
又欠 著

出　　版　天津人民出版社
出 版 人　刘　庆
地　　址　天津市和平区西康路35号康岳大厦
邮政编码　300051
邮购电话　(022) 23382469
电子信箱　reader@tjrmcbs.com

责任编辑　玮丽斯
特约编辑　不　夏　年　年
装帧设计　梦幻鱼　马雅婧
责任校对　彭　佳

制版印刷　长沙鸿安印刷有限公司
经　　销　新华书店
开　　本　880毫米×1230毫米　1/32
印　　张　9
字　　数　210千字
版次印次　2021年8月第1版　2021年8月第1次印刷
定　　价　39.80元